AUTORA BESTSELLER USA TODAY

# Felicidade Verdadeira

## BJ Harvey

Título original: True Bliss
Copyright© 2013 por BJ Harvey
Copyright da tradução © 2015 por Editora Charme

Todos os direitos reservados.
Nenhuma parte deste livro pode ser utilizada ou reproduzida sob quaisquer meios existentes sem autorização por escrito dos editores.
Esta é uma obra de ficção. Nomes, personagens, lugares e acontecimentos descritos são produtos de imaginação do autor.
Qualquer semelhança com nomes, datas e acontecimentos reais é mera coincidência.

1ª Impressão 2015
Produção Editorial - Editora Charme
Produção: Verônica Góes
Tradutora - Larissa Nicoli
Revisão: Cristiane Saavedra e Ingrid Duarte

Este livro segue as regras da Nova Ortografia da Língua Portuguesa.

CIP-BRASIL, CATALOGAÇÃO NA PUBLICAÇÃO
SINDICATO NACIONAL DE EDITORES DE LIVROS, RJ

S835i
Harvey, BJ
Felicidade Verdadeira / True Bliss
Série Bliss - Livro 2
Editora Charme, 2015.

ISBN: 978-85-68056-15-8

1. Romance Estrangeiro

CDD 813
CDU 821.111(73)3

www.editoracharme.com.br

Tradutora - Larissa Nicoli

Editora Charme

## Romeu e Julieta

*Kate*

Quando vai ser a minha vez?

Quando vou passar por todos os sapos e encontrar o meu príncipe?

Eu sempre fui uma sonhadora. Uma menininha que quer um namoro dos sonhos, um grande casamento de princesa, uma casa com cerca de madeira branca e um jardim cheio de crianças. Sei que ainda sou jovem, com meus vinte e quatro anos, e que meu relógio biológico ainda está longe de parar de funcionar, mas ainda tenho tempo de sobra para encontrar o verdadeiro amor da minha vida.

Meu verdadeiro amor.

Mas sou impaciente, ansiosa e estou cansada de ser sempre a solteira. Saio com Mac e Daniel e fica óbvio que sou a vela. E o problema é comigo; eles não se importam nem um pouco com a situação, mas eu sim.

Estou cansada do Sr. Errado, do Sr. Cansativo, do Sr. Mau-hálito, do Sr. Mãos Nervosas. Ah, e sem falar do Sr. Eu Te Amo no Primeiro Encontro Só Para Conseguir Se Enfiar Nas Suas Calças. Esses são os piores. Foi por esse motivo que eu criei a regra dos três encontros. Nada de sexo ou qualquer ação da cintura para baixo antes de três encontros. Parece um período de tempo razoável para escolher o melhor.

*Exceto que, até o momento, não houve qualquer terceiro encontro.*

Eu quero ser amada. É tão errado assim?

Veja, aqui está o problema. Eu não quero apenas um amor bom, um daqueles amores do dia a dia dos quais você escuta falar. Eu quero aquele tipo de amor arrebatador de que tanto se fala por aí.

O tipo de amor que faz o coração bater mais rápido.

O tipo que te faz querer dançar na chuva e assistir ao pôr do sol, enquanto grita a plenos pulmões.

O tipo sobre o qual os autores escrevem, os músicos cantam e os amantes o desejam intensamente.

Quero um amor verdadeiro de corpo, alma, mente e coração. A *felicidade verdadeira*.

Com certeza o homem que pode me dar tudo isso está lá fora em algum lugar. E talvez até esteja procurando por mim. Talvez eu já até o tenha conhecido e nossas vidas irão se cruzar novamente.

Houve um cara que despertou meu interesse há uns três meses, mas ele estava categorizado como "não encoste". Ele foi definitivamente um cavaleiro de armadura brilhante. Numa noite de bebedeira, num bar, ele apareceu e me salvou. Trouxe-me para casa e fui para cima dele. Ok, eu literalmente me joguei nele, mas o gato rejeitou meus avanços e me colocou na cama depois de me fazer tomar um Advil. Adormeci com um beijo na testa e ouvindo-o dizer que, apesar de querer muito ficar comigo, ele não queria me ouvir lamentar na manhã seguinte.

Então, tenho que esquecê-lo e esperar até que eu conheça o meu cavaleiro. Enquanto isso, continuo procurando entre os sapos, rãs, anões e dragões, e tendo uma inveja insana da minha melhor amiga grávida e delirantemente feliz com o seu perfeito homem dos sonhos. Tenho que me conformar que o mais perto que vou chegar de sexo quente e suado é escutando-os pela parede do meu quarto.

A próxima vez será a minha. Tem que ser! Talvez esteja na hora de ser um pouco mais proativa. Sair procurando pelo meu homem dos sonhos ao invés de esperar que ele venha até mim.

É isso aí.

A Operação Príncipe Encantado está oficialmente aberta.

## Zander

*Quatro meses antes...*

— Então, Sr. Roberts, por que você quer se tornar um oficial do Departamento de Polícia de Chicago?

Limpei a garganta pigarreando e parei para pensar sobre a pergunta. Peraí! Eu não tenho que pensar sobre isso. Essa é fácil.

— Bem, senhor, eu cuidei da minha mãe e das minhas irmãs mais novas por quase toda a minha vida. Quando meu pai faleceu, eu era apenas um garoto, mas era o mais velho e senti que precisava assumir a responsabilidade e me tornar o homem da casa. Tenho uma natureza muito protetora e gostaria de servir essa cidade maravilhosa que tanto me orgulho de chamar de lar.

Mas o principal motivo foi que, há algumas semanas, tive a oportunidade de salvar uma amiga de algo que eu tinha certeza que se tornaria uma agressão sexual ou algo pior, e me senti orgulhoso por estar lá para protegê-la. E isso só ajudou a confirmar o que eu quero para a minha vida. Quero servir e proteger, e nada me deixaria mais orgulhoso do que fazer isso como um membro do Departamento de Polícia de Chicago.

— Sr. Roberts, você é exatamente o tipo de homem que o Departamento de Polícia de Chicago recruta. Não posso te dar uma resposta oficial hoje, mas estou muito confiante de que você será uma adição e tanto ao novo grupo de recrutas. Os documentos oficiais serão enviados dentro de duas semanas. Assim que você receber uma resposta sobre sua inscrição, certifique-se de entrar em contato conosco para saber os detalhes sobre o treinamento. O recrutador se levantou e deu a volta na mesa, estendendo a mão para me cumprimentar.

— Te desejo boa sorte, Sr. Roberts, se bem que algo me diz que não será preciso. Você será um grande trunfo para esta cidade e este departamento.

— Muito obrigado. Você acabou de me fazer o homem mais feliz do mundo.

# Encontrando

## *Zander*

— Tira! Tira! — Escutei a mulher pedindo. Estou girando os quadris a apenas alguns centímetros do rosto da noiva com os olhos vendados, as mãos em cima das dela enquanto ela aperta minha bunda, tentando me puxar para mais perto. Esta noiva está tão bêbada que estou surpreso que ainda esteja de pé. Elas estavam tomando *shots* de tequila quando cheguei e o champanhe continuou rolando o tempo todo. Fiz meus truques normais; o entregador de pizza é, de longe, o favorito. A cliente, geralmente amiga da noiva, atende a porta e finjo entregar uma pizza na casa errada. É nesse momento que sou agarrado e arrastado para dentro de uma sala cheia de mulheres, que estão loucas para ver um pouco de pele. A música está ligada e minha rotina começa. *Sexyback*, de Justin Timberlake, é sempre um bom começo. Agora, nesse momento, estou rasgando minhas calças e segurando a noiva; meus ouvidos já estão zumbindo pelos gritos e berros das mulheres. Deixe-me te falar, vocês acham que alguns homens são rudes e vulgares, mas, puta merda, algumas das coisas que elas estão gritando para mim, deixariam até Hugh Hefner, o notório fundador da Playboy, encabulado.

Ficar excitado não é um problema. Estar numa sala cheia de mulheres com o pau duro não é a minha ideia de diversão, então eu sempre bato uma antes de qualquer show, para evitar a possibilidade de uma ereção surpresa. Era um ritual da *Stripping 101* que o meu treinador me ensinou. Cuide de você com antecedência para diminuir a chance de uma ereção frustrada.

Você deve achar que sou profissional nesse lance de *strip-tease*, ainda mais já trabalhando nisso há um ano, mas ainda fico nervoso pra cacete momentos antes de fazer a coisa toda. Nunca consigo antecipar como a plateia reagirá, se elas ficarão animadas, ou se vou sair de lá vivo e com minha sunga intacta. Acredite, eu aprendi a deixar algumas roupas extras no carro.

Agora, só trabalho como *stripper* nos finais de semana, apenas para ajudar a cobrir o aluguel e as contas. Estou na Academia de Polícia de Chicago nos outros cinco dias da semana, treinando para me tornar um oficial. Eu sempre quis ter uma carreira, mas, depois de quatro anos de faculdade e nada em vista, larguei tudo e tentei me juntar à força trabalhadora. Quatro semanas depois e nenhuma chance de emprego, respondi a um anúncio de jornal recrutando "animador masculino".

Imagine se você tivesse que tirar a roupa e rebolar na frente de um grupo de mulheres bêbadas que pensam que, só porque te pagaram para dançar, podem te tocar em todos os lugares e de todas as formas que em público seriam inapropriadas? Minhas bolas são acariciadas todas as noites e sei que isso soa como um sonho molhado para a maioria dos homens, mas eu tenho um certo trauma, por ter sofrido um acidente de trabalho durante um show, causado por uma senhora de quarenta anos e suas unhas postiças. Ela brincou e as torceu de forma errada e, depois disso, fiquei com as bolas pretas e azuis por uma semana.

Mais uma sexta à noite e acabei de terminar minha segunda despedida de solteira da noite. Fui chamado para um bar na Rua 42 a caminho de casa para encontrar meu colega de apartamento, Zach, que trabalha lá nos fins de semana. Uma *Budweiser* gelada depois de um show é o modo perfeito de relaxar, e esta bebida vai cair muito bem esta noite. Normalmente, a essa hora, eu daria tudo para estar enterrado até as bolas em uma mulher, mas, desde que minha amiga Mac conheceu seu namorado, não tenho vontade de sair à caça. Mac e eu éramos uma espécie de "amigos com benefícios". E não me levem a mal, não é como se eu não recebesse alguns números de telefones e ofertas de clientes, mas eu tenho uma regra sobre isso. Você não fode no trabalho. Nem com clientes, nem com colegas de cliente, nem colegas do sexo feminino. A única exceção a essa regra foi a Mac, mas a química entre nós era abrasadora. Quero dizer, nós mal conseguimos nos controlar quando nos conhecemos. Meia hora depois de conhecê-la, eu a peguei contra a parede da casa de sua amiga.

Foi gostoso pra caralho.

Alguns meses depois, pensei que algo fosse acontecer com Kate, a melhor amiga de Mac. Ela estava bêbada e eu a salvei de um filho da puta que não aceitaria um "não" como resposta; levei-a para casa em segurança e ela me beijou com aqueles lábios carnudos e perfeitos; eu tive que usar todo o meu autocontrole para parar e impedir que isso fosse mais longe, pois não queria que ela se arrependesse na manhã seguinte, embora eu soubesse que não me arrependeria nem um pouco por ficar com ela.

Kate é a minha personificação de garota perfeita. Desde o cabelo vermelho-fogo até seu pequeno corpo cheio de curvas. Ela é uma boa menina; daquelas que se leva para casa para conhecer a mãe. Definitivamente, ela não é o tipo de garota de uma noite só e que você submeteria à "caminhada da vergonha" na manhã seguinte. Infelizmente, há também toda a questão de eu já ter transado com a Mac, que não me incomoda nem um pouco, mas eu sabia que iria incomodá-la.

Entretanto, ela seria uma boa amiga e eu não tenho muitas. Principalmente porque as mulheres parecem me querer em seus braços como uma espécie de objeto, mas, assim que percebo isso, caio fora. Malho muito, tenho que me manter em forma para continuar trabalhando como *stripper*, mas isso não faz de mim um cara burro. As mulheres não têm que gostar de mim apenas como pessoa ou um rostinho bonito, elas precisam ser tão aventureiras como eu, dentro e fora do quarto. Eu tenho essa coisa de sexo em locais públicos. A emoção de ser pego com as calças abaixadas e a excitação de possivelmente ser assistido por alguém parece me deixar mais duro do que o normal. Ter alguém tão exibicionista como eu seria um achado e tanto para mim.

O que eu realmente preciso é de uma boa garota com um lado safado, uma garota que eu possa levar para casa e apresentar à minha mãe e irmãs mais novas, mas que também seja um furacão dentro de quatro paredes. A mistura perfeita entre doçura e safadeza. essa seria a minha garota perfeita.

Há três semanas, Zach e eu estávamos bebendo numa noite depois do trabalho. Pegamos o computador dele e começamos a navegar na internet.

Estava indo tudo bem, muitas gargalhadas com os vídeos virais de alguns idiotas fazendo umas merdas por aí, até que o Zach viu um anúncio do site *Chicago Singles* e, a partir daí, foi tudo ladeira abaixo para mim.

— Cara, você tem que fazer isso! Eu te desafio a se cadastrar, ficar lá por um mês e sair em, pelo menos, um encontro às escuras — Zach falou meio enrolado antes de começar a rachar de rir como se tivesse dito a coisa mais engraçada do mundo.

— Vai se foder! Você sabe que tipo de mulher a gente encontra nesses sites? Coroas à procura de um garotão para exibir ou aquelas feias que não conseguem um homem de jeito nenhum. É desespero, cara. Nem fo-den-do!

— Vou tornar isso mais interessante pra você — ele disse e, de repente, tínhamos um acordo. Se eu completasse o desafio, ficaria dois meses sem pagar o aluguel. Se não, eu teria que trabalhar um turno durante a semana, no bar, para o Zach durante todo o mês.

Eu estava acabando de tomar o último gole da minha cerveja quando, pelo canto de olho, vi um flash de cabelo vermelho. Virando, segui a pequena cabeça vermelha até ela se sentar numa mesa com um cara que era velho o suficiente para ser pai dela. Virando o rosto em direção ao bar, seus olhos azuis brilhantes se ampliam quando ela me vê. Meu sorriso desaparece quando a vejo balançar a cabeça para mim antes de voltar seu olhar em direção a seu pai... quer dizer, encontro.

Viro-me na direção do bar e estendo o braço para sinalizar a Zach que me traga outra cerveja. Um rápido aceno, uma virada de seus pulsos e outra *Budweiser* gelada está deslizando pelo balcão ao meu encontro. Girando meu banco e me apoiando no balcão, me arrumo para ver o show que Kate e seu pai-encontro estão prestes a dar.

Antes de sentar, ela retira a jaqueta preta e expõe seus ombros com pele de porcelana. Então, se ajeita na cadeira, ficando mais ereta quando me encontra encarando-a, empurrando os ombros para trás numa pose desafiadora e tornando óbvio que está tentando não transparecer que minha presença a afeta. E eu amo o fato de que estou afetando-a. Não sei por que, mas gosto de vê-la tão afetada por mim como eu por ela. Estou prestes a me levantar para dizer um amigável "Olá" e tornar a noite muito mais interessante, quando Zach vem e se senta ao meu lado.

— Como foi seu show, cara? — pergunta ele, tomando um gole de cerveja.

— A mesma coisa de sempre. A sogra tinha bebido muito vinho e ficou toda cheia de mãos pra cima de mim. Mas consegui sair com minhas bolas ilesas e intactas. — Sorrio, mas sem tirar os olhos de Kate.

Linda, Kate definitivamente está gostosa pra caralho. Ela está usando um vestido vermelho brilhante com um decote em v que vai até a altura do estômago, dando a cada homem nesse bar uma visão fantástica. E, Deus, seus seios parecem que cabem perfeitamente em minhas mãos. Eu só posso me imaginar empurrando meu corpo duro contra o dela, passando os braços ao seu redor, fazendo-a inclinar aqueles seios perfeitos em minha direção. Em seguida, eu colocaria um mamilo rosado na boca enquanto esfregaria o outro e ela gemeria de forma sexy. Puta merda, calma, cara! Eu só espero que aquele vestido dela esteja preso ao seu corpo como cola ou ela fará o velhote ricaço ter um infarto. Se esse for o plano, alguém deveria explicar-lhe que deveria esperar até depois do casamento para isso.

— Cara, você está sendo óbvio — Zach diz, batendo no meu ombro.

— Eu sei, e ela sabe que estou olhando. — Olho para ele e lhe dou uma piscada.

— Ela está num encontro, cara. Isso não faz seu estilo. — Franzo a testa quando percebo que ele está certo, eu não corro atrás das comprometidas ou das intocáveis, mas Kate... Bem, eu não tenho certeza do que ela é. Definitivamente, ela está disponível; aquela noite há alguns meses provou isso. Intocável? Para mim ela é a perfeição. Com certeza estaria me superando. Eu seria um filho da puta arrogante se Kate fosse minha.

— Eu sei disso, mas olhe para ele! É velho o suficiente para ser pai dela. É como assistir a um desastre iminente. — Sorrio quando ela olha para mim e começa a corar. Mesmo estando do outro lado do bar, eu não tinha dúvidas do que era aquela vermelhidão subindo por suas bochechas. É bonito pra caralho e minha mente começa a divagar sobre outras situações em que eu a faria corar.

Meu pau começa a ficar duro enquanto a olho descaradamente. O vestido cola em sua cintura e, nessa hora, vira uma saia apertada e curta, que deixa sua pele impecável à mostra; então, meu olhar vai até o par de sapatos pretos de salto alto mais sexy que já vi. Deus, se eu já estava a meio mastro antes, agora estou a todo vapor com as imagens de Kate se espalhando por minha mente, seus cabelos vermelhos sobre o meu travesseiro e não vestindo nada além daqueles sapatos pretos e um sorriso sensual.

— Zan, você precisa transar ou ir pra casa. Ou ambos. Ficar com tesão enquanto encara uma total desconhecida no meio de um bar não é legal — diz ele, dando uma risada.

Gemo, virando para me poupar da tortura de ver o desastroso encontro da minha nova ruiva favorita.

— Você está me dizendo — bebo o resto da minha cerveja enquanto me levanto — que seria melhor se eu deixasse pra lá? Te vejo em casa, então?

— Provavelmente, a não ser, é claro, que eu receba uma oferta melhor — ele acrescenta, dando uma piscada. Esse homem nunca tem poucas ofertas.

— Tudo bem, fique de olho nela pra mim — peço, inclinando a cabeça em direção a Kate.

— Claro. Então, você já a conhece?

— Sim, é a melhor amiga de Mac.

— Ah, entendi. Foi sobre ela que você me falou? — Zach me pergunta, lançando um olhar em direção a Kate.

— Sim, cara. É ela.

— Droga. E você tem certeza de que não aconteceu nada? De onde eu estou, ela é incrivelmente gostosa. E você tem plena consciência disso.

— Ela estava bêbada. E, além do mais, ela não é o tipo de garota de uma noite só — explico.

— Tudo bem, então. Vou ficar de olho nela. Porra, ela é tão gostosa que eu ficaria de qualquer jeito.

Rosno para ele sob minha respiração, ganhando de Zach uma risada.

— Obrigado. Seja bom. E se não for bom, seja tão mau quanto eu sou. — Dou um tapinha nas costas dele e uma última olhada na direção de Kate antes de balançar a cabeça e sair porta afora.

Preciso mandar uma mensagem para Mac e descobrir qual é a da Kate. Ela não parece o tipo de mulher que está à procura de um velhote rico, o que torna seu encontro ainda mais estranho. E ela definitivamente me notou; corar daquele jeito todo a denunciou.

Conforme vou saindo para o ar quente da noite, me encontro querendo saber mais sobre o enigma que é Kate McGuinness. E, além do mais, eu daria qualquer coisa para vê-la novamente naqueles saltos, de preferência, nua.

### Kate

Eu sabia que vir ao bar da Rua 42 seria um erro.

Roger parecia bom o bastante em seu perfil, e as mensagens que trocamos eram bastante interessantes, contudo, no momento em que eu o vi do lado de fora do bar e percebi que ele era pelo menos dez anos mais velho do que tinha falado, eu soube que isso acabaria em outro "encontro desastroso de Kate".

Estou começando a pensar em escrever um livro sobre como não namorar em Chicago. Sério, eu gosto de pensar que sou uma boa juíza de caráter, mas ultimamente meu julgamento está seriamente prejudicado. Arrisco-me a dizer que ele está seriamente fodido.

Mac e Daniel estão agindo como um casal de adolescentes apaixonados, fazendo com que eu anseie dez vezes mais pelo meu próprio "felizes para sempre", então, na semana passada, tomei a iniciativa de me inscrever num desses sites de encontros pela internet. Na verdade, quando disse isso a Mac, num domingo preguiçoso, ela ficou tão animada que pegou meu laptop, nos sentamos no sofá e juntas começamos a escrever e reescrever o meu perfil no *Chicago Singles*.

Primeira seção era "Fale um pouco sobre você".

*Meu nome é Kate. Tenho vinte e quatro anos, sou cabeleireira, nascida e criada em Chicago.*

*Estou à procura do meu felizes para sempre, e, depois de procurar sem sucesso, decidi dar uma chance aos encontros na internet.*

*Tenho 1,54m, sou ruiva natural com um ótimo estilo e senso de humor. Gosto de socializar e conhecer novas pessoas e estou sempre aberta a novas experiências.*

*Estou à procura de um cara entre vinte e três e trinta anos, que tenha um bom emprego, fortes laços familiares, e que goste de se divertir e experimentar coisas novas como eu.*

*Sem foto, sem resposta.*

Com isso, só faltava carregar uma foto. Depois de pesquisar por todas as contas das minhas redes sociais, Mac e eu encontramos uma que concordamos: uma tirada há alguns meses, mostrando meu perfil de costas, com o cabelo amarrado no estilo *pin-up* dos anos cinquenta. Meu rosto estava escondido na foto, que era o que eu queria. Afinal, ficaria mortificada se alguém me reconhecesse nesse site.

Encontros pela internet ainda são uma terra de ninguém, mas são mais aceitáveis hoje em dia. Não são mais vistos como a última tentativa de encontrar alguém. Eu vejo como uma diferente e nova maneira de conhecer alguém que você pode não ter outra forma de conhecer. Suas vidas podem não ter sido destinadas a se cruzarem, então isso é quase um jeito de contornar o destino e dar uma chance para que isso aconteça.

E é isso que é para mim, uma chance de encontrar o meu Sr. Perfeito. Existe um alguém para todo mundo. E estou ansiosa para encontrar o meu. Não porque esteja ficando velha ou qualquer coisa assim; Deus, eu tenho apenas vinte e quatro anos! É mais sobre me sentir deixada de fora, ou, pior ainda, ficar segurando vela com Mac e Daniel. Eu preciso do meu parceiro, da minha outra metade. E sei que ele está lá fora em algum lugar. Tem que estar.

Minha mãe frequentemente me lembra de que eu preciso de um homem que cuide mim. "Um homem de valor que te trate como a princesa que você é". Eu meio que gostaria de não ter tido essa ideia de "felizes para sempre" inserida em mim desde muito nova. Todas as histórias são a mesma coisa: o cavaleiro de armadura brilhante chega conquistando a princesa e eles saem cavalgando em direção ao pôr do sol. Meus irmãos fizeram isso com suas esposas. Meu pai fez isso com minha mãe. E isso me deixa como a única pessoa solteira da minha família.

Então, de volta ao meu perfil do site, eu precisava escolher um nome de usuário. Algo não muito pessoal, que não fosse facilmente identificável, e, claro, algo para chamar a atenção... bem, o tipo de atenção que estou procurando. Mac tirou o laptop de mim e riu quando digitou um nome e enviou antes mesmo de eu dizer sim ou não.

Dando um enorme gole no vinho, dei uma olhada no meu perfil e engasguei quando vi o nome.

É claro que, dentro de alguns minutos, eu tive a primeira *beijoca*, uma espécie de "curtir", de um admirador anônimo.

Uma hora depois, eu tinha recebido quatro fotos de pênis eretos de tamanhos diferentes. Depois de rirmos como colegiais na aula de educação sexual, atualizei meu perfil.

**p.s.:** Nada de foto de pênis eretos ou de me pedir fotos nuas. Tenho certeza de que você está mais do que feliz com seu pênis e excitado para sair mostrando-o por aí a estranhos, mas estou procurando por uma pessoa que não esteja apenas pensando com sua cobra, sua linguiça ou seu furão de cabeça-roxa. Obrigada a todos mesmo assim.

Quando Daniel chegou com as três pizzas debaixo do braço, Mac teve o prazer de puxá-lo até o computador e mostrar a ele nossa resolução do dia. Balançando a cabeça, ele riu baixinho antes de ficar sério e falar:

— Só tenha cuidado e nos mantenha informados de onde você está e com quem.

Eu gosto do Daniel, ele é como meu novo irmão mais velho e faz a Mac mais feliz do que eu já a vi em todos esses quinze anos de amizade.

Ok, de volta ao meu atual encontro com Roger.

Quando nos encontramos, ele pediu desculpa timidamente por ter mentido sobre sua idade, explicando que achou que eu não daria a ele uma chance se soubesse que era vinte anos mais velho do que eu. E ele estava totalmente certo, não daria mesmo. Mas, como já estávamos lá mesmo, acabei concordando em tomar um drink rápido com ele.

Mas que burrada!

Ao entrarmos, encontramos uma mesa. Ele sentou-se à minha frente, mas não antes de puxar a cadeira para eu me sentar e se oferecer para pegar minha jaqueta quando a tirei. Em seguida, ele pediu uma taça de cidra. Porra, cidra! Infelizmente, esse não foi o primeiro sinal de que este iria ser o primeiro-último encontro.

Então, com uma sensação perturbadora de estar sendo observada, procuro por todo o bar e encontro um familiar par de olhos azul-escuros me encarando. Sabendo que estou muito bem arrumada e não querendo mostrar o quão envergonhada estou, endireito os ombros e volto a prestar total atenção no meu encontro e não no espécime perfeito de homem sexy e emburrado do outro lado do bar, que não tira aqueles olhos de mim.

Mas, por mais que eu tente, não consigo me concentrar. Cinco minutos depois de escutar Roger falando sobre si, eu sabia que esse encontro era uma causa perdida.

O que eu descobri sobre o velho Roger é que ele não é só velho o suficiente para ser meu pai, mas também é contador e trabalha para a Prefeitura desde que saiu da faculdade, na década de oitenta. Ele também nunca viajou para fora do país, ainda mora no final da rua de seus pais e gosta de jogar xadrez nas horas vagas. Ele nunca levou uma multa por excesso de velocidade, nunca foi preso e seu cabelo parece uma peruca numa toupeira; como cabeleireira, eu sempre olho os cabelos das outras pessoas, e essa monstruosidade na cabeça dele... ele penteou para o lado esquerdo e passou tanto produto que sinto até medo de acender um fósforo perto dele e o queimar.

Quando começou a discutir comigo os méritos do xadrez, dei mais uma olhada na direção de Zander e meu rosto pegou fogo, pois fui pega olhando para ele. Uau, ele está gostoso. Está usando uma calça preta que agarra em seu corpo nos lugares certos e uma camiseta branca por baixo de uma camisa azul-escura, que deixa seus olhos parecidos com o mais azul dos oceanos e te faz desejar mergulhar nua.

Eu não o vi ou falei com ele desde a noite em que eu fiquei bêbada e tentei seduzi-lo. Ele me salvou de um cara com quem eu estava dançando neste mesmo bar. O cara começou a vir para cima de mim de uma forma muito rápida e forte e, quando vi que ele não aceitaria um não como resposta, forçando a mão para dentro de minha saia, Zander apareceu, deu um soco na cara dele e me levou para fora do bar.

Assim que saímos, ele chamou um táxi e me conduziu para dentro, deu ao motorista o meu endereço e passou os braços ao meu redor, enquanto eu chorava em sua camisa. Meu corpo tremia violentamente quando a realidade do momento me atingiu de repente. Ele esfregou a mão para cima e para baixo no meu braço, beijando minha cabeça e murmurando palavras que até hoje não me lembro, mas sei que ele me acalmou e me fez sentir segura. Era exatamente o que eu precisava naquele momento, um momento que ficou gravado para sempre na minha mente.

Mas eu, estando bêbada, estúpida e totalmente encantada com o meu cavaleiro de armadura brilhante, forcei minha sorte assim que estávamos dentro do apartamento e o beijei. Ele recebeu meus lábios com entusiasmo, e o beijo foi como um daqueles que você lê nos livros de romance. Nossas línguas entrelaçadas e nossos lábios completando-se como se fôssemos feitos um para o outro. Fogos de artifício explodiram ao nosso redor, o mundo parou, e parecia que todos os meus sonhos se tornariam realidade naquele beijo. Mas, quando me afastei e perguntei se ele queria passar a noite comigo, ele congelou. Olhou para mim pelo que pareceu uma eternidade antes de balançar a cabeça e me levar pelo corredor até o meu quarto, me dizendo para ir para a cama. Depois, retornou com um grande copo de água e dois Advil, me deu um beijo de despedida na testa, e, em seguida, saiu, antes que eu pudesse formular uma resposta. Minutos mais tarde, eu estava apagada.

Hoje foi a primeira vez que o vi desde aquele dia, e a memória do meu comportamento embaraçoso me vem à mente com força total e preciso evitar olhá-lo, conforme meu rosto vai corando. É tão humilhante agora como foi na manhã seguinte ao incidente. Eu nem sequer contei a Mac o que tinha acontecido. Essa foi a noite em que Mac se apavorou e foi parar no apartamento do Daniel, mas saiu de lá correndo do meio da noite.

— Ah, Kate, eu preciso ir. Já são quase dez da noite e preciso voltar para casa e alimentar meu gato, o Sr. Buttons.

E aí está. O último prego do caixão desse meu encontro.

— Claro, Roger, obrigada pela bebida. Vou chegar bem em casa, só se preocupe em chegar à sua casa e cuidar do Sr. Buttons — digo, mascarando o grande alívio que sinto por não ter que explicar porque não terei que ver Roger, o contador, novamente.

Ele se levanta e estende a mão para eu apertá-la. Quem, pelo amor de Deus, dá um aperto de mão num encontro?

— Tenha uma boa noite, Roger. Preciso ir ao banheiro. Vejo você por aí.

Aperto sua mão desajeitadamente, antes de me levantar e caminhar em direção ao bar, parando quando percebo que Zander não está mais lá.

Dou uma olhada para o barman.

— Oi! Desculpe, mas o cara que estava sentado aqui ainda está por aí?

— Não — diz ele com um sorriso malicioso. — Mas, como eu moro com esse cara, se quiser, posso dar seu recado para ele.

— Oh, merda! Hum... não. Não faça isso. Obrigada de qualquer maneira — respondo afobada enquanto saio porta afora e entro no primeiro táxi que encontro.

Merda! Agora Zander vai saber que perguntei por ele e Deus sabe o que ele fará com essa informação. Parece que minha sexta-feira à noite é um desastre total.

22   BJ Harvey

# Capítulo 2
## Amiga

*Kate*

Chego em casa e ela está vazia. Encontro um bilhete de Mac dizendo que foi passar o final de semana no apartamento do Daniel, mas que é para eu ligar, caso precise.

Pego o telefone enquanto vou tirando meus lindos saltos pretos e pisando em minhas pantufas macias cor-de-rosa, que me fazem sentir como se eu estivesse andando nas nuvens.

**Kate:** *É melhor que você esteja tendo uma noite melhor do que a minha. Roger, o contador chato, que gosta de jogar xadrez, foi um fracasso. Encontro #1 fora de questão.*

**Mac:** Own, querida, sinto muito que tenha tido uma péssima noite. Se eu estivesse aí, colocaria um filme do Channing Tatum, enquanto tomaríamos sorvete e depois você acabaria com aquela garrafa de vinho que está na geladeira.

**Kate:** *Você me conhece tão bem!! Dê um abraço no Superman por mim, e diga-lhe que é melhor que ele esteja tomando conta da minha garota e do pequeno super-herói.*

**Mac:** Ele está. Duas vezes, na verdade! ;)

**Kate:** *Chega, sua puta cheia de tesão. Vejo você amanhã.*

Provando que minha melhor amiga me conhece tão bem, pego uma taça e a garrafa meio vazia de *pinot* que estava na geladeira, e sigo até o sofá, sentando-me no canto e murmurando suspiros de contentamento quando o primeiro gole desce pela minha garganta.

Deixando escapar um enorme suspiro, percebo que estou passando outra noite em casa sentada sozinha... às vinte e duas horas, afogando as mágoas da minha desastrosa vida amorosa. Sei que Roger era apenas o meu primeiro encontro online, mas, se ele é o melhor que tem por aí, eu deveria estar correndo para as colinas. Ou para o convento mais próximo. Se eu não estivesse tão determinada a dar uma chance real, pararia tudo agora, resignando minha vida a ser solteira, com muitos gatos, e tia das crianças de Mac e Daniel.

Mas isso, definitivamente, não é o que eu quero. Determinada, pego meu laptop da mesa de centro e o ligo; logo em seguida, entro no meu cadastro do site *Chicago Singles*. Ao acessar a conta, vejo um lembrete de que meu encontro com Roger já passou. Quão perspicaz, pequeno site! Você também pode me dizer quando um encontro vai ser cheio de merda e chato pra cacete? Porque isso poderia ter me poupado um esforço e tanto.

Verifico se Roger, o Chato, já avaliou nosso encontro e quase cuspo meu vinho quando vejo que ele avaliou com quatro de cinco corações. Mas que merda! Ele deve ser mais iludido do que eu pensava. Esse encontro foi tão sem sal. A única coisa emocionante nele foi o meu breve encontro com Zander, que foi tão embaraçoso quanto poderia ser, e olha que ele ainda conseguiu obter uma resposta mais positiva do meu corpo do que qualquer uma que Roger poderia almejar.

Droga. Por que Zander tinha que ser um cavalheiro? Por uma noite, ele teve a chance de ser apenas um cara qualquer e pensar com seu pau. Por que não podia ter aceitado minha oferta e me dado uma noite de sexo alucinante? Teria sido incrível... a maneira como ele move seu corpo, a maneira como ele se comporta... Deus, o jeito que ele me olha. Tudo grita que ele é um cara que sabe o que faz na cama. Ele não queria que eu lamentasse pela manhã, mas, com apenas uma olhada naquele homem, você concluirá que vale a pena todo o pesar do mundo. Várias e várias vezes. Orgasmos múltiplos valem a pena mesmo.

Concentro-me de volta na avaliação do encontro na tela e decido que, se vou dar uma chance verdadeira a essa coisa de encontros pela internet, é melhor começar sendo honesta. Não vou mentir sobre o meu encontro com Roger, o chato. Ele pode ter me classificado com quatro dos cinco corações, mas acho que ele está delirando.

Viro o resto da minha taça de vinho para criar confiança, clico com o mouse em *avaliar meu encontro*: zero coração. Meu raciocínio? Eu não estarei ajudando minhas colegas de site se mentir sobre as proezas de encontro do Roger. Se isso faz de mim uma puta, que seja. Pelo menos, estou sendo uma puta honesta.

Acordo com o cheiro de bacon flutuando pelo apartamento. Na minha neblina sonolenta, tenho um pequeno ataque. A noite de ontem tomou um rumo diferente? Oh, Deus, por favor, me diga que eu não trouxe Roger, o chato, para casa.

— Mac? — eu chamo.

— Sim, sou eu. Fiz café da manhã — ela responde e dou um enorme suspiro de alívio. Minha cabeça parece um pouco descontente comigo. Com a bebida no bar e metade de uma garrafa de vinho com o estômago vazio, não é de se admirar muito.

Arrasto-me para fora da cama e, sonolenta, tropeço até o banheiro para fazer minha higiene matinal antes de pegar o roupão e pantufas de coelhinho da Playboy e ir para a cozinha.

— Bom dia, Bela Adormecida — minha melhor amiga me cumprimenta enquanto me sento num banco alto ao lado do balcão da cozinha. Murmuro com apreciação quando ela desliza uma caneca de café fumegante debaixo do meu nariz.

— Obrigada. O que você está fazendo aqui? — pergunto, levantando minha cabeça apenas o suficiente para olhar para ela.

Ela se inclina para trás no balcão e esfrega a barriga crescente.

— Nosso super-herói aqui decidiu que era hora de acordar a mamãe, e, como eu usei muito o papai na noite passada, pensei em voltar pra casa e fazer

Felicidade Verdadeira  25

nosso café da manhã. Depois de seu encontro fracassado de ontem, achei que você precisou de mim e eu não estava aqui. Desculpe-me.

— Mac, você tem uma vida além de mim agora. Tem o Daniel e um bebê. E eu te amo muito por pensar em mim, apesar de tudo.

— Posso estar com o Daniel, mas você é minha melhor amiga. Ainda estou aqui pra você. Espero que saiba disso.

— Sim, eu sei. Agora, onde está o meu bacon? Não sou tão boa assim a ponto de não roubar de uma mulher grávida, você sabe, né?

— Você pode até tentar, amiga. Nunca fique entre minha comida e mim, ainda mais quando estou comendo por dois, e nunca mexa com o meu bacon.

— Tem certeza de que não são três? — pergunto, me abaixando e desviando de um utensílio que passa zunindo pela minha cabeça.

— Retire o que disse — diz ela, com uma mão na cintura e a outra com uma espátula apontando para mim.

— Nunca. — Juro por Deus, o sorriso no meu rosto não poderia ficar maior. Amo isso, nós duas rindo e brincando. Mas não é mais do mesmo jeito. Não que eu não quisesse que Mac tivesse conhecido o Daniel, porque o homem é perfeito para ela; nenhum homem é mais adequado para Mac do que o seu Superman. Mas sei que ela vai se mudar em breve. É inevitável. Eles vão ter um bebê. Vão começar uma nova família e sei que Daniel os quer juntos. Não que o apartamento do Daniel seja longe; Mac vai estar a uma caminhada de duas quadras daqui.

Então, percebo que ela deve ter vindo essa manhã porque se sentiu culpada.

— Mac, eu te amo muito, mas você não pode ficar correndo para cá toda vez que achar que preciso de você. Eu tenho telefone, você poderia ter me ligado — tento explicar.

— Eu sei. Mas eu não estava aqui para você ontem à noite quando chegou em casa. Mas, me conta, o encontro foi tão ruim assim?

— Pior do que ruim. Pense num encontro estranho e ruim de formatura, menos as espinhas e os óculos de nerd, e com cheiro de homem velho e Sr. Buttons, seu gato à espera em casa.

— Oh, Deus! — Ela ri, colocando um prato de bacon, ovos e batata rosti na minha frente.

— É. E também vi o Zander. Ele estava conversando com um barman bonito.

— Sim, é o Zach, colega de apartamento dele.

— Oh... oh! — eu falo, preocupada com o pensamento de que Zander vai, certamente, saber que perguntei por ele.

— O quê? Zander disse alguma coisa? — pergunta ela, com seu interesse despertado.

— Não. Não. Só o vi rapidamente, não consegui falar com ele ou qualquer coisa do tipo.

Ela faz uma pausa, um leve sorriso brotando em seu rosto como se soubesse de algo que eu não sei.

— O quê? Conheço esse olhar, Mac. O que você não está me contando?

— Nada, só parece que tem algo entre vocês dois, só isso.

— Eu já te disse que não. Ele mostra o sabre de luz dele pra quem- quer-que-queira-vê-lo.

— Tudo bem, então. — Ela sorri. — Coma tudo. Eu não fiz seu café da manhã para ficar frio, e tenho o cartão de crédito do Daniel fazendo um buraco no meu bolso e roupas de bebê para comprar.

— Sim, mãe — concordo com a boca cheia de comida.

— E não fale de boca cheia — ela acrescenta com um sorriso.

Ela está agindo mais como uma mãe a cada dia.

E eu não poderia ficar mais feliz.

**Felicidade Verdadeira 27**

28   BJ Harvey

# Capítulo 3
## Tudo mudou

*Zander*

Depois de mais uma semana de treino na Academia de Polícia, malhar na academia e até de ajudar Zach com seu turno no bar, estou em casa numa sexta à noite, tendo acabado de fazer meu único show de hoje. Consegui escapar com apenas alguns arranhões nas costas e na bunda. Pode ser um trabalho que me alimenta, me veste e me ajuda a pagar o aluguel, mas a excitação de fazê-lo meio que passou.

Admito, quando comecei a ser *stripper*, um ano atrás, eu sentia certa excitação. Sempre amei música e nunca fui tímido para ir até a pista de dança e arrasar. Então, misturar dança, música, mulheres gostosas com tesão e short apertado, não me parecia uma tarefa difícil. Agora, estou contando os meses para me formar na Academia de Polícia e dar adeus à vida de *stripper*.

Pego uma cerveja da geladeira, sento na cama com meu laptop e acesso o site *Chicago Singles*, resumindo minha pesquisa a garotas solteiras e disponíveis com menos de vinte cinco anos de idade. Vou te contar, existem muitas mulheres procurando por um homem em Chicago. Você poderia achar que eu teria dificuldade de achar um encontro em potencial, mas não, estou olhando páginas e páginas de mulheres solteiras que poderiam chamar minha atenção.

Depois de meia hora procurando e não achando ninguém que me interesse, decido mudar de tática e procurar por um rosto amigo, alguém que eu possa levar para tomar um café, conversar um pouco e preencher os requisitos do meu desafio com Zach. Expandi meu limite de idade e estou procurando por mulheres abaixo de quarenta anos. Eu tomaria um café com qualquer uma para me livrar do aluguel por dois meses.

Felicidade Verdadeira 29

Eu disse isso muito rápido.

Agora já é sábado, hora do almoço, e estou sentado de frente para Brandi. Dois meses sem pagar o aluguel é muito dinheiro para mim e significa que posso parar de fazer *stripper* bem antes da graduação na academia, se eu quiser. É um grande negócio, então, ter que suportar um encontro para ganhar a estúpida aposta de Zach... bem, por que não?

O problema é que Brandi tem trinta e sete anos, é divorciada, e, recentemente, passou por uma transformação completa no corpo, algo que ela ficou me explicando com muitos detalhes durante a última meia hora. Depois do divórcio, quando o marido a deixou pela secretária de vinte anos, ela decidiu tentar e mostrar a ele o que ele estava perdendo. Peitos, lifting facial e abdominoplastia. Ela até se ofereceu me mostrar suas cicatrizes. todas elas. Brandi parece bastante legal, e, quando conversamos ontem à noite, ela pareceu doce e inofensiva; moleza ganhar a aposta com Zach. Mas, Deus, eu estava errado. Tive que praticamente tirá-la do meu colo duas vezes e olha que este é um café bem "família". Você esperaria esse tipo de comportamento num bar lotado em um sábado à noite. Mas, caramba, tem crianças nos observando aqui.

Quando tirei a mão dela pela terceira vez do meu pau, tive que dar um basta nisso.

— Desculpe, Brandi, mas acho que isso não vai dar certo — digo firmemente enquanto me levanto.

— Mas, Zander — ela ronronou —, por que não vamos para o hotel do outro lado da rua. Tenho um quarto lá esperando por nós. Eu já fiz o check-in e tudo mais.

Puta merda. Essa mulher não é só uma *loba*, ela está prestes a se tornar uma hiena, buscando um prêmio a qualquer custo.

— Obrigado, mas... eu... uh, tenho que ir. Tchau.

Deixei o café tão depressa que algumas pessoas provavelmente se perguntaram onde era o fogo.

Andando para casa depois de escapar das garras de Brandi, minha mente voltou para Kate. Durante a semana inteira, tive uma incômoda sensação sobre seu encontro no último final de semana. Algo não estava certo nos dois juntos. Ele jamais seria o cara com quem eu imaginaria Kate, e, agora, depois do meu desastroso encontro de hoje, tenho um palpite.

Ela parecia muito desconfortável... E eu aposto que foi porque era um encontro às escuras, e o cara mentiu para ela sobre:

a) sua idade

E...

b) sua personalidade.

Eu poderia afirmar que ela não estava gostando do encontro ou dele. Ela estava tensa, nada parecida com a Kate que eu conheço. E também notei seu olhar na minha direção algumas vezes... tudo leva a crer que a Senhorita Kate está tentando relacionamentos via internet.

Envio uma mensagem para Mac, sabendo que, qualquer coisa que Kate esteja aprontando, Mac provavelmente sabe.

**Zander:** Mac, Kate está saindo com caras mais velhos, agora?

**Mac:** *Hum, o quê?! Claro que não. Ela nunca sai com ninguém com mais de trinta anos. Por que isso?*

**Zander:** Eu a vi no Bar da Rua 42 com um cara com seus quase quarenta.

**Mac:** OMG. *Foi um encontro às escuras, da internet. Ele deve ter mentindo no perfil.*

**Zander:** Que site?

**Mac:** *Por quê???*

**Zander:** Só curiosidade.

**Mac:** *Curiosidade ou interesse?*

**Zander:** Isso importa?

**Mac:** *Chicago Singles. Seja prudente com ela, ok? Mas, se você estiver interessado, deixe-a saber.*

**Zander:** Pare de bancar o cupido, Mac. Falo com você em breve.

Dez minutos em minha pesquisa, e eu estou prestes a arrancar meus cabelos quando me deparo com uma foto deslumbrante, que mostra a silhueta das costas de uma pequena mulher lindamente esculpida, com cabelos vermelho-fogo, que ondulam na altura da curva do sutiã. Mesmo sem ver seu rosto, o corpo dessa mulher me lembra o de uma *pin-up*. O cabelo, as curvas, o tamanho e a postura recatada dessa mulher fundem minha mente. Ela estava estonteante, uma figura de beleza e graça. Tudo o que eu gosto em uma mulher; fogosa e embrulhada num pacote de tamanho perfeito. Era Kate. Clicando na página do perfil dela, pude confirmar sua identidade: os olhos azuis da cor do céu, 1,54m e até um comentário espertinho sobre não precisar ver mais fotos de pênis.

Não consigo evitar e decido enviar uma mensagem para ela. Uma curta e simpática para quebrar o gelo. Mas não vou dizer a ela, de imediato, que sou eu. Por enquanto, quero que ela me dê a chance de conversar um pouco. Quero conhecê-la e esta talvez seja a única maneira de fazer isso, dada a forma como ela me tratou no bar. Não é enganar nem mentir. É apenas omitir a verdade sobre quem eu sou até ter certeza de que ela irá me dar uma chance. Isso é o que eu estou dizendo a mim mesmo, de qualquer jeito.

Para amizade? Para mais? Eu não tenho certeza.

Tem noites que me pego deitado na cama pensando nela. E, hoje à noite, aquela foto dela na internet invadiu minha mente e redirecionou quase todo o sangue para uma parte mais ao sul do meu corpo; não consigo tirá-la da cabeça. São aquelas curvas que emolduram seu lindo corpo e a silhueta dos seus seios que estou morrendo de vontade de tocar.

Para resolver meu problema, agarro meu pau com firmeza e começo a movimentar para cima e para baixo, de novo e de novo. Minha mão deslizando pela pele macia, desejando que estivesse deslizando para dentro daquele corpo gostoso da Kate. Eu gozo muito, imaginando os vulneráveis olhos azuis da cor do céu de Kate me encarando enquanto me enterro nela. Porra, espero que ela me dê uma segunda chance, outra oportunidade de conhecê-la. Eu preciso de uma mulher como a Kate na minha vida.

Kate provavelmente pensa que estou fora do seu limite, e não vamos esquecer de que eu estupidamente a rejeitei uma vez. Homens são diferentes das mulheres. Nós não temos problema algum em dormir com uma mulher que um dos caras já tenha dormido antes, desde que não seja uma ex-namorada. Nenhum problema. Boceta é boceta, e, desde que use proteção, nenhum dano é causado. Mas Kate nunca foi apenas uma boceta e vê-la hoje à noite me lembrou disso. Desde a primeira vez que a conheci, eu sabia que ela era o tipo de garota que era para sempre, uma que merece um amor para a vida toda, proteção e sexo ardente. Mas, naquela época, eu não estava na posição de oferecer isso a ela. Talvez agora eu esteja.

Não me arrependo de tê-la rejeitado naquela noite em que ela propôs que fôssemos para a cama. Não quero ser um arrependimento, um erro de bêbada. Se eu levar Kate para a cama, não será numa noite em que ela esteja bêbada. Farei isso ser memorável para que ela não seja capaz de me tirar da cabeça por dias, talvez, até semanas. E pode apostar, não andaremos direito na manhã seguinte.

Nas poucas vezes que vi Kate, ela sempre me pareceu tímida, especialmente quando Mac nos deixou sozinhos no bar. Mas, ainda assim, o que ouvi de Mac sobre ela, me diz que ela é, realmente, uma pessoa explosiva. Resoluta, engraçada e muito protetora com seus amigos. Então, por que ela fica tão diferente perto de mim?

Cresci numa casa cheia de mulheres. Eu sei que as mulheres são diferentes dos homens quando se trata de encontros e sexo. Existem regras ocultas. Minhas irmãs me explicaram isso muitas vezes. Você nunca sai com um cara que já:

a) transou com a sua irmã

b) transou com uma de suas amigas

Ou

c) tem a reputação de "ame-as e deixe-as".

As regras das irmãs e amigas são concretas. Elas me disseram que é um código feminino. Ter uma conversa como essa com minhas irmãs de vinte e um e dezoito anos foi estranho, especialmente quando me deixa doente pensar num cara tocando-as, mas me deu uma perspectiva sobre o sexo feminino.

Então, com isso em mente, vou continuar conversando com a Kate pela internet. Quero conhecê-la melhor e quero que ela me conheça sem nenhum constrangimento. A Kate é diferente, e talvez ser diferente seja o que eu preciso, o que eu quero agora.

Porra, eu passei tanto tempo com mulheres que estou começando a me parecer com elas.

Hoje é o único dia que consigo dormir até tarde, já que é domingo, o único dia de folga do trabalho e do treino. Por volta das dez da manhã, saio do quarto e vou até a sala, onde encontro Zach deitado no sofá, assistindo a um replay de futebol americano da semana passada.

— Ei, começou cedo ou terminou tarde? — pergunto, andando em direção à cozinha para pegar uma xícara de café.

— Terminei cedo e comecei cedo. Seu pequeno avião estava no bar ontem à noite.

— Num encontro?

— Não, com Mac e o homem dela, e um outro cara que parecia ser a alma da festa, mas definitivamente não era um encontro. Ele ficou me dando umas olhadas a noite inteira — ele respondeu, encolhendo os ombros.

— Hmm, eu mandei mensagem para Mac ontem à noite também.

— Cara, ela está grávida daquele homem. Esquece ela.

— Vai se foder, eu sei disso! Mandei mensagem para descobrir se a Kate tinha uma conta no *Chicago Singles*.

— Isso explica o porquê daquele encontro com o velhote na semana passada.

— Foi o que eu pensei também.

— Suponho que você goste dela, então? — ele pergunta, levantando uma sobrancelha.

— Eu só a vi algumas vezes, mas o mínimo que posso dizer é que ela me intriga.

— Eu não diria não a ela — ele diz distraidamente, não tirando os olhos da TV.

Não consigo segurar o rugido que sai da minha garganta.

— Ela é para relacionamento e comprometimento, Zach. Sabe, as duas palavras que repelem você como o alho repele vampiro.

— Sério? Merda. Lá se vai minha fantasia.

— Espero que sim. Kate é diferente. Foi por isso que eu não tentei nada... ainda — eu tento explicar.

— Por que não? Ela é gostosa e tem um corpo de matar.

— Cara, não fique pensando nela desse jeito. Fim da história.

— Calma, Zan, entendi perfeita e claramente. Já que você está tão na defensiva quanto a isso, talvez você devesse chamá-la para sair. Deus sabe que aquele encontro dela na semana passada foi um desastre. O cara pediu cidra, pelo amor de Deus, no meio do inverno! E ele parecia ter idade o suficiente para

**Felicidade Verdadeira  35**

ser pai dela. — Zach continuou assistindo ao jogo e gritando com a televisão quando seu time perdia a posse da bola. — Porra, você viu esse jogo? Eles não dão uma trégua!

Concordei com a cabeça, mas minha mente estava em outro lugar. Sentando-me à mesa de jantar, não pude evitar de imaginar qual é o negócio com a Kate. Ela provavelmente não teria problema em achar um cara e namorar. Talvez ela seja muito exigente... ou pegajosa. Os caras nunca querem mulheres grudentas.

Aproximei-me do sofá perto da cabeça de Zach.

— A propósito, cara, ontem no café eu tive minhas bolas agarradas na frente de várias crianças. Então, só pra você saber, eu ganhei sua aposta. Missão cumprida. Aluguel de graça, aqui vou eu — digo, batendo no boné em sua cabeça.

— Merda. — Escuto-o dizendo sob sua respiração, enquanto saio da sala com um sorriso no rosto.

Percebendo que o dia está perdido para mim, pego minhas roupas da semana para lavar e vou até o próximo quarteirão na minha lavanderia local. Assim que ligo a máquina de lavar, me sento em uma das cadeiras de plástico e pego meu celular. Hora da minha ligação semanal para minha mãe e as garotas.

Chama duas vezes antes de minha irmã Danika atender.

— IML local, você os mata e nós os congelamos.

Ela nunca para de me surpreender.

— Danika, essa é péssima! — eu digo, ainda rindo.

— Zan, me diga que você está vindo para casa logo.

— Eu gostaria de ir, querida. Mas estou muito ocupado com o trabalho e a Academia de Polícia. Quem imaginaria que se tem que estudar para se tornar policial?

— Bem, dã! Claro que tem. De que outra forma você saberia como engordar comendo donuts o dia todo?

— É isso que eu vou fazer o dia todo? Merda, ainda bem que você me contou — repliquei sarcasticamente.

Danika tem quatorze anos, mas parece ter vinte e cinco. Juro por Deus, a garota é muito esperta. Ela já está um ano adiantada na escola e não parece que vai diminuir o ritmo. Merda, ela começou a andar com nove meses e não parou de correr desde então. Depois de mim, tem a Zoe, que tem vinte e um anos, e a Mia, com dezoito. Todas elas ainda moram em casa com a minha mãe, em Siracusa, Indiana. Elas se mudaram de Chicago há alguns anos quando mamãe foi demitida e conseguiu emprego na rv Factory. Elas tiveram que se mudar para outro Estado, mas ainda estão perto o bastante para que eu possa ir visitá-las.

Sou muito protetor com minha família. Meu pai era um caloteiro que estava sempre desempregado ou bêbado, ou ambos. Quando eu tinha treze anos, ele morreu de insuficiência renal. Foi rápido, traumático e minha mãe nunca mais encontrou outro homem depois dele.

Desde então, venho tentando tomar conta delas; sendo o mais velho e o único homem da casa, foi algo que senti que deveria fazer, então eu cresci rápido. Ainda mando dinheiro para a mamãe quando tenho uma semana boa de trabalho. Claro que ela não sabe como eu ganho dinheiro; ela acha que trabalho no bar com o Zach. Acho que ela ficaria chocada e talvez até um pouco desapontada com a forma como me sustento, mas sei que ela ficou muito feliz quando fui aceito na Academia de Polícia. E ainda conta para qualquer um que quiser ouvir que estou treinando para ser policial. Só de ser capaz de deixá-la orgulhosa já é tudo para mim.

Zoe sabe que eu danço. Infelizmente, aconteceu de ela chegar tarde num show que eu estava acabando. Falando sobre quão estranho foi, ela gritou quando me reconheceu e eu literalmente fiquei paralisado no palco. Não conseguia me mexer. Eu a peguei, e nós saímos direto para uma lanchonete vinte e quatro horas alguns prédios à frente para conversarmos sobre o assunto. Ela agora entende porque faço isso, e nós sempre garantimos que eu não estarei trabalhando em nenhum show que ela possa ser convidada.

— Dani, chame a mamãe, sim?

**Felicidade Verdadeira 37**

— Mããããããããããããeeeeeeeeeee! — ela grita, abaixando o telefone.

— Alô! — minha mãe diz quando o pega.

— Oi, mãe. Estou ligando pra saber como estão minhas garotas favoritas.

— Oh, Zander. Você está sempre pensando na gente, mas não precisa se preocupar, estamos bem. O trabalho está indo bem, a casa nova é perfeita, Mia e Danika também estão indo bem na escola.

— E a Zoe?

— Bem, você conhece a Zoe, um bad boy atrás do outro. Ela está saindo com um tatuador de Brownsburg. Eu gostaria que ela encontrasse um bom garoto, pelo menos uma vez, alguém como você, mas ela aprenderá um dia. E quanto a você, meu garoto? Como está indo o treinamento? — ela pergunta.

— Eu estou bem. O treino está bom. A parte física é tranquila, mas são todas as coisas que tenho que aprender e lembrar que são difíceis. Mas não poderia querer outro trabalho.

— Fico feliz em ouvir isso, Zan. E quanto a namorar? Já conheceu alguma boa garota? Talvez uma garota do interior que vá cozinhar boas refeições e tomar conta de você. Você merece ser cuidado, Zander.

— Você sabe que eu não tenho tempo para namorar, mãe, mas tem uma garota que eu quero conhecer melhor. Ela me intriga e parece que não consigo tirá-la da minha cabeça.

— Bem, isso quer dizer que existe alguma coisa aí. Você precisa conversar com ela.

— Ela meio que está me evitando. Está envergonhada sobre uma coisa que aconteceu entre nós, apesar de que não deveria estar.

— Você precisa conversar com ela. Dizer para não ficar envergonhada, depois precisa cortejá-la, Zander. Se você gosta dela, precisa fazer isso. Mulheres gostam de serem ouvidas, você sabe disso por conviver comigo e suas três irmãs, então, escute, faça perguntas e corteje. Entendeu, filho?

Como as mães sempre sabem as respostas certas de qualquer questão sobre a vida? Eu me lembro de perguntá-la uma vez "como você sabe disso, mamãe?" e, sem perder o compasso, ela me respondeu: "Foi porque passei no teste das mães".

Eu sorrio.

— Sim, mamãe. Vou tentar fazer isso. — Escuto o bipe da secadora. — Mamãe, tenho que ir, ligo pra você semana que vem, ok?

— Claro, filho. Amo você. E lembre-se: perguntar, escutar e depois cortejar.

— Sim, mãe. Amo você também. Tchau.

Perguntar, escutar, cortejar.

Meu novo plano:

1) fazer a Kate se abrir;

2) deixá-la me conhecer;

3) revelar minha identidade quando eu tiver certeza de que ela está confortável comigo. Depois, ela pode querer me conhecer pessoalmente.

Parece lógico para mim.

40   BJ Harvey

## Olá

**Kate**

Depois de ir ao bar para comer algo rápido com Mac, Daniel e meu amigo do trabalho, Nathan — meu namorado gay para todos os efeitos —, voltamos para casa e assistimos a um dvd de algum filme de ação que Daniel escolheu.

Estou sentada do lado oposto do sofá com a minha taça de vinho pela metade e o laptop no colo, verificando meus possíveis encontros no site *Chicago Singles*. Mac recebe uma mensagem e até mostra para Daniel por cima do ombro enquanto ri e se aconchega em seu colo, os braços dele ao redor dos seus quadris e as mãos protetoramente sobre a barriga dela.

— Do que você está rindo, Mac "engraçadinha"? — Deve ser algo muito engraçado para ela estar rindo como uma colegial.

— Oi? Nada. Só, hum, um amigo do trabalho que me mandou uma mensagem com uma piada — ela diz suspeitamente.

— Mmm hmm — murmuro em resposta, tomando mais um gole de vinho, enquanto rolo pela lista interminável de novos "solteiros à espera" do site.

De repente, tenho uma nova mensagem privada de alguém chamado *Dançarinonoturno23*. Nome interessante, definitivamente chama minha atenção. Acho que vale a pena dar uma olhada.

Não tem foto de perfil, tem 23 anos, cabelo loiro escuro, gosta de malhar, 1,90m. Merda, é muito mais alto do que eu, mas sempre fui apaixonada por homens mais altos. Deve ser toda aquela fantasia do "homem protetor". Sabe, o policial, o bombeiro, o soldado... o cara alto de uniforme que faz você derreter

Felicidade Verdadeira 41

apenas com um olhar.

É, uma total iludida aqui.

Ok, isso está me cheirando bem até agora. Vinte e três anos é o meu limite mínimo de idade, mas, tenho apenas vinte e quatro, então um ano não é muito ruim, desde que ele seja maduro e não esteja procurando apenas se dar bem. E, tirando meu encontro com Roger por base, que era velho o bastante para ser meu pai, um cara mais novo pode valer a pena.

Abro a mensagem, esvaziando o restante da garrafa na minha taça.

**Dançarinonoturno23:** Oi. Você parece uma garota divertida. Como está a sua noite?

Ok. Nada muito agressivo ou profundo. Apenas uma mensagem simples e amigável. E nada de foto de pau; definitivamente é um começo melhor do que as primeiras cinco mensagens que recebi. Eu penso em minha resposta antes de escrevê-la.

**Fogosdeartifício:** *Oi, eu gosto de acreditar que sou divertida. Você, obviamente, tem um ótimo senso de humor se o seu nome quer dizer algo. Dançarino noturno? Isso significa que você é o próximo Channing Tatum?*

Aqui vamos nós. Divertido, um pouco de flerte, nada muito desesperado. Ótimo começo, Kate. Estou orgulhosa de mim mesma.

Logo em seguida, recebo uma resposta.

**Dançarinonoturno23:** Channing Tatum definitivamente não, mas vou te dizer que eu danço como ele. Uma mulher linda como você não deveria estar se divertindo hoje à noite?

**Fogosdeartifício24:** *Tive um encontro no último final de semana e hoje jantei com meus amigos. Aproveitando uma ótima taça de vinho para afogar as mágoas.*

**Dançarinonoturno23:** Deve ter sido horrível mesmo, já que você está bebendo por um encontro ruim da semana passada. Não são só encontros na internet que podem ser desastrosos. Todo encontro pode ser ruim. Hoje, fui apalpado em um café, num encontro. Não perca a coragem.

**Fogosdeartifício24:** *Own, obrigada. Então, por que você está em casa hoje à noite? Pra não mencionar num site de encontro. ;)*

**Dançarinonoturno23:** Terminei o trabalho e vim para casa relaxar. Estou sempre muito ocupado durante a semana, então ocasionalmente gosto de relaxar em casa. Não posso ficar festejando o tempo todo. ;)

Olhei para o relógio e vi que eram onze da noite. Acho que posso chamar de noite desde que Mac e Daniel estão de conchinha no sofá assistindo outro filme de zumbi. Por mais que eu queira continuar conversando pela internet, minha confiança de que esse site tem a resposta da minha vida amorosa é pouca, então não quero elevar minhas expectativas de novo. Amigável, mas sem compromisso. Essa é a chave.

**Fogosdeartifício24:** *Concordo com você. Bem, gostei do papo, mas vou precisar sair. Minha cama vazia e fria está me chamando. Espero que o resto da sua noite seja relaxante. Conversaremos em breve.*

**Dançarinonoturno23:** Eu adoraria. É difícil encontrar novos amigos na cidade grande, especialmente sem nenhuma expectativa. E não fique desencorajada pelo seu desastroso encontro; seu príncipe encantado está por aí em algum lugar, eu juro.

Esse cara realmente parece ser um dos bons que estão por aí. É isso ou ele vai chegar em mim de forma bem suave.

**Dançarinonoturno23:** É muito errado eu pensar que é um crime você ir para uma cama gelada?

**Fogosdeartifício24:** *Não é errado. Um pouco apressado, talvez, mas eu posso lidar com isso à distância.*

**Felicidade Verdadeira 43**

**Dançarinonoturno23:** Bom saber, Ruivinha. Até uma próxima vez. ;)

**Fogosdeartifício24:** *Ruivinha?*

**Dançarinonoturno23:** Desculpe, foi só um nome que eu pensei quando vi sua foto.

**Fogosdeartifício24:** *Eu gostei.* ☺

Bem, me pinta de rosa e me chama de algodão doce! Atacando e flertando. Droga, por que a Mac não pode me ajudar a decifrar isso? Ela é a rainha de ler nas entrelinhas. Vou ter que perguntá-la de manhã, quando ela não estiver tão ocupada com o Superman ali.

Hora de ir para a cama e ler um romance para afogar as mágoas! Vou para o quarto e me aconchego debaixo das cobertas com meu Kindle, esperando que o sono venha. Dez páginas — e uma cena de sexo depois —, o Kindle cai sobre meu rosto enquanto adormeço segurando-o.

Kate, a idiota em busca da vitória!

*Ele está em pé na beira da minha cama, os olhos cheios de desejo enquanto percorrem meu corpo nu. Das pontas dos meus dedos dos pés, ele me analisa vagorosamente... a curva do meu quadril, a inclinação da minha cintura, meus seios doloridos e pesados, que sobem e descem rapidamente... o erotismo do momento me engole. Estou ofegante de necessidade, mordendo o lábio para me impedir de implorar para que ele me possua.*

*— Deus, você é tão linda. Você é o sonho molhado de qualquer homem. Eu tenho sonhado com você desse jeito, nua e esperando por mim.*

*— Me come — eu gemo, levantando as mãos para segurar meus seios, os polegares esfregando cada um dos mamilos duros e mandando um delicioso formigamento até minha boceta.*

— *Eu pretendo, e vou te comer bem devagar, porque você merece o mundo, Kate. Você merece tudo o que vou te dar e mais.*

— *Me toque, preciso que você me toque* — *estou implorando, mas não me importo. Meu corpo inteiro está em chamas e ele é a faísca que me queima.*

— *Tente me impedir, Ruivinha.*

Espera, o quê?

Balanço a cabeça, não querendo perder o momento.

*Suas mãos fortes e largas estão por todo o meu corpo. Ele coloca um joelho na cama entre meus pés, conforme desliza para cima das minhas panturrilhas, gentilmente afastando minhas pernas enquanto vai se movendo.*

*Ele mergulha a cabeça e começa a distribuir beijos pelas minhas coxas, me olhando com olhos vorazes.*

— *Você é tão linda. O que eu fiz para merecer você?*

— *Tão perto* — *eu gemo, aumentando a pressão nos meus mamilos doloridos.*

— *Você é tão gostosa. Eu tenho que experimentá-la. Tenho que estar dentro de você.*

— *Sim!* — *grito quando sua língua me invade, parando em meu clitóris latejante que está pedindo por atenção.*

*Como se pudesse ler minha mente, ele move os dedos para cima, introduzindo um lentamente, depois, coloca mais um. Minha boceta está tão molhada que ele os movimenta para trás e para frente com facilidade enquanto sua língua faz círculos no meu clitóris, antes de firmar seus lábios ao redor dele e chupá-lo com força, indo para frente e para trás. Meu quadril levanta, forçando seus dedos a irem mais fundo enquanto gemo alto, saboreando a crescente pressão dentro de mim querendo ser liberada.*

Trim Trim.

*Porra! Isso não é hora de o telefone tocar. Ele olha para mim, seus olhos nublados enquanto raspa os dentes pelo meu clitóris e insere um terceiro dedo bem fundo em mim, conforme meu clímax toma forma. Empurro os quadris descontroladamente em sua direção e gozo forte e barulhento. Eu sabia que seria bom, mas isso vai além de qualquer uma das minhas fantasias mais loucas.*

Trim Trim.

Sento-me de repente na cama. Santo orgasmo, Batman! Que diabos foi isso?

Uma fina camada de suor cobre meu corpo enquanto me esforço para recuperar o fôlego. Esse foi, sem sombra de dúvidas, o sonho mais erótico que já tive, e, de todas as pessoas, tinha que ser justo com Zander? Que merda!

E ele me chamou de Ruivinha? Nós não passamos tanto tempo juntos para que ele me chamasse por um apelido. E ruivinha... por que me parece tão familiar?

Trim Trim.

Merda, sabia que tinha acordado por uma razão.

— Alô! — respondo sem fôlego.

— Katelyn Marie. Você estava correndo? — A voz calorosa da minha mãe responde suavemente.

— Oi, mãe. Correndo? Não, desculpa. Eu... hum, só corri para atender o telefone, só isso. Como você está? — Olho para o relógio e vejo que são oito da manhã. Só minha mãe ligaria a essa hora, num domingo.

— Estou bem. Daqui a pouco seu pai e eu vamos à igreja, mas queria falar com o meu bebê primeiro. Como está sendo seu fim de semana?

— Tudo bem. Trabalhei ontem de manhã. E fiquei em casa à noite.

— Oh, querida, eu realmente gostaria que você encontrasse um bom homem logo. Você não está ficando mais nova, sabe disso, né?

Ótimo, mãe. Constatando a porra do óbvio.

— Mas também não sou tão velha ainda, mãe — digo inexpressiva.

— Eu sei, meu bem, mas ainda assim precisa de alguém para cuidar de você.

— Eu estou bem, mãe — respondo com um suspiro.

— Querida, tem um homem para você em algum lugar. Nunca se sabe, você pode até já tê-lo conhecido e ainda não ter percebido. A propósito, Mark te ligou essa semana? — Mark é meu irmão mais velho. Joseph é o do meio e eu sou a mais nova.

— Não, por quê?

— Felicity e ele estão grávidos novamente. Não é maravilhoso? — ela exclama. Consigo sentir seu orgulho pelo telefone. Mais uma vez, um dos meus irmãos está procriando enquanto eu não consigo nem arrumar um homem que eu saia mais de duas vezes. Fantástico. Era só o que eu precisava ouvir.

— Isso é ótimo, mãe. Vou ligar para eles mais tarde. Não acredito que terei outro sobrinho ou sobrinha — respondo, minha voz cheia de falso entusiasmo.

— E, quando você tiver filhos, seus sobrinhos vão ser poder cuidar deles.

— Mãe! — Balanço a cabeça, mas consigo dizer pelo seu tom que ela está me provocando.

— Tudo bem, seu pai está mandando um "oi". Tenho que ir, ele já está saindo. Te ligo semana que vem, ok?

— Tudo bem. Tchau. — Desligo o telefone. Ela pode ter acabado de estragar o sonho mais quente que eu já tive, mas ela é minha mãe, o que eu posso fazer?

A noite passada acabou se transformando num poço de autopiedade, mas, pelo menos, teve um pequeno raio de sol. Quem quer que seja *Dançarinonoturno23*, ele me fez sentir um pouco melhor sobre meu primeiro encontro na internet.

Deito novamente e abraço meu travesseiro enquanto observo os raios de sol invadindo minha janela.

Talvez eu precise ser um pouco mais exigente com quem eu vou sair de agora em diante, e, definitivamente, pedir uma foto recente, autenticada, com um jornal junto ou algo assim. Não existe a menor possibilidade de que aquela foto que Roger me mandou seja recente. Deus, ele estava muito fora do meu limite de idade e não faz meu tipo mesmo.

Por que mentir num site de encontro? Certamente você entende que vai ser descoberto, especialmente se for se encontrar com esse alguém. E não é para isso que alguém acessa um site como o *Chicago Singles*? Bem, na verdade, levando em conta o número de mensagens que já recebi com fotos dos muitos espécimes masculinos — e digo muitos —, parece que os homens não têm vergonha. Grande, pequeno, curvado, não importa. Se for um pau e estiver em pé, parece estar aberta a temporada de *selfies*. É como se, quando eles tivessem uma ereção, pensassem *"Hmm, eu deveria tirar uma foto disso"*, então, enquanto batem uma punheta na frente do computador — provavelmente em algum site pornô gratuito —, eles decidem enviar essa foto para qualquer mulher que estiver online na hora.

Mas vou continuar tentando. Sei lá, talvez eu possa ser uma das poucas sortudas que encontram um diamante bruto, ou, pelo menos, um homem honesto, que não precise mostrar o pênis para chamar minha atenção.

Qualquer um dos dois.

# Capítulo 5
## Amor no topo

**Kate**

— KAATTTTTTTTEEEEEEEEEEEEEEEEEEEEEEEEEEEE! — Mac me chama do quarto dela, onde está confortavelmente com Daniel durante as últimas horas, e sim, eu deveria ter saído ou algo do tipo. Em vez disso, aumentei o volume do filme que eu estava assistindo para bloquear as risadinhas e gemidos.

— O quê? — respondo, sem me incomodar em me mover do lugar bom e confortável no sofá.

— Você pode vir aqui um minuto?

— Claro, mas é melhor que vocês estejam decentes. Eu não preciso ver a arma de engravidar do Daniel novamente.

Sim, você ouviu direito. Eu tive a mais embaraçosa e infortuna honra de chegar ao apartamento, depois de um sábado cheio, e encontrar Mac espalhada na mesa de centro com o Superman ajoelhado, dando total atenção a ela. Não foi um dos melhores momentos deles e nunca mais olhei para a mesa de centro da mesma forma.

Escuto os dois rindo.

— Não minta, Kate, você gostou — Daniel fala.

Balanço a cabeça e rio.

— Cara, você é o pai do bebê da minha melhor amiga. Não era de se esperar que eu visse suas coisas.

— Justo. Mas, para sua informação, você está a salvo de qualquer atentado ao pudor — ele fala.

— Tudo bem, então. Lá vou eu! — Levanto do sofá, soltando a almofada, e sigo em direção ao quarto de Mac para encontrá-los semivestidos, mas cobertos; entretanto, não existe a menor possibilidade de que a "diversão" não estivesse acontecendo aqui, ainda mais se os cabelos bagunçados e as bochechas rosadas de Mac significassem alguma coisa.

— Deus, vocês são iguais a coelhos! — digo rindo, mas, na verdade, queria dizer: *estou verde de inveja. Tudo o que eu tenho são sonhos sensuais com um cara inatingível.*

Daniel abre seu enorme sorriso de satisfação.

— Não é culpa minha se ela não consegue manter as mãos longe de mim.

— Ah, para com isso. São esses hormônios loucos da gravidez.

— Não é o que você diz quando eu me enterro...

— E vocês me chamaram para... — digo tentando parar aquela conversa sobre sexo.

— Ah, sim! — Mac diz, sentando-se e cruzando as pernas sobre os lençóis bagunçados, dando a Daniel um olhar não muito impressionado, e deixando em evidência sua pequena barriga de grávida por debaixo da blusa. — Os pais de Daniel querem nos encontrar para um almoço amanhã e preciso que você vá com a gente.

— Mac, não. Lá não é o meu lugar.

— Pode parar. Desde quando não é o seu lugar estar lá para apoiar sua melhor amiga? E eu preciso de você lá, como uma distração. — Ela me lança aquele olhar de cachorro perdido e bate os cílios em minha direção.

Olho para Daniel, que está sorrindo para nossa interação, mas, quando vê meu olhar, levanta as mãos em um sinal de falsa rendição.

— Se é comigo que você está preocupada, Kate, eu adoraria que você viesse. E, se isso significa que a Mac vai se acalmar e reduzir as chances de dar um chilique e ficar trancada no banheiro, eu realmente apoio — Daniel fala e dá um sorriso para Mac.

Ela dá de ombros e olha para mim.

— Ele está certo, e você sabe, né?

Eu rio. Ele está totalmente certo. Isso só mostra o quão perfeito Daniel é para Mac.

— Sim. Merda de super-herói sabe tudo. — Mostro a língua para ele. — Onde e quando? Eu estarei lá.

— Uhuuul!! — Mac grita e se atira em cima de mim, me abraçando no corredor.

— Epa, você está chorando, amiga?

Ela rapidamente limpa seus olhos, escondendo a evidência.

— Não!

Eu a puxo para trás e lhe dou aquele olhar "você só pode estar brincando comigo".

— Tudo bem. Sim. Estúpidos hormônios femininos. Eu sou como a merda de uma torneira pingando. Tudo o que eu faço é chorar. Ninguém avisa a você sobre essas merdas de coisas de menininha.

Eu rio, abraçando-a pelos ombros.

— E você ainda tem quatro meses pela frente.

— Ah, cala a boca. Eu preciso de bacon. Muito, muito bacon. Você me deve bacon depois desse comentário.

Eu escuto Daniel rir conforme nos afastamos.

Vou sentir falta desses dois quando se mudarem.

Um pouco mais tarde, estou verificando minhas opções na internet novamente quando vejo um perfil que me chama a atenção.

**Príncipeempeledelobo:** Tenho 27 anos e estou buscando conhecer pessoas novas, fazer novos amigos e, se tiver sorte o bastante, encontrar minha alma gêmea. Trabalho duro e jogo mais duro ainda. Posso ser um pouco intimidante, às vezes, mas realmente sou meio mole de coração. Adoraria conversar com você.

Meu primeiro pensamento é de que ele parece legal e honesto. Ele admite a culpa em seu perfil, o que normalmente afasta as pessoas, mas acho isso um pouco cativante. Olhando para sua foto, ele parece ter lindos cabelos castanhos ondulados, um pouco longo em cima e curto nos lados — definitivamente, se cuida. Eu mordo a isca e mando uma mensagem.

**Fogosdeartifício24:** *Oi. Meu nome é Kate e tenho vinte e quatro anos. Só queria dizer que adorei o seu perfil e amaria adoraria conversar um pouco mais, se você quiser, claro.*

Deus! Como é possível que, no salão de beleza, eu consiga falar nos ouvidos dos meus clientes o dia todo e não pareça uma doida, mas, nessa coisa de encontro pela internet, eu, de repente, pareço a mais boba de todo o mundo?

Vejo que o *Dançarinonoturno23* entra, então espero uns cinco minutos para ver se ele vai me mandar alguma mensagem. Nossa conversa na noite passada me deu esperança de que nem todo cara neste site seja como Roger — velho, enrugado e mentiroso.

Sorrio quando vejo uma nova mensagem vinda dele.

**Dançarinonoturno23:** Oi, Ruivinha. Como está sendo o seu domingo?

**Fogosdeartifício24:** *Oi. Meu domingo está sendo bom, até agora. Acabei ficando em casa com a minha melhor amiga e namorado dela. E você?*

**Dançarinonoturno23:** Só fazendo coisas chatas. É o meu único dia de folga, então eu tento manter minhas coisas arrumadas.

**Fogosdeartifício24:** *Quanta responsabilidade. ;)*

**Dançarinonoturno23:** Ah, sim, um cara solteiro e responsável em Chicago. Viu, eles realmente existem!

**Fogosdeartifício24:** *Eles realmente existem. Um achado raro e um tesouro a ser admirado.*

**Dançarinonoturno23:** Alguns poderiam dizer que é melhor você não perder tempo quando encontrar uma joia rara.

Puta merda! Esse cara é o maior flertador que eu já conheci! Ele faz o Zander parecer manso!

**Fogosdeartifício24:** *Ah, sim, talvez. ;) Mas você deve proceder com cautela para ter certeza de que essa joia é verdadeira e não uma réplica.*

**Dançarinonoturno23:** Touché! Verdade.

**Fogosdeartifício24:** *E quanto a você? Você é genuíno ou uma réplica?*

**Dançarinonoturno23:** Eu sou tão genuíno quanto poderia. Testado e aprovado.

**Fogosdeartifício24:** *Hahaha. Não acho que você deva ficar falando para uma mulher o quão testado você é. ;)*

**Dançarinonoturno23:** Provavelmente não. Talvez eu precise ser colocado sob seu controle de qualidade, então.

**Fogosdeartifício24:** *O processo de teste pode ser rigoroso.*

**Dançarinonoturno23:** Acho que eu estou pronto para o desafio.

**Fogosdeartifício24:** *Talvez devêssemos marcar um encontro para que este teste possa começar.*

**Dançarinonoturno23:** Eu gostaria de te conhecer um pouco melhor primeiro. Tudo bem por você?

Em outras palavras, se manda, Kate. Deus, eu sou uma idiota.

**Fogosdeartifício24:** *Claro. Sim. Parece ótimo.*

Sinto-me rejeitada agora. Por que me sinto assim quando só conversei com esse cara por pouco tempo?

**Dançarinonoturno23:** Bem, é melhor eu voltar a lavar minhas roupas. Tem uma senhora de setenta anos aqui me dando um *olhar 43*; talvez eu deva tentar minha sorte. Você nunca sabe ;)

**Fogosdeartifício24.** OMG, *acabei de soltar minha bebida pelo nariz! Vai, docinho de coco. Isso vai além de ser uma loba, assim você define seus padrões bem altos.*

**Dançarinonoturno23:** Adoro um desafio. Conversaremos em breve, eu espero. Tenha um bom dia, Ruivinha.

Estou encrencada.

A sonhadora que existe em mim já está depositando todas as esperanças nesse cara, e eu nem o conheço de verdade. Sem foto, sem detalhes no perfil, e já estou construindo uma imagem dele. Consigo imaginá-lo sendo alto e musculoso. Não enorme como um fisiculturista, mas definitivamente como alguém que se cuida. Olhos penetrantes, linha do maxilar acentuada e mãos grandes com as quais ele sabe o que fazer.

Nossas mensagens e brincadeiras são suaves, sem esforço algum. Percebo que não quero que nossas conversas tenham um fim. E não vou mentir, quando vi que ele ficou online e me mandou uma mensagem, fiquei animada. Ele deve estar interessado em mim. E mesmo que seja só um pouco, já é um começo, né?

No final das contas, talvez essa coisa de namoro pela internet não seja uma total perda de tempo.

Uma nova mensagem aparece, tirando-me do meu devaneio.

**Príncipeempeledelobo:** Oi, Kate. Você me parece legal. Estaria interessada em um encontro hoje à noite para tomarmos uma bebida?

Puta merda! Geralmente, gosto de conversar um pouco antes de ir a um primeiro encontro, mas ele joga meu plano por água abaixo ao me convidar para sair.

Ainda estou pensando no que fazer quando Mac e Daniel entram na sala e, vendo o brilho nas bochechas de Mac, tenho certeza de que não é pelos hormônios da gravidez, mas sim porque eles estavam dividindo um banho.

— O que você está fazendo? — Mac pergunta, sentando-se ao meu lado no sofá. — Oooh, veja, Superman, parece que ela tem outro encontro.

Daniel se aproxima do sofá, abaixando-se entre nós para ler a mensagem na tela antes de franzir a testa, se levantar e passar a mão pelo cabelo.

— O que foi?

Ele me olha com preocupação.

— Kate, você realmente vai continuar com essa coisa de encontro pela internet? Acredite em mim, você é um bom partido e, cedo ou tarde, alguém vai ver isso e correrá para te conquistar. Existem uns caras muito estranhos em sites como estes.

— Ah, então é só eu entrar no trem que vou encontrar a minha alma gêmea, assim como vocês dois? Sabe em quantos encontros eu já fui?

Mac coloca a mão no meu braço.

— Querida, ele só está preocupado com você.

Deixo escapar um grande suspiro e me recosto nas almofadas macias.

— Eu sei. Mas vocês sempre vão saber onde eu estou e nós vamos fazer uma ligação a cada vinte minutos para checar como as coisas estão, dessa vez.

— Então, você vai se encontrar com esse cara, o "príncipe em pele de lobo"? — Daniel pergunta incrédulo.

— Vou, por que não? Não é como se eu tivesse outros planos para hoje à noite — digo, dando de ombros.

Ele rosna baixo antes de caminhar até a geladeira para pegar uma cerveja.

— O quê? — pergunto, olhando para Mac.

— Está tudo bem, querida. Como eu disse, ele só está preocupado depois daquele fiasco de encontro com Roger.

— Eu sei — murmuro baixinho e digito uma resposta para o "Príncipe".

**Fogosdeartifício24:** *Parece ótimo. Onde e quando?*

Deixo o laptop de lado, fazendo uma nota mental de verificar sua resposta mais tarde. Viro-me no sofá para enfrentar Daniel.

— Eu sei que você está preocupado comigo, mas dessa vez nós vamos fazer tudo certo. Depois que eu chegar, a cada vinte minutos, Mac irá me ligar, e, se eu disser que está tudo bem, vocês vão deixar por minha conta. Mas, se eu disser que não está tudo bem, vocês vão lá me salvar. Concorda?

— Concordo — ele diz, sorrindo para mim como um irmão mais velho. Embora, com toda a honestidade, se meus irmãos mais velhos soubessem sobre isso, estariam se cagando de medo da situação.

Pulo do sofá e dou um abraço meio de lado nele, agarro sua cerveja e tomo um grande gole, antes de devolvê-la.

— E, com isso, agora me retiro para me embelezar para o meu encontro — digo, caminhando pelo corredor, deixando um Superman de boca aberta e Mac gargalhando.

## Capítulo 6
### Caí na real

***Kate***

É sábado, oito da noite, e estou parada do lado de fora do Spirelli's, um restaurante italiano a apenas alguns quarteirões do meu apartamento. Eu já tinha ouvido falar nele antes, quando Daniel trouxe Mac aqui para um encontro e ela disse que tinha adorado o Tiramisù, descrevendo-o como sendo um orgasmo em forma de comida, só esperando para acontecer. Desde então, estou morrendo de vontade de experimentar. *Príncipenapeledelobo* — cujo nome é Spencer — sugeriu que nos encontrássemos aqui para jantar e não encontrei uma razão para dizer não.

Durante toda a tarde, estive me preparando psicologicamente para esse encontro. Esse é meu segundo encontro às escuras desde que entrei para o site de namoro, então meus nervos foram ficando à flor da pele conforme a tarde foi passando. Mac me fez tentar relaxar e, depois da taça de vinho que ela literalmente me empurrou goela abaixo, eu definitivamente agradeci seus esforços.

Ela também me ajudou a escolher a roupa perfeita para o encontro. Estou usando uma saia lápis preta com uma blusa vinho sem manga e *escarpim* preto em verniz. Arrumei o cabelo num penteado meio preso, meio solto, deixando algumas mechas emoldurando meu rosto. Eu estava arrumada, mas não demais. Mac e eu vasculhamos todo o meu closet a fim de encontrar a combinação perfeita. Daniel disse que havia estrogênio demais dentro de casa, então saiu para malhar. Para ser honesta, foi bom ter um tempo só de garotas com minha melhor amiga, apesar do meu ataque de pânico.

Enquanto estou parada de pé na calçada, não consigo deixar de pensar nos meus primeiros encontros. Nenhum deles foi digno de ser lembrado. Nada se sobressaiu como sendo épico ou romântico. Claro que, depois disso, fiquei imaginando para onde o *Dançarinonoturno23* me levaria num primeiro encontro. Seria um restaurante como esse ou algo mais divertido? Ou mais reservado? Não existe razão para ficar pensando nisso, já que ele me dispensou hoje à tarde.

Entro no restaurante e vou até a mesa da *hostess*, onde uma garçonete me cumprimenta.

— Bem-vinda, senhorita. Meu nome é Holly e serei sua garçonete esta noite. Mesa para um?

— Humm, não. Estou aqui para encontrar Spencer Carrington — digo rouca, minha voz entregando meu nervosismo.

Ela me olha de cima a baixo e depois sorri para mim.

— Por aqui — Holly fala, me guiando até a mesa preparada para dois, num canto do charmoso restaurante.

Eu a olho com a incerteza estampada em meu rosto quando percebo que ele não está aqui ainda. Olho nervosamente por todo o restaurante, ainda incapaz de encontrá-lo. Deus, espero não ter levado um bolo!

A garçonete coloca a mão no meu antebraço, percebendo o quanto estou mortificada.

— Oh, querida, não se preocupe. O Sr. Carrington ligou há quinze minutos e explicou que chegaria um pouco atrasado, mas me pediu que a acomodasse e servisse uma taça de vinho branco. Tudo bem para você?

Eu aceno com alívio.

— Ah, graças a Deus. Sim, isso seria ótimo. Muito obrigada.

— De nada. Primeiro encontro?

— Hum, sim. Está assim tão óbvio? — pergunto, sentindo minhas bochechas esquentarem de constrangimento.

— De jeito nenhum. O Sr. Carrington explicou que era um primeiro encontro e o porquê de ele ligar com antecedência. Ele não lhe dará um bolo.

É um cliente regular.

Puta merda, será que ele traz todos os seus encontros aqui? E se eu for apenas mais uma de suas longas conquistas? Droga. Ele é um cliente regular do restaurante ou um cara que sempre traz seus encontros aqui? Merda! Acho que tenho que ligar para a Mac. Um ataque épico está prestes a acontecer.

Pego meu celular e ligo para ela, que está na discagem rápida.

— Kate, você está bem? — ela responde, parecendo preocupada.

— Hum. Sim. Eu falo e você escuta, certo?

— Claro. Manda — ela diz animada. Juro por Deus, Mac vive para essa merda, especialmente dado o fato de que geralmente sou eu que estou do outro lado da linha ouvindo seus ataques e não o contrário.

— Cheguei ao restaurante e me mostraram nossa mesa, mas Spencer não está aqui. Aparentemente, ele ligou para a garçonete e explicou que estava atrasado e pediu para que me servissem. Isso é atencioso? Ou é uma bosta que ele esteja atrasado e estou sendo novamente muito mole e crédula, caindo nessa merda de encontro pela internet? Porque, sinceramente, não consigo decidir se ele é atencioso e charmoso ou se só está simplesmente tentando escapar pelo atraso. E depois, a bendita garçonete me diz que ele é um cliente regular daqui e está tocando um maldito alarme epicamente alto na minha cabeça por alguma razão. Deus! Por que isto está me deixando tão louca?

Ela ri. Vaca. Minha melhor amiga no mundo inteiro está rindo.

— Essa foi ótima, querida. Nada como meu ataque em junho no banheiro de Noah, mas, ainda assim, eu daria oito em dez.

— Você tem sorte de que eu te amo — digo com um sorriso surgindo no meu rosto. — Então, agora que você já riu de mim, você tem algum conselho?

— Kate, pare de analisar tudo. Ele provavelmente é um cara legal, que gosta de boa comida e vai aí porque eles fazem o melhor *Alfredo* de Chicago.

Sim, ok. Ela tem razão. Eu tenho que parar de pensar demais nessas merdas.

— Provavelmente. Mas parece estranho.

— Eu tenho certeza de que será legal. Se não, me avise que Daniel e eu vamos te buscar. Digo que estávamos indo comprar comida ou algo assim. Eu nunca preciso de uma desculpa para o Tiramisù daí.

— Vou ficar bem. Tenham uma boa noite. E não se estresse sobre encontrar os pais de Daniel. Não é bom para o pequeno super-herói... ou heroína.

— Fácil para você dizer, mocinha. Não foi você que foi engravidada pelo lindo e talentoso super-herói deles. — Escuto Daniel rir ao fundo.

— Ok, é o bastante. Você ficará bem e sei que eles amarão você. Eu vou lá. Te amo, sua grávida doida.

— Amo você também. Tchau — ela diz antes de desligar.

Pouco tempo depois de me acalmar, puxo meu espelhinho para conferir a maquiagem pela última vez e Holly chega com o meu vinho.

— O Sr. Carrington pediu que esse *Chardonnay* da Campania, uma região da Itália, fosse trazido para você, assim que chegasse. Espero que seja do seu agrado.

— Puxa, obrigada — respondo, completamente confusa. Quão atencioso é esse homem? Quer dizer, quem pensa em pedir para seu encontro uma taça de vinho e faz com que ela fique acomodada confortavelmente enquanto ele está atrasado?

Ela coloca a garrafa sobre a mesa e se inclina para mim.

— Relaxe, querida. Logo ele estará aqui. Noto uma expressão estranha passar pelo seu rosto, mas ela disfarça e me dá o seu sorriso bem praticado novamente.

— Obrigada, eu acho.

— De nada — ela responde alegremente antes de fazer seu caminho de volta para a entrada.

Pego o celular para ver se há alguma mensagem do Sr. Carrington, mas nada. Olho para cima e vejo Spencer caminhando até mim, e, honestamente, ele tira o meu fôlego. Deus, ele é ainda mais estonteante pessoalmente! Aquela foto do perfil não faz jus a ele. Parece que passou as mãos por seus cabelos castanhos escuros diversas vezes e os puxou. Seus olhos azuis-gelo são ainda mais poderosos do que em seu perfil. Eles são do tipo de olhos que fazem com que qualquer um se perca neles, e eu já estou totalmente viciada. E seu corpo... deixe-me dizer que, se ele for um cara que tem encontros frequentes, agora eu sei o porquê. Ele está usando uma calça cinza-escura e blusa azul-clara, ambas notadamente feitas sob medida. Ombros largos e braços fortes que te fariam se sentir ótima com eles ao seu redor. É o tipo de braço que faria qualquer mulher se sentir segura e protegida. Resumindo, ele é um sonho. Na verdade, com cabelos e olhos como aqueles, ele é quase o Sr. Sonho de Consumo de Chicago.

Na escala Zander de gostosura, na qual Zander é um 10, esse cara é, com certeza, um 9. Na mesma hora, minha noite começa a ficar melhor.

Levanto para cumprimentá-lo e fico chocada quando ele me entrega um buquê de rosas vermelhas.

— Oh, são lindas, Spencer. Obrigada.

Estendo a mão para apertar a dele e suspiro quando ele a pega, a leva até os lábios e dá um beijo gentil nos nós dos meus dedos.

— Por favor, me perdoe pelo atraso. Fiquei preso numa teleconferência. Estou feliz que tenha esperado por mim.

— Com flores e um pedido de desculpas como esse, você está perdoado — digo com um sorriso.

— Espero que sim. Caso contrário, eu teria que passar o resto da noite me redimindo. Que vergonha isso seria. — Ele me dá um lindo sorriso, antes de puxar a cadeira para eu me sentar novamente, e contorna a mesa para se sentar à minha frente.

— Eles já anotaram seu pedido?

— Não, pensei em esperar por você.

**Felicidade Verdadeira 61**

— Bem, eu não posso deixá-la com fome, posso? Você nunca sabe para o que vai precisar de energia mais tarde — ele responde com uma piscada assim que Holly aparece na nossa mesa novamente.

— Sr. Carrington — diz ela inexpressiva.

— Holly — ele fala sem tirar os olhos de mim. Tenho que admitir, esse homem exala charme. Desde que chegou, não parou de olhar para mim, mas sem passar os olhos por todo o meu corpo como se só tivesse uma coisa em mente. Estou falando de olhar para os meus olhos; é inquietante e surpreendente ao mesmo tempo.

— Acabei de pedir outra garrafa de vinho no bar. Vocês gostariam de pedir suas refeições? — ela pergunta a ele, sem olhar para mim. Agora que Spencer chegou, ela parece ter retornado ao seu profissionalismo. Seu tom quando fala com ele não é a calorosa e amigável voz com a qual me cumprimentou. É fria, inexpressiva e cheia de alguma emoção desconhecida que não consigo identificar.

Pegando o menu, ele o olha antes de acenar para ela.

— Seria ótimo — ele diz olhando para mim. — Kate, você já teve a chance de olhar o menu enquanto eu rudemente a mantive esperando?

— Não, mas ouvi dizer que você vem aqui com frequência, então por que não me surpreende? — digo sugestivamente. A taça de vinho já deve ter subido à minha cabeça. Eu sou tão fraca para bebidas.

— Oh, agora o desafio foi estabelecido. Prepare-se para se surpreender, minha doce Kate. — Nossa. Parece que foi iniciada a sessão de sedução com comida e, por Deus, parece que Spencer acabou de cair de cabeça. Minha mente rapidamente flutua entre imagens dele me alimentando com uma ótima seleção, começando com um prato de antepasto, seguido por um Tiramisù, de dar água na boca, sendo lambido dos meus lábios.

Spencer limpa a garganta, me tirando imediatamente dos meus pensamentos. O sorriso no seu rosto me diz que ele sabe o que eu estava pensando, quase como se tivesse uma conexão direta com os meus pensamentos.

— Você é linda, Kate. Desculpe-me pelo atraso. Adoraria ter te visto chegar toda arrebatadora, como está esta noite.

— Oh, obrigada — digo, olhando para a mesa, humildemente. Não estou acostumada com esse tipo de elogio. Sei que não escuto dizerem que sou feia ou algo parecido, mas ser chamada de linda e arrebatadora faz algo especial com o ego de uma garota.

Ele se inclina sobre a mesa, colocando um dedo embaixo do meu queixo gentilmente e me levando a olhá-lo novamente.

— Ei, não é mentira. Você é a mulher mais bonita daqui.

— Bem, você também não me parece nada mal, Spencer — respondo com um sorriso malicioso.

— Fico feliz que você aprove — ele murmura conforme outro garçom entrega sua taça de vinho branco em nossa mesa.

Ele levanta sua taça para mim, um ato que eu imito.

— A conhecer novas pessoas. Especialmente mulheres de tirarem o fôlego como você. Ele brinda com um sorriso digno de desmaio e que grita "Príncipe" por toda parte e não "lobo". É muito cativante.

— A conhecer novas pessoas — repito antes de encostarmos nossas taças e logo tomo um gole recatado, fechando os olhos enquanto o sabor gira em minha boca. E, devo admitir, o cara entende de vinho.

Conversamos sobre nossos trabalhos, e descubro que ele é empresário. Quando tento pressioná-lo um pouco mais, ele direciona a conversa de volta para mim. Pergunta sobre o meu trabalho, minha família, minha vida em casa. É como se ele quisesse descobrir tudo sobre mim. O que não explica o olhar de desprezo que ele dá a ambas as pessoas que nos serviram, Holly e outro garçom; eles nem tentam falar com a gente. É como se Spencer fosse uma pessoa comigo e outra completamente diferente com os demais.

Quando a mensagem de Mac chega, vinte minutos depois, peço licença para ir ao toalete e a respondo, falando que ele chegou e que está tudo bem.

**Felicidade Verdadeira 63**

Mas, então, acontece. O momento surreal em que seu telefone começa a tocar e ele põe o dedo na frente dos lábios, pedindo para que eu faça silêncio enquanto ele atende a ligação.

Da sua esposa.

Sim. *Principenapeledelobo*, conhecido como Spencer Carrington, é, na verdade, casado.

Casado.

Diga-me que você esperava por isso, porque isso não era o que eu esperava.

Estou tão puta e com raiva de mim mesma por ser tão impulsiva. No que eu estava pensando, aceitando um encontro sem conversar com o cara, por, pelo menos, mais algumas mensagens?

No minuto em que ele atendeu a ligação e disse "querida" no telefone, olhei para sua mão esquerda. No dedo em que fica a aliança dava para ver claramente a linha mais clara de sua pele, onde faltava o anel. Quando terminou a ligação e colocou o celular sobre a mesa, ele me olhou cautelosamente, como se estivesse esperando para medir minha reação.

— Você é casado? — pergunto incrédula.

— Minha resposta fará alguma diferença?

Levanto-me, giro nos meus lindos *escarpim* preto de verniz e caminho direto para fora dali, sem trocar mais nenhuma palavra com esse homem. Holly me dá uma olhada simpática quando passo por ela, mas estou tão furiosa que nem me importo com esse fato. Eu não só passei a noite inteira com um impostor, como estou saindo daqui sem experimentar a droga do Tiramisù.

O que uma garota tem que fazer para conseguir uma maldita sobremesa hoje em dia?

## Bebendo direto da fonte

*Zander*

Tirei esse fim de semana de folga. Preciso de um tempo livre. Da vida, do *strip*, de ser apalpado. *Strip* se tornou um mal necessário e, juro por Deus, está começando a sugar minha vida. Eu perco sempre um pouco da minha alma a cada impulso pélvico e giro de bíceps.

Vou para o bar com Zach e nos sentamos para tomarmos umas bebidas, relaxar, ver pessoas assistindo e aproveitando o show que a clientela feminina está dando para nós, na pista de dança. No geral, uma ótima noite fora com meu melhor amigo. Mas, quando vou para casa, tudo em que eu consigo pensar é Kate. O que ela está fazendo essa noite? Com quem está? Será que ela está em outro encontro? Será que esse encontro é *"o encontro"* para ela?

Minha busca por Kate, ou pela falta dela, está começando a consumir meus pensamentos. Acordo pensando nela, imaginando seu corpo quente e nu coberto pelo meu, seu lindo cabelo vermelho jogado sobre seus ombros e meu peito. Imaginando o que ela está fazendo... Se ela está tendo um bom dia... em que ela está pensando... Sério, isso está se tornando um problema.

Entro no *Chicago Singles*, e, como o cara pateticamente triste que me tornei, envio uma mensagem para ela e aguardo, na esperança de que ela fique online novamente. Parece que faz parte da rotina dela agora entrar no site antes de ir para a cama.

**Dançarinonoturno23**: Oi, Ruivinha. Como está sua noite? Acabei de chegar em casa depois de umas bebidas com meu colega de apartamento. Bom, espero que você tenha tido uma ótima noite.

**Dançarinonoturno23:** Estava esperando conversar com você mais um pouco, talvez jogarmos um pouco de pergunte e responda para nos divertirmos?

Pelo amor de Deus, Zan, cale a boca. Eu pareço um adolescente apaixonado, mas o que posso dizer? O único jeito que tenho de conhecer a Kate melhor é fazendo com que ela se abra comigo. Eu não quero terminar na categoria de amigos sem ao menos ter sido me dada uma chance.

Desperdiço meu tempo navegando na internet e assistindo alguns vídeos de dança para inspirar minha rotina, até que escuto o som de uma nova mensagem.

**Fogosdeartifício24:** *Oi. Acabei de chegar em casa. Minha noite foi horrível.*

**Dançarinonoturno23:** Quer falar sobre isso? Não gosto da ideia de que algo ruim esteja acontecendo com você, especialmente se tiver sido num encontro. Isso traz à tona meu instinto protetor.

**Fogosdeartifício24:** *Não melhoraria a humilhação, mas obrigada por perguntar, é muito gentil da sua parte. Que tipo de jogo de pergunte e responda você tem em mente? Espero que seja algo divertido, eu preciso desesperadamente de alguma diversão.*

Ah, sim, minha doce Kate. Eu posso te dar um pouco de diversão.

**Dançarinonoturno23:** Claro, tudo na vida deveria ser divertido. Bem, exceto aquelas coisas que nunca são divertidas, como segundas de manhã e lavagem intestinal. :P Que tal começarmos com algumas perguntas para nos conhecermos melhor e ver aonde a noite vai nos levar?

Leio e releio a mensagem antes de enviá-la. Eu não quero forçá-la demais, mas, ao mesmo tempo, não quero me afastar e deixar que ela encontre outro cara sem que eu jogue minhas cartas e faça um movimento.

**Fogosdeartifício24:** *kkkkkkkk Ok, mas deixe-me beber esses dois shots de*

*Patrón primeiro, e avisá-lo de que eu sou um pouco falante quando estou bêbada, então é melhor você estar no seu melhor comportamento, dançarino ;)*

Puta merda, sim! É disso que estou falando agora. A Kate brincalhona e relaxada está aí. Pense, Zander, o que posso perguntar primeiro?

**Fogosdeartifício24:** *Primeira e segunda doses já tomadas, a terceira está preparada para quando eu errar uma pergunta, hahaha. Minha colega de apartamento e o namorado estão dormindo, então somos apenas você, eu e minha amiga Patrón. Você está bebendo também? Porque eu odeio beber sozinha. Ok, primeiro eu. Cor favorita?*

**Dançarinonoturno23:** Cor favorita de quê? ;)

**Fogosdeartifício24:** *Touché! Cor favorita no geral?*

**Dançarinonoturno23:** Azul.

**Fogosdeartifício24:** *Isso aí, garoto! Ok, cor favorita numa mulher?*

Agora, será que vou direto ao ponto ou enrolo? Humm...

**Dançarinonoturno23:** Olhos azuis, cabelo vermelho ;)

**Fogosdeartifício24:** *Ah, fala sério! Muito extravagante! Você vai precisar se esforçar para me impressionar!*

**Dançarinonoturno23:** Ok, então, de volta a você. Cor favorita?

**Fogosdeartifício24:** *Vermelho para tudo ;)*

**Dançarinonoturno23:** *gemidos* Minha mente está indo a lugares que não deveria ;)

**Fogosdeartifício24:** *Oooh, me diga!*

Merda! Eu caí nessa! Ok, eles dizem que honestidade é a melhor forma, certo? Foda-se, estou começando a parecer uma garota!

**Dançarinonoturno23:** E a próxima pergunta...

**Fogosdeartifício24:** *Não, não, não, senhor dançarino, me diga o que está pensando. Talvez eu queira pensar nisso também ;)*

De jeito nenhum! Ela está brincando comigo no meu próprio jogo? Definitivamente não. Merda, eu nem posso mandar uma mensagem para Mac para descobrir para mim.

**Dançarinonoturno23:** Tudo bem, então. Uma lingerie vermelha num corpo sexy como o seu.

**Fogosdeartifício24:** *Eu estou muito bêbada para dar uma resposta espirituosa sobre isso, mas, sim, eu tenho muitas lingeries vermelhas e sexy...*

**Dançarinonoturno23:** *batendo a cabeça no teclado repetidas vezes* Você sabe que eu vou ficar com essa imagem na minha cabeça pelo resto da noite agora, não sabe?

**Fogosdeartifício24:** *Fico feliz em servi-lo ;) Acrescente à minha conta.*

**Dançarinonoturno23:** Ruivinha, você está me matando! Agora é a minha vez. Filme favorito?

**Fogosdeartifício24:** *Consumo geral ou pornográfico?*

Puta merda! Preciso começar a beber, senão vou acabar batendo punheta com uma mão e digitando com a outra. Saio do meu quarto e pego uma cerveja na geladeira, abrindo e dando um grande gole antes de retornar ao meu quarto, para uma Kate safada no meu laptop.

**Dançarinonoturno23:** Ambos. Merda, você é animada e safada quando está bêbada. Eu estou gostando disso, muito!

**Fogosdeartifício24:** *Sim, eu meio que me solto quando estou bêbada. A última vez que fiquei assim foi há cerca de seis meses, num bar, com minha melhor amiga e o "amigo com benefício" stripper dela. Nós começamos a fazer um jogo de beber, e, como eu gostava dele, terminei tentando tocar os cotovelos nas minhas costas, basicamente colocando meus seios na cara dele.*

Sério, esse foi um dos pontos altos da noite, o outro foi beijá-la. O gosto de sua boca era viciante, quase intoxicante. Mais potente do que uma dose de qualquer licor. O jeito que ela gemia na minha boca enquanto eu tomava o controle do beijo me deixou doido. Tudo o que eu podia pensar era em fazê-la gemer de novo. Minhas mãos ganharam vida própria quando agarrei seu quadril, segurando seu lindo corpo firme contra o meu, enquanto continuávamos a liberar a energia reprimida daquele momento. No momento em que cheguei em casa, eu estava me batendo por não ter agarrado a chance de ver aonde aquilo iria dar com Kate.

Dessa vez, não vou deixar a oportunidade passar.

### Kate

Deus, estou muito bêbada.

Bebi cinco *shots* de tequila desde que cheguei em casa, uma hora atrás. Adicione isso às duas taças de vinho que bebi antes do sórdido do Spencer se mostrar como um lobo em pele de príncipe, não o contrário, e estou tendo minha própria festa de autopiedade. Parabéns para mim!

Casado! Sério, pelo amor de Deus! sério! Quem faz isso? O sórdido do Spencer faz, esse faz! Merda, isso é na verdade engraçado. Eu sou uma garota engraçada quando estou bêbada. Eu me animo.

Ok. Talvez eu precise diminuir o ritmo na bebida.

Tomei a ótima decisão de ligar meu computador quando cheguei em casa, pois Mac e Daniel já estavam na cama. Por mais que eu queira falar com ela, não quero ser a colega de apartamento necessitada que entra sem ser convidada, e, com esses dois, provavelmente na hora mais inoportuna!

Graças a Deus, *Dançarinonoturno23* estava lá para conversar. E ele realmente está me fazendo rir e me sentir melhor. Ainda estou determinada a conseguir a merda do Tiramisù daquele restaurante. Talvez eu vá com a Mac. Provavelmente vai ser mais seguro do que ir a outro primeiro encontro lá. A garçonete deve estar rindo muito de mim. Ela devia saber que ele era casado, então por que não respeitou o código feminino e me contou?

Estou imaginando qual seria o castigo por violar o código feminino, quando eu vejo *Dançarinonoturno23* responder. Eu gostaria de saber seu nome, mas acho que ele já teria me falado se quisesse que eu soubesse. Talvez essa seja só uma daquelas amizades de internet. Eu não acredito que eu contei a ele sobre ter esfregado meus peitos na cara do Zander.

**Dançarinonoturno23:** Eu tenho certeza de que ele gostou. Qualquer homem viril, vivo e com um pau teria gostado de ver isso, mas você deve ter dado um show excepcional. Agora estou desejando que eu não fosse tão cavalheiro.

**Fogosdeartifício24:** *Ah, por que isso? Você não tem um pequeno cara safado dentro desse exterior de cavalheiro?*

**Dançarinonoturno23:** Ah, definitivamente existe muita safadeza em mim, eu só estou tentando fazer com que ela saia nas situações certas.

Merda, talvez eu esteja lendo errado os sinais dele. Ele deve estar pensando que sou uma vadia bêbada tentando provocá-lo. Estou prestes a responder quando ele fala.

**Dançarinonoturno23:** Essa é a situação certa, Ruivinha?

Escutá-lo me chamar de Ruivinha de novo me leva àquele sonho sexy que eu tive na semana passada, aquele em que Zander estava prestes a começar com seu show. Eu nunca tinha gozado tão forte como naquele sonho. As coisas que o Zander imaginário fez com sua língua foram inspiradoras.

**Fogosdeartifício24:** *Eu diria que sim.*

**Dançarinonoturno23:** Bem, isso coloca muitas possibilidades nessa conversa, não é? ;)

**Fogosdeartifício24:** *Eu espero que sim...*

**Dançarinonoturno23:** Comida favorita?

**Fogosdeartifício24:** *Neste momento, estou morrendo por uma sobremesa porque eu saí do restaurante mais cedo.*

**Dançarinonoturno23:** Eu gosto de sobremesas também, tantas opções, possibilidades...

**Fogosdeartifício24:** *Diga-me o que faria se eu estivesse aí com você agora e nós tivéssemos com uma tigela de Tiramisù na nossa frente e apenas uma colher.*

**Dançarinonoturno23:** Você não vai se arrepender dessa conversa de manhã, vai?

De repente, tenho um flashback daquela noite no bar com Zander. O cara veio com tudo para cima de mim, não aceitando um não como resposta. E Zander apareceu, deu um soco em seu maxilar, derrubando-o, pegou minha mão, entrelaçando seus dedos nos meus, e me arrastou para fora de lá. Depois, eu pedindo desenfreadamente para que ele ficasse comigo naquela noite.

— *Fique comigo essa noite* — *eu disse, meu corpo ainda pressionado bem firme contra o dele conforme nós dois tentávamos recuperar o fôlego depois do beijo épico.*

*Ele parou e me encarou, congelando no lugar. Eu me lembro de adorar como eu tinha que esticar o pescoço para olhar para ele, para beijá-lo. Ele piscou algumas vezes e depois balançou a cabeça, dando um passo para trás e agarrando minha mão. Mas, quando me dei conta de que ele estava me dispensando, eu quis correr e me esconder.*

*Em vez disso, deixei que ele me guiasse pelo corredor enquanto encontrava meu quarto no final dele e me disse para me trocar e ir para a cama; virou-se e saiu andando com um "Eu vou voltar" antes de me deixar sozinha.*

*Alguns minutos depois, eu estava debaixo das cobertas, cobrindo meu rosto, mortificada de ter me atirado para cima dele daquele jeito. Ele provavelmente só me beijou porque não queria machucar meus sentimentos. Ele deve ter pensado que eu já tinha passado por muita coisa naquela noite e não queria me humilhar novamente.*

*Quando ele voltou para meu quarto com um copo de água e dois Advil, eu poderia tê-lo beijado novamente. Arrisco dizer que eu teria ficado de joelhos e implorado para fazer qualquer coisa com ele.*

*— Você vai ficar bem, Kate? — ele perguntou, sentando ao meu lado na cama enquanto eu tomava os comprimidos.*

*— Vou — respondi meio abatida.*

*— Estou indo — ele disse rouco, ao se aproximar e pressionar um suave beijo em minha testa, fazendo um suspiro sair da minha boca.*

*Ele encostou a testa na minha, nossa respiração se misturando pelo que pareceu uma eternidade.*

*— Está me matando dizer não para você, Kate. Eu só não quero ser outra coisa de que você se arrependa pela manhã. Você é mais do que uma foda rápida, você é um amor para se ter pelo resto da vida. Nunca pense de outra maneira.*

**Fogosdeartifício24:** *Desculpe. Eu tenho que ir. Conversamos depois.*

Saio antes que ele possa responder, muito balançada com o que acabei de lembrar.

Tenho a sensação de que o *dançarinonoturno23* poderia ser tão perigoso para o meu coração quanto Zander. Neste momento, eu percebo duas coisas:

Eu tenho que — não, risque isso — preciso tirar o Zander da minha cabeça para que eu possa seguir em frente. Talvez com o *Dançarinonoturno23*, nunca se sabe.

Eu realmente preciso parar de beber!

74   BJ Harvey

## Capítulo 8
### Espelhos

**Kate**

A manhã inteira, a preocupação de Mac era sobre o que vestir. Tive que refazer cabelo dela três vezes porque, na primeira, ela achou que estava se esforçando muito, depois, achou que estava muito casual. Depois de eu finalmente acalmá-la e encher seu cabelo rebelde de produto para baixá-lo, Daniel interveio e a assegurou de que ela estava linda e que estava se preocupando à toa.

— Como foi seu encontro ontem à noite? — ela pergunta, no meio de uma crise de guarda-roupa.

— Ótimo — respondo alegremente. — Mas hoje é o seu dia. Conhecer os futuros avós e, possivelmente, sogros, então, vamos falar disso depois. — Com toda honestidade, não tenho a mínima intenção de falar sobre o sórdido do Spencer outra vez.

— O quê? O que te fez falar isso? Você acha que ele vai me pedir em casamento? Quer dizer, nós acabamos de voltar, e, sim, nós nos amamos, e eu não quero outro pau ou homem nunca mais, mas, sério, Kate. Eu, casada? Cerca de madeira branca, descalça e grávida na cozinha? — Ela estava sem ar e pirando mais do que nunca.

Eu, algum dia, vou aprender a não tocar nesse assunto?

— Mac, respire! Não sabemos o que o futuro nos guarda. Você só tem que viver um dia de cada vez e ir com o fluxo. Não aprendeu nada nos últimos seis meses?

— Ok. Sim, você está certa. Está bem, eu consigo fazer isso. Posso conhecer os pais do meu super-herói e amor da minha vida, certo?

— Certo. Agora, vista-se, e estaremos prontos para ir.

— Obrigada por ir com a gente hoje, Kate. Eu sei que é mais do que um dever de amiga, ou algo assim. — Ela funga, e eu sei que os hormônios da gravidez estão a todo vapor.

— Qualquer coisa por você, Mac. Sempre.

— Eu não consigo fazer isso, realmente não consigo. Vire o carro, Daniel. Nós voltamos para casa, e vou te dar o melhor boquete do mundo. Eu prometo. Mostrarei ao seu pau o quanto eu te amo, se você me levar de volta agora. Mac está esfregando os punhos no lindo e totalmente adorável vestido de maternidade que ela decidiu usar. Mas, como se pode perceber, ela está um pouco nervosa. E se está implorando, a coisa deve ser ruim.

— Linda, eles já te adoram — Daniel fala, olhando para mim no banco de trás e piscando antes de voltar-se para o banco do passageiro e esfregar as coxas de Mac. — Respire, Mac, vai dar tudo certo. Eu amo você, e é isso que importa para eles. Parando num cruzamento, ele se inclina e coloca a mão em sua bochecha, encostando suavemente seus lábios nos dela. É um daqueles momentos de parar o trânsito que todas as mulheres sonham.

— Obrigada, Superman — ela sussurra.

Eu quero esse tipo de devoção. Ele é tão bom para ela... merda, eles são bons um para o outro. Eles são como as peças perfeitas do quebra-cabeça um do outro. Mac tem seu pequeno ataque e Daniel nem sequer pestaneja. Ele os administra, escuta e a acalma. Entre nós dois, não existe um ataque da Mac que não damos conta. Embora ela nunca tenha me oferecido sexo oral para se livrar de algo.

Nós já nos beijamos uma vez, mas foi num desafio em um bar, já tarde da noite quando muito álcool tinha sido consumido. Foi legal, um pouco desleixado, dado o fato de estarmos muito bêbadas, mas, mesmo assim, garotas não são a minha praia.

Tem tanto tempo que fui beijada. E, ah, como eu gosto de beijar. Eu poderia fazer isso por horas como uma adolescente. Existe alguma coisa honesta sobre isso. Você não pode mentir num beijo. Você não pode imitar fome e paixão. Com um beijo sincero, você pode saber tudo o que a outra pessoa sente por você. Minha regra dos três encontros vale para sexo, mas, definitivamente, não para beijos, mas me sinto tão feliz por não ter beijado Roger ou o sórdido do Spencer. Você pode imaginar o quão pior eu ficaria se os tivesse beijado?

— Chegamos — Daniel fala, entrando num longo caminho de carros e parando do lado de fora da porra de uma mansão. Caramba, isso vai fazer o ataque de Mac se elevar à décima potência. Posso ver agora porque a minha presença era realmente necessária hoje.

— Então, eu preciso que você dê a volta e me leve de volta para casa agora. Kate pode fingir ser eu. Vai funcionar.

Eu me inclino no banco, passando minhas mãos ao redor do banco do passageiro e abraçando Mac.

— Mac "engraçadinha", há dois problemas quanto a isso. Daniel não é apaixonado por mim e eu não tenho uma pequena e linda barriga aparecendo. Eles vão te amar. Você consegue fazer isso. Mas, se não conseguir, o Superman e eu estamos aqui pra você.

— Tá bom. Contanto que vocês saibam que eu posso parecer bem por fora, mas, por dentro, estou igual àquela pintura "O Grito", com som. Um som alto, selvagem e com as mãos jogadas para cima.

— Acho que nós entendemos, linda — Daniel murmura.

Ela vira a cabeça para encará-lo.

— Tem certeza? Existem tantas outras descrições para esse ataque. A palavra "épico" vem à minha mente.

Daniel gira no assento e se inclina, pegando as mãos de Mac nas dele.

— Linda, você é a mãe do meu filho e o amor da minha vida. Se eles não te amarem, então meus pais foram abduzidos por alienígenas. Ontem à noite,

**Felicidade Verdadeira  77**

quando falei com minha mãe, ela estava fora de si de tão entusiasmada para conhecer a mulher que deixou seu filho doido nos últimos dez meses.

— Oh...

— Sim, oh...

— Eu te amo — ela responde instantaneamente. Não existe uma dúvida na genuína emoção em sua voz.

Eu preciso sair do carro antes que eles comecem a se pegar. Eu os amo até a morte, mas existe uma quota de amassos com a qual posso lidar.

— Eu vou dar a vocês dois minutos — digo antes de sair da merda do carro. A conversa com *Dançarinonoturno23* na noite passada me acerta em cheio quando o sol atinge meus olhos e um furador de gelo imaginário apunhala minha cabeça, enquanto a ressaca chega como vingança.

Ele estava flertando comigo, definitivamente. E eu flertei de volta. Eu estava bêbada, mas isso não é uma desculpa para que eu desaparecesse como fiz. Sem aviso. Apenas o cortei. Merda! Ele deve estar pensando que sou uma pervertida total, ou não confiável, ou uma provocadora de pau. Merda, não ficaria surpresa se ele não quisesse conversar comigo novamente.

Estou prestes a pegar meu celular e digitar um rápido pedido de desculpas para ele quando Daniel sai do carro, dá a volta nele e abre a porta para Mac como o perfeito cavalheiro que ele sempre é. Suspiro. Quem poderia pensar que minha melhor amiga com fobia de compromisso encontraria um cara perfeito para ela?

Sorrio para Mac e limpo ao redor da minha boca, esperando que ela entenda o pequeno gesto de que seu batom está manchando todo o seu rosto, por causa do método, obviamente bem-sucedido, de Daniel de acalmá-la. Beijá-la para fazê-la esquecer do encontro com os pais dele. Boa jogada, Superman!

Escuto uma porta sendo aberta atrás de nós e me viro para ver o que eu só posso explicar como uma cena do filme *Mulheres Perfeitas*. Um lindo casal, no final dos seus cinquenta anos, descendo as escadas largas de pedra. A mãe de Daniel está vestindo um conjunto de cor pêssego com calças de alfaiataria perfeitamente passadas, seu rico cabelo castanho está muito bem arrumado; e o pai dele está vestindo camisa e calças combinando, parecendo feitas sob medida, com sapatos pretos bem polidos e brilhantes e cabelo grisalho perfeitamente penteado.

Somando tudo, parece que Daniel veio de uma boa linhagem, o tipo de pessoas que frequentam country clubes. Nada do que eu e Mac estamos acostumadas.

— Daniel, você conseguiu — a mãe dele exclama antes de descer as escadas de dois em dois degraus e correr de braços abertos até ele.

— Mãe, se acalme. Você vai assustá-la — ele diz brincando.

— Ah, pare. — Ela o puxa carinhosamente para seus braços antes de olhar para Mac e eu, que estamos paradas perto do carro, olhando para o encontro em estado de choque. — Mac?

Coloco a mão nas costas de Mac e a empurro até Daniel.

— Ah, sim, sou eu. A grávida — ela diz nervosamente, apontando a mão para a barriga. Balanço a cabeça, mordendo ou lábio para impedir uma risada, sabendo que Mac pode ser realmente metida a espertinha quando está nervosa. Isso vai ser interessante, se não for até um pouco divertido, de assistir.

O pai de Daniel ri enquanto se aproxima para cumprimentar o filho com um aperto de mão.

— Que bom ver você, filho. A viagem foi boa?

— Sim, foi. Eu tive que acalmar minha garota algumas vezes. Ela parecia pensar que vocês eram assustadores. — Ele se vira, segurando o braço no ar para Mac, que logo o agarra firme, como se fosse sua tábua de salvação. Ela segura um buquê de flores que comprou para a mãe de Daniel.

— Elas são lindas, Mac. Quase tão bonitas quanto você. E você, quem é? — ela pergunta olhando para mim.

— Eu sou Kate, a melhor amiga de Mac — digo animadamente.

— Ah, sim, Daniel me falou sobre você também. Eu espero que não esteja triste por estar perdendo uma colega de apartamento.

— Ah, o quê? — Mac pergunta, olhando para Daniel.

Vejo-o estremecer e passar a mão pelos cabelos. Ele se inclina e murmura alguma coisa no ouvido de Mac. Eu vejo seu corpo inteiro relaxar, o que quer que ele tenha dito, este é o truque. Eu realmente preciso falar com ela sobre não se estressar tanto.

— Agora, vamos entrar para que eu possa conhecer melhor a minha futura nora — a mãe de Daniel diz antes de se virar e seguir em direção à casa, subindo as escadas novamente.

Puta que pariu!

Olho para Mac e Daniel. Os olhos arregalados de Daniel estão virados para mim e os ombros de Mac estão tensos novamente. Uma segunda rodada de controle de danos se faz necessária. Dou alguns passos largos e imediatamente estou do lado de Mac, assim que ela se vira para mim e tenta sair do forte abraço de Daniel.

— Não vou te deixar sair para que possa surtar novamente. Você pode me agradecer depois com o boquete que me prometeu. Até lá, nós vamos tentar desviar de qualquer compromisso a longo prazo, vindo em forma de granada, que minha mãe possa jogar em nossa direção. E, para deixar claro — ele diz, falando com nós duas —, nós já conversamos sobre morarmos juntos, Mac. E, Kate, você sabe que nós conversaremos com você antes de tomarmos qualquer decisão. Mas, se vocês não perceberam, minha mãe está obviamente tentando acelerar as coisas para que seu filho mais novo não viva em pecado e tenha um filho fora do casamento. É uma coisa dela, não minha. Eu não tenho problema com isso e nunca terei.

Bom Deus, esse homem é um milagreiro.

— Ok — Mac diz, curvando-se mais para o lado dele, no momento em que a mãe de Daniel se vira e nos olha.

— Venha, nós não mordemos!

— Muito — Daniel diz sob sua respiração, quebrando o clima e nos direcionando até as escadas atrás de seu pai.

— Ele está certo, sabe? Ela só late, mas não morde, e eu saberia disso — o pai de Daniel diz com uma piscadela. — Embora, quando ela morde, não reclamo também.

Nossa, Daniel e seu pai são duas ervilhas em uma vagem. Lindos, divertidos e pervertidos. A risada de Mac me deixa saber que ela está pensando a mesma coisa.

— Depois de vocês, senhoritas — Daniel diz sorrindo e depois dá um tapa na bunda de Mac quando chegamos à porta.

— Cuidado, garoto, ou todas as promessas sobre relações sexuais feitas serão retiradas. — Mac encara Daniel, colocando as mãos nos quadris.

— Golpe baixo, Mac — ele sussurra no ouvido dela, colocando um braço ao redor de sua cintura e descansando a outra mão no topo de sua barriga. — Você deveria ser legal com o papai do mini super-herói. O bebê está escutando, sabe?

— E o papai da nossa mini super-heroína também sabe que eu nunca faço uma promessa que não cumpro. Então, é melhor o papai me ajudar a passar por hoje, se ele quiser receber sua recompensa mais tarde.

— E essa, meus amigos, é minha deixa para sair — eu digo alto, caminhando para dentro de uma larga sala de estar onde os pais de Daniel estão esperando por nós.

— Você tem uma bela casa, Sra. Winters — digo, caminhando em direção a uma parede de janelas que dão vista para um lago particular. — Vocês têm um lago?

O Sr. Winters ri. — Nós temos acesso ao lago, mas existem outras seis propriedades que também têm. E, por favor, nos chame de Will e Jenny. Senhor e senhora Winters faz parecer que somos velhos.

— Ah, tá bom, Will. — Sinto-me corar. — Mas, graças a Deus que não é seu. Eu estava começando a pensar que estava na presença da realeza ou algo assim. Eu quero dizer, quem tem um lago particular? — explico, apontando na direção do lago quando me viro. — Só falta vocês me dizerem que são donos de um country clube ou algo parecido.

De repente, Daniel limpa a garganta e viro a cabeça em sua direção. O sorriso em seu rosto me diz que eu acabei de trocar os pés pelas mãos de novo.

— Ah, não, não me diga que vocês são donos do country clube local também?

Dessa vez, é Jenny quem me corrige.

— Bem, não, querida. Mas somos membros, e Will faz parte da diretoria.

— Nossa, que legal. Então, as outras crianças Winters virão hoje? — Olho a parede da sala de estar e vejo foto atrás de foto de Daniel, seu irmão e duas irmãs. Fotos do ensino médio, colação de grau, feriados em família... diga o nome de algo e tem uma foto tirada e pendurada.

— Não, hoje não. Eu não queria assustar a Mac com toda a família ainda. Daniel acabou de encontrá-la, e não quero que ela fuja novamente.

Deus, existe algo que essa mulher não saiba?

— *Ownnn*, olhe, Superman, você era tão lindo! — Mac diz animada, caminhando até a parede de fotos para dar uma olhada mais de perto. Surpreendentemente, ela não surta com o comentário da Jenny.

— Superman? — ela pergunta inquisitiva.

— Ah, é, mãe, Superman. É o apelido que Mac me deu — ele responde timidamente.

— Eu não acho que quero saber o porquê. Acho que devemos ir para o terraço e almoçarmos.. O que você acha, Mac? O meu neto está com fome?

— Sempre, Jenny. Estou surpresa por ainda não estar do tamanho de uma casa. Talvez até maior do que essa — ela acrescenta, agitando as mãos numa coisa totalmente atípica de Mac. Ela está tão nervosa; chega quase a ser fofo.

Eu zombo dela, ganhando uma carranca em minha direção. Mostro a língua, conseguindo fazê-la rir.

— Ah, bobagem. Você está divina. Eu juro, eu não ganhei menos do que dez quilos quando estava grávida de Daniel, e eu comia tudo o que estava à vista. William pode te falar sobre isso.

Escuto Daniel rir e vejo Mac olhar para ele incrédula.

— Do que você está rindo?

— Desculpe, mas tenho certeza de que, ontem à noite, você queria que eu fosse comprar um Tiramisù no restaurante que Kate estava, e até me comprometi a comprar alguns *Ben & Jerry* pra você.

— Fica quieto. Seus pais não precisam saber disso sobre mim — ela diz com um pequeno rosnado, que só nos faz rir ainda mais alto. Solto uma gargalhada quando ela cruza os braços sobre o peito, dando certeza de que seu descontentamento é sabido por todos, mas isso só faz com que Daniel ria ainda mais.

— Tudo o que você quiser, a qualquer hora que quiser, linda. Eu já provei isso algumas vezes. — Ele beija sua testa e a guia para o terraço, puxando seu assento e empurrando-o de volta.

Eu sigo atrás deles e me sento do outro lado da Mac, de modo que Daniel e eu estamos cercando-a, apesar de eu estar confiante de que a chance de um épico surto nível cinco da Mac tenha diminuído.

Jenny nos segue para o pátio, sentando-se na cabeceira perto de Daniel e se serve de um chá gelado.

— Mac, isso não é nada. Você o mandou comprar apenas uma coisa? Querida, eu claramente preciso te ensinar alguns truques. Você precisa fazê-los comprar algumas opções no caminho. Para cobrir todas as bases.

Eu vejo Mac sorrir e pegar a mão de Daniel debaixo da mesa.

— Ótima ideia, Jenny. Vou ter que me lembrar disso da próxima vez que a mini super-heroína pedir alguma coisa. — Ela olha para Daniel quando diz isso, incitando-o.

— Mini super-heroína? — William pergunta.

— É, pai. Olha, a Mac me contou sobre uma certa fantasia do Superman e o apelido pegou. Então, agora, eu tenho certeza de que teremos um mini super-herói, mas a Mac tem certeza de que é uma mini super-heroína.

Ele ri.

— Que figura é você, Mac, não é?

— Isso ela é — comenta Daniel, levantando a mão de Mac e beijando-a gentilmente.

Eu me arrepio com a intimidade.

A única vez que me lembro de ter sido tão próxima assim de alguém foi com Liam. Ele era lindo, engraçado, gentil, atencioso e muito amável. Eu pensei que tinha ganho na loteria dos namorados. Na realidade, seis meses depois de ficarmos juntos e nunca sairmos em público, logo ficou chato. Ele sempre queria ir para a minha casa e nunca íamos para a dele, que dizia ficar na Avenida Madison. Sempre que eu sugeria que deveríamos sair, ele me distraía com sexo alucinante e carícias amorosas.

Uma noite, quando Mac e eu saímos para um bar novo, que tinha aberto perto do salão onde eu estava trabalhando, encontrei-me com Liam e sua tão linda quanto chifruda noiva e eles estavam celebrando o noivado deles com os amigos. Um tapa na cara e uma bebida depois, eu estava solteira novamente e um pouco envergonhada por ter perdido seis meses com um cara que não era nada mais do que um lodo no fundo da lagoa do sapo.

É por isso que estou tendo problemas em falar sobre meu encontro com Spencer. Eu me sinto totalmente estúpida por cair nessa merda pela segunda vez, mesmo que ele estivesse escondendo isso muito bem até aquele telefonema. Se você estiver se perguntando por que eu comecei a regra dos três encontros, essa é a sua resposta! E, diferente de muitos encontros que eu tive desde Liam, essa regra nunca me deixou na mão.

Depois de um delicioso almoço grátis, Mac está visivelmente relaxada e totalmente entrosada com os pais de Daniel. Eles falam sobre o country clube deles, o condomínio fechado em que vivem, e as duas irmãs e irmão de Daniel, que, eu descubro, são todos mais velhos do que ele. Suas irmãs são casadas e têm filhos, e seu irmão tem trinta anos, solteiro e vive na grande Nova York.

— Bem, agora — Jenny anuncia, se levantando e caminhando até Mac e eu do outro lado da mesa —, que tal nós garotas irmos olhar algumas fotos embaraçosas de bebê que eu tenho do Daniel e deixarmos os homens conversarem sobre coisas importantes.

— Agora, isso eu tenho que ver — diz Mac, esfregando as mãos em contentamento antes de se levantar e agarrar a minha mão, me puxando para trás dela enquanto seguimos Jenny para dentro. — Venha comigo. Você é minha proteção se ela tentar qualquer truque de Super Mãe em mim.

Ok, então, talvez, ainda exista a possibilidade de um surto. Mas ver fotos peladas de Daniel vai compensar isso em breve.

86   BJ Harvey

## Capítulo 9
**Mudanças**

*Kate*

Já se passaram alguns dias desde o encontro bem-sucedido e, principalmente, livre de acidentes, de Mac com os pais de Daniel. Eu realmente fiquei muito orgulhosa dela. Para alguém que só abriu seu coração e cabeça para um parceiro recentemente, ela foi ela mesma. Um pouco mais suavizada, mas ainda era a Mac, minha melhor amiga engraçada, amorosa e louca, e os pais de Daniel claramente a amaram.

Eu estava no salão, na minha hora de almoço, conversando com meu amigo gay, Nathan, sobre o final de semana, quando recebi uma mensagem de Mac perguntando se poderíamos ter uma noite de mulheres hoje.

**Kate:** *Claro. Está tudo bem?*

**Mac:** Claro. Eu só queria colocar os assuntos em dia. Ah, recebi uma maratona de *Suits* que eu havia encomendado, já que recentemente desenvolvi uma fissura por homens de terno.

**Kate:** *Ceeeeeerto. Bem, parece bom. Devemos pedir algo? O que o pequeno super-herói vai querer?*

**Mac:** Super-heroína!!!! Fale certo. Estou pensando em pizza daquela pizzaria da esquina, nosso lugar de sempre.

**Kate:** *Ótimo. Estou ansiosa por hoje* ☺

— Noite das garotas com a Mac? — Nathan pergunta, com a boca cheia de sanduíche.

— Sim. Geralmente, ela está na casa de Daniel ou eles estão lá em casa. Nós não temos uma noite de garotas há um bom tempo.

— Homens gays e bonitos, que gostam de comédias românticas e chocolate, são permitidos nessa noite de garotas?

— Talvez, depende do que esse gay bonito está disposto a trazer para a noite — digo com um sorriso insolente.

— Normalmente, seriam duas das três coisas mais importantes, *cronuts* e *chardonnay*, mas, para sua sorte, hoje promete ser uma ótima noite para mim. Tenho um encontro com um porto-riquenho de 1,80m, com um corpo lindo e que está interessado em "todas as coisas" do Nate. Então, parece que a terceira coisa mais importante vai estar comigo essa noite.

Bato palmas de alegria como uma foca marinha no Sea World.

— Nate, isso é ótimo. Definitivamente, é muito melhor do que uma oferta para beber comigo enquanto fofoco com minha melhor amiga grávida.

Nate é um vadio que está à procura de outros companheiros vadios. Nós nos conectamos imediatamente pelo amor por cabelos e cronuts. Cronuts é a combinação genial de donut e croissant, recheado com creme de baunilha. Sério, ele me apresentou a uma gloriosa padaria e minha bunda o tem amaldiçoado desde então. Claro, Nate diz que minha bunda nunca pareceu tão boa, então eu o mantenho por perto como meu personal-trainer-motivacional-de-bunda. Toda garota precisa de um desses.

— Sim, só se pode viver na esperança de que o encontro seja tão bom na realidade quanto na promessa. Você sabe tudo sobre isso, não sabe?

— Infelizmente sim, mas, pela minha experiência, as promessas são sempre cheias de merda — digo, desapontada.

Nate se inclina e passa o braço ao redor do meu ombro, me puxando para o seu lado.

— Ele está lá fora, Kate. Seus caminhos só não se cruzaram no momento certo ainda. Apenas espere, eu aposto que ele vai tirar seu chão, e você não vai nem perceber o que está acontecendo até você estar de pernas para o ar.

Eu suspiro alto.

— Tomara.

### Zander

Já são três dias de silêncio. Bem, silêncio na internet. Três dias. Ela não entrou ou respondeu minhas mensagens ou nada parecido.

Merda, quando eu me tornei uma menininha? Foram só três dias.

A questão é que nossa conversa estava começando a ficar interessante, quando, de repente, ela saiu do site no sábado à noite. Eu já estava preocupado depois que eu a rejeitei quando ela sugeriu que nos encontrássemos, mas acho que ainda é muito cedo. Preciso fortalecer nossa conexão um pouco mais, fazer com que conheçamos mais um ao outro antes de nos encontrarmos e ela descobrir que sou eu.

É terça-feira de manhã e acho que já esperei o bastante. Então, decido entrar em ação, mesmo que isso signifique que eu tenha que me revelar como o admirador da Kate na internet.

— Alô!

— Oi, Mac, é o Zander.

— É, eu sei, eu meio que vi no identificador de chamadas — ela responde com uma risada.

— É, bem pensado. Então, queria te perguntar uma coisa.

— Cara, você sabe que eu estou grávida do Superman, certo?

Eu rio. Definitivamente senti falta do sarcasmo de Mac.

— Sim, estou bem ciente disso. De jeito nenhum eu vou me meter com um super-herói. Na verdade, estou ligando para saber da Kate.

A linha fica muda. Se eu pensei que já tinha testemunhado silêncio total antes, não foi nada comparado ao súbito silêncio em meu ouvido.

— Ok, Zan, você tem dois minutos para me dizer tudo antes de eu decidir se vou te bater ou não. Foi com você que ela saiu no sábado?

— O quê? Não! — Depois me lembro de Kate mencionar que teve uma noite terrível. — Espere, o que aconteceu no sábado à noite?

— Eu não sei, essa é a questão. Ela teve um encontro com alguém chamado Spencer. Foi algo de última hora, e ela meio que foi com tudo, sem primeiro fazer aquela coisa normal de conversar e descobrir mais sobre ele. Parecia que ela estava se sentindo triste, então ela aceitou a primeira oferta de encontro que foi feita. Ele a convidou para sair depois de algumas poucas mensagens, e ela concordou de cara; então, Kate voltou pra casa, ficou bêbada e agiu como se tudo estivesse bem no domingo, quando fomos conhecer os pais de Dan.

— Espere. Você conheceu os pais do Daniel? Nossa, Mac, isso é demais! Como foi?

— Bem, não teve nenhum grande surto, se é isso que você está perguntando. Foi ótimo, os pais dele são adoráveis.

— Depois vem o casamento...

— O quê? De jeito nenhum! Sai pra lá! — Não consigo segurar a risada agora. É bom ver que Mac não mudou totalmente. Então, ela me encurrala. — Espere. Por que, de repente, você está preocupado com a Kate?

Gaguejo um pouco antes de responder.

— Ah, sim, bem, nós meio que estamos conversando no *Chicago Singles*.

— Oh, meu Deus! Foi por isso que você me perguntou sobre os encontros dela pela internet? Isso é ótimo! Então, por que vocês estão só conversando? Não é como se vocês fossem completos estranhos. Vocês já poderiam estar namorando, e aí nós poderíamos sair em encontros duplos. Puta merda, isso é ótimo.

Como eu esperava, Mac está transformando isso numa coisa enorme.

— Mac, querida, ela não sabe que sou eu.

— Como assim ela não sabe que é você?

— Ela me conhece como *Dançarinonoturno23*.

De repente, ela começa a rir, uma risada insana e louca de mulher.

— Ah. Meu. Deus. Você se apelidou de *Dançarinonoturno23*?

— Sim. Qual é o problema, Mac? — Estou ficando um pouco irritado agora. A parte do encontro pela internet não é importante nesse momento.

— Como ela não percebeu? É tão óbvio! Dançarino noturno, *stripper*?

— Eu não sei. Mas essa não é a questão, Mac — respondo sucintamente.

— Não, realmente não é — ela diz com um suspiro. — Então, por que você ainda não contou para ela?

— Eu tenho esperado para contar porque quero conhecê-la primeiro, dar uma chance de ela me conhecer sem a bagagem do que aconteceu entre mim e você — explico.

— Zan, eu entendo. Realmente entendo. E porque é a Kate, é realmente um bom plano. Mas, cara, ela é a minha melhor amiga. Você tem que ser sincero com ela, ou isso vai se virar contra você e não vai ser bonito. Ela é do tipo que se importa com verdade e honestidade. Muito. Essas qualidades são realmente importantes para ela.

Merda, me sinto um idiota agora. Talvez eu tenha ferrado com a coisa toda antes mesmo de ter a chance de ficar com Kate; sem mostrar a ela o tipo de homem com quem ela merece estar.

— Para mim também, Mac. Só achei que ela não me daria uma chance se soubesse que sou eu.

— Você também precisa saber que ela quer o seu próprio "felizes para sempre". Se você está procurando por uma transa de uma noite só, você está correndo atrás da garota errada.

— Eu não estou procurando por uma transa rápida — resmungo no telefone. — E não usaria Kate para isso. Ela vale muito mais do que uma noite apenas.

— Eeeeh. Você gosta dela — ela constata enfaticamente pelo telefone.

— Do que eu vi até agora dela, sim, claro que gosto. O que tem para não gostar, Mac? E quero descobrir mais sobre ela. E foi por isso que liguei pra você. Ela me disse que teve uma noite horrível, que foi a noite do encontro. Eu tentei descobrir o que aconteceu, mas ela não quis dizer. Depois, ficou bêbada, nós brincamos de um jogo de perguntas e respostas, e, quando começou a ficar interessante, ela saiu e não ficou mais online desde então — explico. — E ela geralmente fica, pelo menos uma vez por dia, e ela não está respondendo minhas mensagens. Infelizmente, agora eu tenho mais coisas para lidar, como o fato de ter que encontrar um lugar novo para ficar.

— O quê? O que aconteceu?

— Você acredita que Zach estava num encontro e esqueceu no fogo o jantar que estava fazendo para impressionar a garota? Ele acabou com um jantar e uma cozinha queimados. — Tive que rir, porque, se não fizesse isso, ia chorar. Só mesmo Zach para se focar tanto em se dar bem que esqueceu do jantar e incendiou a cozinha toda. — Nesse momento, estou ficando num hotel até que consiga encontrar outro lugar.

O silêncio sepulcral volta como vingança. É tanto que eu afasto o telefone do meu ouvido para ver se Mac ainda está na linha.

— Já sei. Esteja na minha casa hoje à noite às oito horas.

— Como assim, Mac? Eu não posso ficar na sua casa. O que o Daniel vai falar?

— Ah, com certeza, Daniel será um homem muito feliz. Eu vou explicar hoje à noite. Prometa que estará lá.

— Sim, eu estarei lá. Mas e quanto a Kate?

— Vou resolver isso com ela também. Tudo o que você tem que fazer é aparecer lá tão gostoso quanto normalmente você é e tudo sairá perfeitamente.

— Mac...

— Zan, acredite em mim. Vai funcionar.

Desligo o telefone, torcendo muito para que Mac esteja certa. Porque, nesse exato momento, estou sem opções.

94   BJ Harvey

# Capítulo 10
## Perto demais

*Kate*

Chego em casa logo depois das seis e encontro Mac no fogão, cozinhando. O que está acontecendo? Mac não é de cozinhar, ela não sabe nem assar. E, definitivamente, não puxou o talento da mãe, porque a Senhora Lewis sabe cozinhar, realmente cozinhar. Mas, Mac... bem, ela deve ter pulado a fila no céu na hora da distribuição das habilidades de cozinhar e foi direto para a dos grandes seios ou a da alta sexualidade. Ou ambas.

— Bem-vinda em casa, querida — Mac diz alegremente. Muito alegremente.

Eu a olho suspeitamente.

— Oi.

— Ah, não fique assim. Sua melhor amiga não pode fazer um bom jantar para você, uma vez na vida?

— Ah, sim, claro! Uma melhor amiga pode fazer um jantar, quando ela sabe e quando seu nome não é Makenna Lewis.

— Ah, tenha um pouco de fé em mim.

— Eu tenho um pouco de fé, até porque já provei sua comida, se é que se pode chamar isso de comida.

Ela se vira para mim, colocando as mãos nos quadris.

— Bem, sorte a nossa que Danny boy, o cozinheiro, fez isso antes de ir para casa.

— Oh, graças a Deus que o Superman existe. Ele salvou o dia novamente

— eu digo com um enorme sorriso. — Você poderia ter umas aulas, sabe? Surpreender Daniel uma noite, cozinhando uma deliciosa refeição que não cause a ele uma intoxicação alimentar.

— Foi apenas uma vez! Deus, vocês nunca vão me deixar esquecer isso? Não foi minha culpa que aquele camarão tinha passado da data de validade.

Vou até a cozinha e pego uma taça de vinho, servindo-me de uma grande dose de Merlot.

— Mais ou menos isso, né? Primeira regra para se cozinhar: ingredientes frescos. Ah, e um pouco de habilidade culinária real ajuda muito também. — Pisco antes de pegar um pano de prato que vem em minha direção.

— Eu sinto falta de vinho — ela diz, olhando minha taça com inveja enquanto se senta no balcão da cozinha.

— Ah, fala sério, você não trocaria isso por nada neste mundo.

— Não, para ser sincera, não trocaria. E depois do ultrassom daqui a uma semana, vamos finalmente confirmar se é menina ou menino, e eu serei uma mamãe feliz — ela diz orgulhosa, esfregando sua barriga com um olhar doce.

— É melhor você ter cuidado. Você está pegando um pouco de sotaque do Sul. — Rio sabendo que ela vai morder a isca.

— Eu quero que você saiba que eu amo um sotaque do Sul pegando em mim. Em qualquer lugar, a qualquer hora.

— Grossa! Já é ruim o suficiente ter que ouvi-los. Não preciso que me fale de vocês, especialmente quando não estou conseguindo ninguém.

Mac, de repente, fica com um olhar suspeito no rosto, um olhar que me enche de pavor e me faz pensar no que ela está aprontando.

— O que é isso tudo, Mac? Você fazendo um jantar pra mim, planejando uma noite das garotas de improviso... qual é o problema? — Ela finge estar chocada e dá suspiros de falso horror.

— Estou magoada, e, francamente, desapontada que você duvide das minhas intenções, Kate. Eu não posso ter uma noite com minha melhor amiga? Desde que Daniel e eu voltamos, sei que estou sendo meio desleixada com essa coisa de colega de apartamento, então eu quero compensar. Você sempre esteve ao meu lado para tudo, e acho que está na hora de estar ao seu lado — sua voz falha.

Coloco minha taça no balcão e dou a volta, abraçando-a por trás.

— Eu sei que você sempre está ao meu lado. Mesmo que você esteja com Daniel na casa dele, ou com ele aqui. Você é como a irmã que nunca tive, e Daniel é como um irmão mais velho adotado. Por favor, não se sinta mal por estar feliz. Você merece essa felicidade — acrescento, com um aperto a mais, meus olhos cheios de lágrimas. Vou terminar ficando uma bagunça de tanto chorar.

— Agora, nós podemos parar essa festa do choro e comer? Eu estou faminta! — Mac anuncia.

Depois de comer pão de alho caseiro, lasanha e um delicioso cheesecake de sobremesa, Mac e eu reivindicamos nossos lugares no sofá, na sala de estar, enquanto curtimos a preguiça depois da comida, assistindo algum jogo doido que está passando na televisão, no qual as pessoas estão treinando para se tornarem ninjas.

— Eu nunca poderia ser ninja. Minha barriga grande ficaria no caminho — Mac murmura.

— Eu não queria ser ninja. Embora sempre estive disposta a namorar um. Você pode imaginar as posições que eles conseguem fazer? Ah, meu Deus, eu acabei de pensar em uma. A posição do Ninja reverso na sela!

Mac se senta animada e me olha, colocando uma perna embaixo da outra.

— Não, espere! Você pode imaginar um ninja fazendo o estilo cachorrinho? Ele provavelmente poderia ficar pendurado de cabeça para baixo num telhado enquanto te fode. Isso seria maravilhoso — ela diz rindo.

— Eu sei! Ao invés de Vibrador, seria Ninja Rapidinha de Almoço, ou Ninja Trepadinha da Noite — eu digo, lutando para falar através da minha risada.

Mac olha para o celular brevemente antes de colocá-lo para baixo e me olhar.

— Está tudo bem? — pergunto olhando para o celular dela.

— Ah... sim, ótimo. Só estava olhando a hora. Mas, agora, nós precisamos falar sobre você. Mac se senta e descansa as mãos na barriga. Estou com um pouco de inveja dela agora, mas não vou admitir isso.

— Por quê? — pergunto intrigada. Definitivamente, não entendi a mudança da conversa de sexo com ninja para mim. Se estivesse fazendo sexo com um ninja, eu seria uma pessoa feliz. Na verdade, sexo de qualquer maneira seria felizmente aceitável agora. Qualquer coisa que não seja comigo mesma. Eu deveria comprar baterias de longa duração para o meu vibrador roxo e pérola, que vem funcionando muito esse ano.

— Querida, o que aconteceu com aquele cara, Spencer? E não diga que não foi nada. Você não falou nada sobre ele, chegou cedo em casa no sábado, se embebedou com uma garrafa de tequila para alimentar o estupor antes de apagar e sofrer com a mãe de todas as ressacas no domingo.

Ok, ela me pegou. Como eu explico tudo sem ouvir um "eu te disse"? Será que é possível?

— Bem, depois de eu mandar uma mensagem para você dizendo que estava tudo bem, nós tivemos uma ótima entrada e depois o prato principal chegou. Ele foi doce e atencioso, e estava fazendo todas as perguntas certas, e eu realmente acreditei que ele quisesse me conhecer. Estava indo tudo bem...

— E? O que aconteceu?

— Ele atendeu um telefonema da esposa durante o prato principal — respondo, mordendo o lábio enquanto aguardo a explosão da minha melhor amiga. Que não vem. Seu rosto fica suave, e ela olha para mim com lágrimas nos olhos.

— Oh, querida. Eu sinto muito. — Ela se levanta do lugar dela e se senta perto de mim no sofá, colocando a mão em minha perna. — Parecia estar indo tão bem. Apesar do seu ataque mais cedo — ela acrescenta com um leve sorriso.

Solto o ar que estava segurando.

— Estava indo tudo bem, mas parece que ele só queria ter mais uma atividade extracurricular, ou talvez mais de uma. Estou começando a achar que a garçonete estava agindo estranho porque ele faz isso com frequência.

— Ele é um filho da puta e espero que pegue chato nas bolas.

— Eu também. De qualquer jeito, acho que estou gostando de alguém...

— Calma aí, o quê? Eu tenho sido tão egocêntrica que perdi um novo homem na sua vida? Sinto muito, amiga. Sério, eu sou uma merda! — Mac diz, balançando a cabeça.

— Não! Você é ótima! Ótima e redondamente incrível.

— Você acabou de me chamar de redondamente incrível? — Ela me olha em choque.

— Talvez — digo com uma risada.

— Ah, não, você não fez isso — ela diz com um balanço de cabeça.

— Bom, eu conheci alguém online. Bem, não o conheci, mas nós estamos conversando há algumas semanas e ele é bem legal. Pé no chão, fácil de conversar, engraçado e um pouco safado. Bem, no meu estado de bêbada, no sábado à noite, eu me lembro dele sendo safado, mas eu surtei e não falei com ele desde então.

Espero receber um sermão sobre como estou me preparando para sofrer e que deveria desistir dessa coisa de encontro pela internet, mas não. Eu olho e vejo um sorriso de sabe-tudo no rosto de Mac.

— O quê? Nenhum sermão de Makenna sobre a vida? Nenhum discurso "eu te disse"?

Ela levanta as mãos em sinal de rendição.

— Não. Não vou dizer nada. Esse cara parece ser bem legal. Por que vocês ainda não se encontraram?

Eu suspiro.

— Essa é a questão. Sugeri no sábado de manhã que talvez nós devêssemos nos encontrar, mas ele disse que gostaria que nos conhecêssemos um pouco mais primeiro. Quero dizer, quando me tornei o cara na situação?

— Eu não sei, mas é meio que bonitinho, você não acha? Ele não está apenas querendo transar. Bem, se ele está, está se esforçando muito. Você tem que lhe dar um crédito por isso.

— Pode ser. Não pensei realmente nisso assim. Para ser sincera, ele tem sido muito descontraído e fácil de lidar. E, quando conversamos, é sem esforço. Não tem fingimento ou ter que pensar demais. Acontece naturalmente.

— Não é isso que você quer num relacionamento? Fácil, sem esforço e natural? É isso que Daniel e eu temos. Bem, temos agora. — Ela está corando. É uma graça que eles sintam falta um do outro mesmo quando estão há poucas horas separados.

— É isso o que eu quero. Só acho que sou um pouco impaciente. E estou com tesão, definitivamente com muito tesão.

— Bem, você tem a regra dos três encontros por uma razão. Funcionou para mim e, por mais que eu tenha ficado ressentida com isso na época, não mudaria nada agora. Então, que tal você ter o seu tempo com esse cara? Sondá-lo antes de realmente senti-lo, se é que você entende o que eu quero dizer. — Ela pisca e se levanta para ir atender a uma batida na porta.

— Ah, quem deve ser? — ela diz indo até a porta.

Franzo a testa confusa. Ela abre a porta e tudo o que eu consigo ver é a estrela dos meus sonhos sensuais: 1,90m de cabelos loiros escuros, com uma mochila nos ombros e uma grande mala na mão.

Deus me perdoe.

Estou pensando em matar minha melhor amiga agora.

## Casa da diversão

*Zander*

Quando Mac abre a porta, meus olhos vão de seu grande sorriso à Kate, que está sentada no sofá atrás dela. Percebo que Kate não tem ideia de que eu estava vindo, e muito menos, me hospedando por algumas semanas.

— Entre — Mac diz alegremente. Eu entro e deixo minha mala perto da porta. — Kate, você se lembra de Zander, não?

— Ah, sim, claro. Oi, Zander.

O jeito como ela fala meu nome parece como sexo mergulhado em mel e não consigo tirar meus olhos dela. Ela está usando uma blusa vermelha com decote em v, que a deixa ainda mais gostosa, e faz com que seu cabelo vermelho-fogo pareça ainda mais brilhante, se é que isso é possível. E mais bonita do que eu me lembro; a mulher das minhas fantasias, e está sentada bem à minha frente.

— Oi. O olhar confuso em seu rosto me faz pensar que você não estava esperando visitas? — Olho para Mac e vejo um olhar culpado, mas alegre em seu rosto. Ela está tentando bancar o cupido e Kate é a parte inocente que não faz ideia disso.

— Não exatamente, mas nunca impedi a Mac de convidar os amigos para virem aqui — Kate diz dando de ombros.

— Vamos sentar, Zan. Você quer uma cerveja? Eu tenho uma *Miller* na geladeira, e tenho certeza de que Daniel não se importará. — Mac aponta para o sofá enquanto caminha em direção à geladeira.

— Parece ótimo, meu anjo. — Merda, eu costumava chamar a Mac assim. Preciso parar com isso.

Felicidade Verdadeira 101

— Então, qual é a das malas? — Kate pergunta com interesse, conforme me sento.

— Bem... — começo a explicar antes de Mac entrar e me entregar a garrafa de cerveja.

— O colega idiota de apartamento do Zander incendiou a cozinha deles, então o apartamento está queimado e sem cozinha.

— Merda. Eu espero que ele esteja bem — Kate diz, levando as mãos até a boca.

— Está tudo bem, eles estão salvos. Zach estava com companhia e se distraiu — digo com uma risada. Pelo menos consigo rir disso agora. Não foi nada engraçado ontem quando cheguei da academia e encontrei o prédio cercado de carros de bombeiros e um olhar tímido de Zach e da amiga dele, que estava totalmente mortificada na calçada. — O alarme de incêndio disparou, mas eles conseguiram vestir as roupas antes de saírem. Zach está muito envergonhado por causa da coisa toda agora. Os bombeiros ficaram muito putos quando descobriram a razão do incêndio — explico.

— Bem, que sorte. Então, o que você vai fazer? — Kate pergunta, inclinando-se na minha direção. Não perco nada da sua linguagem corporal, ou seu olhar furtivo por todo o meu corpo. Parece que a minha ruivinha gosta do que vê, graças a deus! As coisas seriam ainda mais estranhas se ela estivesse chateada comigo.

Olho para Mac, esperando que ela diga algo.

— Então, eu ia conversar com você sobre isso hoje à noite, mas nós meio que mantivemos nossa conversa em sexo com ninjas e coisas de comida — Mac explica. — Mas eu ofereci a Zander o meu quarto por algumas semanas enquanto eu experimento como é morar com o Daniel. Não achei que se importaria, já que você conhece o Zan e sabe que eu não deixaria qualquer um se mudar pra cá. Sei que eu deveria ter perguntado a você primeiro, mas foi meio providencial, já que venho pensando sobre minha situação de moradia, dada minha atual condição. — Ela circula a barriga redonda de grávida com a mão.

— Nossa, você está meio que ficando grande, Mac. Quantos você tem aí? — pergunto genuinamente interessado.

— Você não acabou de me chamar de grande, né, Zan? Essa é a regra número um quando lidamos com uma mulher grávida e cheia de hormônios. nunca as chame de grande. Tipo jamais. É melhor você tomar cuidado porque nós estávamos assistindo alguns aspirantes à ninja hoje à noite. E tenho certeza de que eu poderia chutar a sua bunda gostosa.

— Você não tem mais permissão de chamar minha bunda de gostosa, Mac. E, de qualquer forma, você possui seu próprio super-herói. Nenhum homem pode ser comparado ao Thor, ou qualquer que seja o nome dele. Como você o chama mesmo?

— Superman! Bom, Kate, o que você acha?

Olho para Kate, percebendo que Mac e eu acabamos iniciando nossa velha brincadeira lúdica, que nunca falha em me fazer rir.

— Deus, vocês dois são engraçados. Não parem por minha causa — Kate diz, se sentando de novo e olhando para nós dois.

— Ah, pare! É porque ele é mais novo do que a gente e muito imaturo — Mac retruca, mostrando a língua para mim.

— Desculpe, trigêmeos, não é? — digo, com um sorriso falso.

Kate e eu começamos a rir ao mesmo tempo quando Mac faz beicinho e sussurra coisas nada doces para a barriga sobre o quão malvado o tio Zander está sendo, não me escutando antes de levantar.

— Só vou pegar minha bolsa e ligar para o Danny boy vir me buscar. Depois, volto e te mostro onde as coisas estão. Tudo bem, Zan? Você está de acordo com isso, Kate? Sei que isso tudo é tudo meio de repente — ela pergunta com uma sobrancelha arqueada.

— Sim. Maravilhoso. Você precisa superar esse medo e se mudar para junto do Superman, então esse teste vai ser bom para você, e sei que fará o Daniel feliz.

**Felicidade Verdadeira 103**

— Viu, Zan, é por isso que eu amo essa garota — Mac diz, abaixando-se para dar um beijo na bochecha de Kate antes de sair em direção ao corredor.

— De qualquer maneira, estou bem com você ficando — Kate diz num tom de voz baixo. — Eu só espero que não seja desconfortável pra você ficar aqui comigo. Sabe, depois daquela noite. — Olho para ela em choque. Vejo seu joelho sacudindo, ainda que levemente, e depois meu olhar atinge seu rosto e estou surpreso em ver que ela está muito nervosa. Ela está mordendo o lábio, e isso é uma das coisas mais sexy que já vi.

Estou acabado.

Nem mil chuveiradas geladas impediriam a festa que está começando em minhas calças agora. Só consigo pensar em passar meus dentes levemente pelo seu lábio inferior antes de acalmar a dor com a língua. Pensamentos sobre segurá-la em meus braços, seu corpo nu corado contra o meu, invadem minha mente.

Percebo que não a respondi, e, merda, ela definitivamente precisa de uma resposta. Não quero que ela ache que, em algum momento, me senti desconfortável perto dela. Eu me inclino em sua direção, esperando até que eu tenha sua atenção antes de esclarecer as coisas.

— Meu anjo, nada do que aconteceu me faria ficar desconfortável perto de você. Se tem algo que eu quero é conhecer você melhor, então tire isso da sua cabecinha linda, e nós ficaremos bem. Absolutamente bem.

Seus ombros relaxam visivelmente enquanto ela solta um suave suspiro de alívio, e, definitivamente, não perco o sorriso furtivo que ela me lança. Essa minha pequena estadia pode ser muito mais divertida do que pensei.

Bem pensado, Mac. Muito bem jogado.

### Kate

Por Deus, o que a Mac fez comigo?

Dificilmente eu diria não para o Zander ficar no quarto dela, diria? Ainda mais com ele estando aqui na minha sala de estar, bem na minha frente, parecendo gostoso como um pecado e me deixando com uma ereção dos infernos.

Sim, uma ereção. Mac e eu decidimos, em uma madrugada de bebedeira, há alguns anos, que existe ereção feminina e que, embora, infelizmente, seja uma ocorrência rara, ela é real; definitivamente não é ficção.

Mas estou divagando.

Ele apareceu vestindo uma camisa preta da academia de polícia, que se aperta em seu corpo como qualquer mulher com sangue quente faria, e um jeans justo que o fazia parecer todo másculo. No que raios eu estava pensando quando deixei esse homem me colocar na cama e ir embora? Se eu estivesse sóbria ou um pouco menos bêbada, teria pressionado até o ponto sem volta e o amarrado à minha cama por toda noite. Nunca vi um homem mais bonito — não, nada disso — um homem mais lindo em toda a minha vida. É como se ele tivesse ficado ainda mais atraente nos poucos meses desde que o vi. Agora não posso olhar para ele sem chamá-lo de Deus da Beleza — DB — na minha cabeça.

Quando Mac falou sobre o plano, fiquei um pouco irritada. Quero dizer, nós moramos juntas e nossos nomes estão no contrato, então todas as decisões sobre os acordos de convivência e habitantes da casa teriam que ser aprovadas por nós duas. Entendeu? Nós duas. Então, Mac oferecer seu quarto para um amigo sem falar comigo meio que me deixou irritada no início. Mas assim que ouvi Zander dizer que estava temporariamente sem casa, e graças a Deus ninguém ficou ferido no incêndio, minha irritação passou. Depois o constrangimento e a ansiedade me invadiram. E se ele se sentir desconfortável por minha causa? Por causa dos meus avanços sobre ele? E se essa fosse sua última opção antes de ter que pagar por uma estadia cara de hotel?

Mas tudo isso desapareceu quando ele me olhou chocado. A declaração que ele fez me lembrou daqueles momentos de molhar a calcinha que você lê nos romances. E me deixou sem fala. Primeiro, ele me chamou de meu anjo. Sei que ele sempre chamou a Mac de anjo, mas, de imediato, ele está me chamando assim também. Bom, não sei se isso é uma coisa boa ou não. Também não pude parar de olhar para aqueles olhos azuis maravilhosos e me lembrar do sonho erótico da semana passada. Tá bom, confesso, o mesmo sonho erótico vem se repetindo nas últimas semanas, apenas variando cenários e posições. No sonho, Zander abre minhas pernas à sua frente e faz coisas perversamente boas com meu corpo na cama, no banheiro, no balcão da cozinha... existe um que ele me pega até no parque!

Quando ele me vê corando, juro que vejo um brilho em seus olhos de reconhecimento.

— Bem, eu preciso, hum, tomar um banho e ir para cama mais cedo, mas Mac vai te mostrar onde fica tudo, e talvez possamos repassar amanhã à noite depois do serviço, ok? — tropeço nas palavras. Meu desejo é correr para longe, muito longe dali, e tanto faz que isso esteja sendo mostrado em minhas palavras.

— Claro, fique à vontade. Eu não quero atrapalhar a sua vida ou nada parecido.

— Zan, está tudo bem. Eu prefiro ter alguém aqui a voltar para uma casa vazia toda noite. E Mac precisa fazer isso, seguir com sua vida. Não é como se ela tivesse tempo a perder, né?

Ele me assiste levantar, seus olhos com uma mistura de confusão e preocupação que dispara diretamente até mim. Merda! Essas vão ser as duas semanas mais longas da minha vida.

— Então, boa noite. Avise-me se precisar de alguma coisa e não consiga achar. Minha casa é sua casa e todas essas coisas — digo às pressas, acenando a mão no ar.

— Boa noite, Kate. Durma bem — ele murmura atrás de mim, enquanto saio.

Bem, eu estou feliz que não foi nada estranho ou coisa parecida.

Colocando a cabeça dentro do quarto da Mac, eu a vejo sentada em sua cama, fechando o zíper da mala quando escuto a voz de Daniel vindo da sala de estar. Parece que escapei bem na hora.

— Você e eu vamos precisar ter uma conversa amanhã — digo num sussurro mais alto. Ela me olha e me dá um sorriso tímido que não chega aos seus olhos, porque eles estão cheios de lágrimas.

Estou sendo totalmente egoísta.

Minha melhor amiga está dando outro passo em sua jornada para viver um relacionamento comprometido e saudável, indo morar com o homem dos seus sonhos, o que está trazendo à tona más lembranças do passado quando o homem não era o que parecia ser, e a história não terminou bem.

— Ah, querida. Desculpe-me. Eu não tinha pensando sobre isso até agora.

Um soluço escapa de sua garganta e eu corro para abraçá-la.

— Eu estou... feliz... é só que... que... ah, eu não sei! O fim de uma era! — Ela balança o braço de forma dramática.

— Eu não vou a lugar nenhum, Mac. E você está se mudando para começar uma nova vida com Daniel e seu superbebê. Daniel não é nada parecido com os homens do seu passado. Ele é o homem do seu futuro, e não existe mais ninguém em quem eu confiaria para você ir morar junto. Ele é seu, querida. Ele é o seu felizes para sempre, aproveite. Depois, sente-se e veja a tragédia que é a minha busca incessante pelo meu final feliz.

Ela ri e olha para mim, enxugando a abundância de lágrimas.

— Porra de Síndrome do Olho Gotejante. Eles deveriam avisar sobre essa merda nas aulas de educação sexual. Não se preocupe com os peitos, canelas e pés inchados... com isso eu posso lidar. Mas essa merda de choradeira? Não.

— Deus, eu vou sentir falta desse trem louco da Mac todo dia.

— Eu ainda estarei aqui, tipo, todo o tempo. Você sabe, né? Você vai ter que arrancar as chaves de casa dos meus dedos inchados como salsichas quentes para pegá-las de volta.

— Você não tem dedos inchados como salsichas. Você é linda, Mac. Agora, que tal falarmos sobre Zander?

— Ele foi pego de surpresa, e, como você já o conhece, pensei que estaria tudo bem. Me desculpe, eu posso pedi-lo para ir embora se você quiser.

— Não! Quer dizer... está tudo bem. Ele é seu amigo, e sei que é um cara legal. Tenho certeza de que ele será um bom colega de apartamento. Entretanto, um aviso seria legal, Mac, era só o que eu precisava. — Dou a ela um falso olhar zangado quase fechando os olhos, o que só a faz rir como uma idiota.

— Devidamente anotado. Bem, é melhor eu salvar o Zander do Daniel. Sei que ele é tranquilo, mas o Zander é um ex-amante, e, apesar de Daniel ser um cara compreensivo, não quero brincar com a sorte. A propósito, por favor, me diga que você poderá ir ao ultrassom comigo?

— Claro, vou agendar meu horário de almoço para ir. Não perderia isso por nada no mundo.

— Tá bom. — Nos levantamos, e eu a abraço, de repente sentindo um chute contra meu estômago.

— Oh, meu Deus! — digo com a voz embargada.

— Parece que nosso mini super-herói ama a tia Kate também — Mac diz com um sorriso.

E só por um momento, eu penso em Mac e seu bebê, e esqueço sobre o fato de que o homem das minhas fantasias — o Deus da Beleza e a testemunha do meu comportamento mais constrangedor e bêbado — vai dormir no quarto próximo ao meu por algumas semanas.

Diversão e jogos.

# Capítulo 12
## Caminhada da vergonha

*Zander*

Depois que a Kate vai se deitar — uma tática clara para me evitar que eu permito que ela use —, sento-me na sala observando meu novo ambiente. Eu não estava ansioso para reservar um quarto num *hostel* ou num hotel barato pelo tempo que levaria para o nosso apartamento ser consertado, mas, como a minha família agora mora em Indiana, eu não tinha muitas opções.

Tem uma televisão relativamente nova de quarenta polegadas no canto da sala, com uma mesa marrom de centro. Os sofás são dispostos de forma que tanto o sofá de três lugares quanto a poltrona fiquem de frente para ela, e entre elas está uma mesinha de carvalho e um rack cheio de revistas de garotas. Estou prestes a pegar uma revista *Cosmo*, que tem um artigo falando da "regra dos três encontros" ser a chave para conhecer o homem certo, quando a porta da frente se abre e um cara alto com roupas de treino entra.

— Ei, cara — ele diz cumprimentando-me. — Você deve ser o Zander.

Ele não está sorrindo, mas também não está tentando me matar, então eu ainda não tenho certeza se este é o famoso Daniel ou não.

— Eu sou Daniel, namorado da Mac. — Mistério resolvido.

Ele dá um passo à frente, estendendo a mão. Eu me levanto e o cumprimento, tentando não tornar isso mais constrangedor do que já é.

— Então, ouvi dizer que você vai ganhar uma nova colega de apartamento?

— É, me levou bastante tempo — ele responde com uma risada.

— Parabéns. Fico feliz por vocês dois.

Felicidade Verdadeira 109

— Obrigado. — Ele caminha até a geladeira e pega uma cerveja. — Você quer outra?

Eu bebo o último gole da minha garrafa. — Nunca digo não.

— Uma merda o que aconteceu com o seu apartamento. O seguro vai cobrir? — Ele caminha até mim para entregar a garrafa.

— Sim, vai. Estou grato que o alarme de incêndio disparou antes, senão quem sabe o que teria acontecido.

— Verdade — Daniel murmura, virando a cabeça quando escuta sons de passos no piso de madeira do corredor.

Olho de lado para ver Mac caminhando até nós, com uma mala enorme sendo arrastada. Daniel deixa a cerveja no balcão da cozinha e corre até o seu lado.

— Linda, sem pegar peso, lembra-se? Significa Nada. De. Mala. Pesada. — Ele a encara, mas seu olhar perde a intensidade no momento em que ela ri para ele.

— Eu só fiz isso porque meu amigo super-herói do bairro não tinha sido encontrado em lugar nenhum.

Ela se aproxima dele e vai beijar sua bochecha, mas, antes de ela chegar a fazer contato, Daniel vira a cabeça e seus lábios se encontram. Ele passa seus braços ao redor de sua cintura enquanto o beijo se torna mais do que um simples "olá". Desvio o olhar e tomo um gole da minha cerveja. Não me sinto desconfortável, pois sei o porquê de ele fazer isso.

Embora não exista a possibilidade de Mac e eu ficarmos juntos, ele está marcando seu território, deixando claro que ela está com ele agora. Eu entendo porque, se eu estivesse no lugar dele, faria o mesmo, mas a mulher que eu quero conhecer melhor está em seu quarto, me evitando.

Escuto passos e me viro para ver Mac parada ao meu lado.

— Zan, ela está cansada hoje à noite, e eu estou emotiva, o que significa que ela também está, então só dê a ela um pouco de tempo. Trate-a com carinho.

Já entendi que você gosta dela, e sei que ela gosta de você... bem, da sua versão *Dançarinonoturno23*, que eu espero que seja o verdadeiro você.

— Sou eu, Mac. Eu não fingi ser outra pessoa — digo, tentando reafirmar isso para ela.

— Isso é bom. Bem, meu quarto é seu quarto, segunda porta à esquerda no corredor. A porta ao final é o quarto da Kate. O banheiro entre nossos quartos é dividido, então certifique-se de trancar a porta dela antes de tomar banho... ou não. O que você resolver fazer. — Ela ri para mim, e sei que sua mente estava pensando besteira, normalmente meu lugar favorito de fazer besteiras. — Ah, e nós dividimos a comida, então, novamente, sirva-se e depois só avise a Kate se você precisar pegar qualquer coisa.

— Linda, é melhor irmos — Daniel diz, carregando a mala de Mac até a porta.

— Ok. Vejo você em breve, Zan. — Ela se aproxima e me dá um abraço. Com todo respeito por Daniel, mantenho meus braços abaixados. — E boa sorte — ela sussurra em meu ouvido antes de me dar um beijo casto na bochecha e se afastar.

— Aproveite a vida de quase casada, anj... uh, Mac. — Sorrio e ela me mostra a língua antes de ir em direção à porta, dar as mãos para Daniel e os dois saírem do apartamento.

E agora estou sozinho, na casa de Mac, por umas duas semanas, e não tenho a menor ideia de como proceder com o plano em relação à Kate. Mac parece confiante de que as coisas vão dar certo, mas eu, não muito.

### Kate

Depois de ir para o quarto e deixar Mac com a bagagem dela, verifico duas vezes se sua porta do banheiro está trancada e tomo um banho quente para tentar clarear minha cabeça, me perguntando como vou aguentar ver o

Zander na minha casa todo dia, pelo tempo que demorar para o apartamento dele ser consertado.

Não me entenda mal, eu sinto muito pelo cara, e hoje à noite provou que a atração que sinto por ele não foi só um desejo de bêbada. Foi verdadeiro, tão verdadeiro quanto eu jamais senti, mas, como um balde de água fria na alma, sua rejeição ainda dói.

Já fora do chuveiro e vestida com o meu pijama mais confortável, deito na cama pelo que parece ser uma eternidade, imaginando onde errei nos últimos dois encontros, com os amantes anteriores — não que tenham sido muitos —, e agora, com o Deus da Beleza dormindo a apenas um banheiro de distância. Como vou encontrar o Homem Perfeito quando tudo o que tenho comparado a ele está próximo o bastante para eu tocá-lo?

Sou tirada dos meus pensamentos quando escuto a porta do banheiro de Mac sendo aberta e a minha porta adjacente sendo trancada. Puta merda, ele está no meu chuveiro! Quer dizer, nosso chuveiro. Ele vai ficar nu e ensaboado com água quente, escorrendo como um riacho sortudo, acariciando cada parte de seu corpo duro feito rocha. Merda, só o pensamento de ele pelado e perto de mim faz com que as minhas partes femininas formiguem e exijam atenção.

Faz muito tempo, Kate.

Você que ser tocar; imagina que são as mãos dele que estão em você.

Ele está tão perto.

— Ah, foda-se — sussurro para mim mesma, minhas palavras ecoando pelo quarto enquanto desço a mão pelo meu corpo. Uma mão vai para o cós da calça do pijama, e a outra esfrega meu mamilo dolorido e eu o aperto delicadamente, imaginando se Zander usaria as mãos primeiro ou a boca em mim. Conforme meus dedos tocam meu corpo, gemo, sentindo o quão molhada estou. Só pensar nele já me deixa encharcada, e ainda nem gozei.

Acelero meus movimentos e escuto um gemido atrás da porta, minha mente enlouquecendo com o pensamento de que ele possa estar se tocando também. Isso não me surpreende; eu tenho dois irmãos mais velhos, então não é um grande segredo que homens resolvem seus problemas no chuveiro, com frequência. Mas imaginar Zander fazendo isso tão perto de mim me faz ficar com mais tesão ainda. Enfio um dedo em mim e inclino a cabeça contra o travesseiro para abafar os gemidos que escapam enquanto o dedão esfrega meu clitóris inchado.

Mais algumas investidas e outro dedo adicional me preenche, fazendo-me contorcer em minha mão, enquanto escuto outro gemido vindo do banheiro. E se ele quiser que eu o escute? Talvez ele queira que eu saiba. E se ele se arrependeu daquela noite como eu, mas por razões diferentes? O pensamento de que Zander possa me querer me faz ficar numa espiral fora de controle, eu grito e rapidamente mordo meu travesseiro na hora que chego ao orgasmo, descendo de uma altura espetacular, a qual nunca tinha experimentado antes.

Escuto a água diminuindo, e minhas bochechas coram quando percebo que, se eu consegui ouvi-lo, ele definitivamente conseguia me ouvir também. Espero até o chuveiro desligar e a porta do banheiro dele ser fechada antes de sair da cama e me limpar. Quando termino, me enterro debaixo dos cobertores e retorno aos meus pensamentos errantes até que meus olhos não conseguem mais ficar abertos.

Bem, se nada mais acontecer, pelo menos minhas sessões de masturbação serão mais intensas.

114   BJ Harvey

## Eu não posso ficar longe

*Zander*

Faz dez dias desde que me mudei para o apartamento de Mac e Kate.

Dez noites desde que eu a escutei.

Não havia dúvida dos gemidos e sussurros que vinham do quarto dela naquela noite, e isso só me fez ficar mais duro do que nunca. O som que ela fazia era lindo, mas eu queria que fosse por minha causa.

Eu não queria fazer nada no banheiro da Mac e da Kate. Não me levem a mal, não tenho nenhum receio em bater punheta; sou homem e fazer isso não é nenhum segredo de estado, e saber que ela estava a apenas alguns passos de distância se masturbando também, faria com que até o homem mais forte fraquejasse. E não tentei esconder meus gemidos. Se eu podia ouvi-la, não havia merda nenhuma que me fizesse fingir que não estava me afetando. Porque, quando me dei conta de que a minha ruivinha estava se tocando tão perto de mim, me fez querer derrubar a parede e ajudá-la, ou colocar ainda mais fogo do meu próprio jeito. Tudo o que ela quisesse.

Hoje já é sábado, o que significa que tenho folga da Academia de Polícia e, tendo trabalhado em três shows ontem à noite, tenho a noite de hoje livre também, então decidi que era hora de fazer algum progresso com Kate. Desde que me mudei, ela tem sido muito amigável e cordial, mas posso dizer que está me evitando, e só tive uma mensagem para o *Dançarinonoturno23*. Foi uma explicação rápida sobre como ela está realmente ocupada, mas que não se esqueceu de mim e que, no final de semana, teria mais tempo para conversar. Já é alguma coisa, eu acho.

Eu não tenho certeza de como isso vai funcionar com a gente morando junto. Eu não consigo me imaginar estando no mesmo lugar que ela e conversando com ela pelo laptop, mas, graças a Deus, isso não se tornou um problema... ainda.

Preciso começar o meu dia, então me levanto e visto uma roupa antes de, sonolento, ir em direção à sala de estar, onde estou planejando usar a ótima cafeteira da Mac e da Kate.

Sinto meu celular vibrar contra a perna, e, depois de colocar o café para fazer, vejo uma mensagem da Mac.

**Mac:** *Como você está?*

**Zander:** Ótimo. Você tem a melhor cama do mundo. Por que não soube disso antes?

**Mac:** *Porque você era mais casual?*

**Zander:** Diz a rainha do não-compromisso?

**Mac:** *Cala a boca! Como está indo o conserto do apartamento? Não que eu queira que você se mude, ou coisa parecida, apenas achei que deveria perguntar.*

**Zander:** Zach ligou ontem, o dano foi pior do que pensaram inicialmente. Vai demorar mais algumas semanas, pelo menos.

**Mac:** *Merda. Ah, bem, você tem meu quarto pelo tempo que precisar. Estou amando viver com o meu homem de negócios, deveria ter feito isso meses atrás! Ah, você viu a Kate essa manhã antes do serviço?*

**Zander:** Não, acabei de levantar. Presumo que já tenha saído.

**Mac:** *Sim, ela tinha que estar no salão às nove essa manhã para abrir, já que o dono está fora. Ela chega em casa por volta das cinco da tarde. Como vão as coisas com ela? Quando será o primeiro encontro?*

**Zander:** Que primeiro encontro?

**Mac:** *Deus! Vocês homens são todos iguais.*

**Zander:** Eu preciso fazê-la conversar comigo primeiro, sem me evitar.

**Mac:** *O que você quer dizer com isso?*

**Zander:** Ela tem ficado cada vez menos em casa desde que me mudei.

**Mac:** *Uma semana e meia e você mal a viu?*

**Zander:** Longa história.

**Mac:** *Você tá de sacanagem comigo? Como eu posso ajudar se não sei de tudo?*

**Zander:** A história é dela para contar, meu anjo.

**Mac:** *Bem, vou te mandar o número dela. Você só precisa passar algum tempo com ela. Não há dúvida de que ela não resistirá ao seu charme. ;)*

**Zander:** Talvez, ou apenas ver se ela quer sair.

**Mac:** *Isso vai funcionar também. Ela mandou mensagem para o Dançarinonoturno23?*

**Zander:** Uma mensagem rápida e pequena dizendo que estava ocupada e que conversaríamos em breve.

**Mac:** *Me mantenha informada de como as coisas estão indo, inclusive, o lance da internet.*

**Zander:** Sim, mãe!

**Mac:** *Pare com isso.*

Rio enquanto repasso o que tenho que fazer antes da Kate chegar em casa, mais tarde. Consiste basicamente em ir ao mercado comprar alguns mantimentos e talvez dar uma rápida arrumada na casa para mostrar que sou bem treinado — minha mãe tinha um garoto e três garotas, então ela quis ter certeza de que eu saberia cozinhar e limpar antes de sair de casa.

Antes de fazer qualquer uma dessas coisas, pego meu *Whey Protein* no quarto e faço um *shake* para o café da manhã. Tento pensar em como abordar Kate à noite. Se eu for muito rápido, ela vai pensar que é tudo sobre sexo, mas, se eu for muito devagar, ela pensará que só quero ser seu amigo, e não existe a menor possibilidade de eu ficar na *friendzone* com ela.

Pegando meu celular, ligo para a pessoa que sei que pode me ajudar com isso.

— Zoe...

— Ei, irmão mais velho, há quanto tempo. Como está a cidade grande?

— Tá legal. Como está o tatuador? — pergunto com um sorriso.

— Deus, mamãe tem uma boca grande. Ele é ótimo. O que houve? Sei que você não está me ligando só para saber do meu namorado.

— Você me pegou. — Dou um suspiro dramático. — Não, eu preciso de uma opinião feminina.

— Puta merda. É sobre a mulher da qual você falou com a mamãe? Você nunca me pediu conselhos sobre encontros. — Posso ouvir o choque em sua voz, embora com um pouco de humor. Ela está adorando isso.

De todas as minhas irmãs, Zoe é a única em quem eu posso confiar para pedir esse tipo de conselho. Provavelmente tem alguma coisa a ver com o fato de termos só dois anos de diferença. Quando nosso pai morreu, nós dois tomamos a frente e ajudamos mamãe a se recuperar. Nós sempre fomos próximos, mas passar por esse tipo de coisa nos aproximou mais ainda.

— Sim, algo a ver com isso, Zo.

— Então, o que você quer saber?

— O que as mulheres gostam de fazer para relaxar? Digo, tipo depois de um longo dia de trabalho?

— Um, ooook. Algo totalmente diferente do que achei que você fosse perguntar — ela diz com uma risada.

— Zo...

— Tudo bem, tudo bem! Hum, comida, vinho, bobeira na televisão, massagem nos pés, comédias românticas. É arsenal suficiente para você?

É em momentos como esse que eu fico feliz por ter três irmãs.

— Obrigado, Zo, eu sabia que podia contar com você. É melhor eu ir, mas mantenha contato. Uma mensagem aqui e ali não faz mal.

— Sim, Zan, pode deixar. E nós estamos planejando ir à sua formatura.

— Quê? Tá falando sério? Vai ser incrível!

— Merda, acho que era para ser surpresa. Não pode falar pra mamãe que você sabe! — ela suplica pelo telefone.

— Seu segredo está guardado comigo, irmãzinha.

— Ok, Zan, amo você.

— Também te amo, Zo.

Desligo o telefone e percebo o quanto sinto falta da minha família. Elas se mudaram para Indiana para um novo começo, mas não é fácil ficar longe da família, especialmente quando supostamente era para você protegê-las, cuidar delas.

Minha mente volta para Kate. Pelo que Mac me disse, ela é sonhadora. Acredita em encontrar seu final feliz, e todos os homens e encontros pela internet são sua procura pela perfeição. É muita coisa para assimilar, mas eu preciso tentar ser tudo o que ela quer e precisa. Só preciso que ela me dê uma chance; um pingo de esperança de que ela possa me querer também.

**Felicidade Verdadeira 119**

### Kate

Depois de um dia de infernal de trabalho, Nathan me convidou para sair para tomar um vinho. Na verdade, não preciso de muita persuasão. Sei que é covarde da minha parte, mas tenho limitado meu tempo em casa desde que Zander se mudou. Penso nisso como autopreservação. Estou protegendo meus olhos do seu corpo glorioso... sua presença... inferno, só o fato de escutá-lo no chuveiro me deixa corando e essa não sou eu. Definitivamente não sou nenhuma puritana. Não sei por que é tão diferente com ele.

Duas taças de vinho e nada de comida já me fazem sentir mais feliz, despreocupada e um pouco tonta. Nathan me fez rir tanto que os músculos do meu estômago estão doendo. Ele está ocupado me contando sobre suas aventuras com sua "máquina do sexo" porto-riquenha.

— Queeeeeeeerida! A bunda desse homem era tão du...

— Muita informação, eu não quero saber! — grito, o que só o faz rir mais de mim.

— Kate, até você ficaria doida por esse homem. Ele é magnífico, desde os cabelos até os dedões dos pés, e fiz questão de prestar atenção em tudo, mais de uma vez.

— Estou feliz por você, Nathan — digo com um suspiro resignado. — Eu só queria que um amor cruzasse o meu caminho.

— Kate, você é louca, querida. Tem um garanhão de sangue quente morando com você e você está aqui, sentada com seu amigo gay? O que isso te diz?

— Que eu o estou evitando.

— E, se você o está evitando, existe uma razão. Talvez seja porque está gostando dele.

— Nathan, eu...

— Não, querida, não tente fugir disso. Por que você o está evitando?

— Porque ele não me quer.

— E como você sabe disso?

— Por favor, não me faça contar. — Olho para ele sobre a mesa, meus olhos o implorando para deixar isso para lá.

— Desde que ele se mudou, você só fala dele, soltando aleatoriamente o nome dele nas conversas. Ele está em sua mente mais do que você quer admitir e não há nada de errado nisso. O que a Mac diz disso?

— Ela não sabe. E odeio que ela tenha se mudado, e que eu não possa conversar com ela sobre isso. — Sinto meus olhos ficando marejados.

— Ela se mudou, mas não te cortou da vida dela. E quanto a Zander, se você gosta dele, não vale a pena dar uma chance e realmente passar um tempo com o cara? Você tem... o quê? Pelo menos mais alguns dias morando com o Deus da Beleza, certo? Por que não tirar proveito disso? Se conheçam melhor. Inferno, na pior das hipóteses, você faz um novo amigo. Mas pense em todas as chances positivas.

Merda, ele tem um ótimo argumento.

— Mas, e quanto ao cara da internet? O *Dançarinonoturno23*? — pergunto, precisando de uma opinião masculina na minha vida confusa.

— Honestamente, acho que você está se cobrando muito. Viu a Mac achar seu final feliz, ou muito perto disso, e isso se tornou ainda mais real pra você. — Ele se inclina e coloca a mão sobre a minha. — Você vai achar seu cavalheiro, princesa. Só precisa ser paciente e não forçar isso.

— Você está certo.

— Diga isso de novo, não ouvi direito — ele responde com um sorriso.

— Pare com isso — digo, batendo em seu braço suavemente. — Acho que vou pra casa. Chafurdar na minha autopiedade.

— Só mantenha a mente aberta.

— Eu vou. Te vejo na segunda?

— Claro, vou ficar e conversar com aquele lindo *bartender* ali. — Ele olha sobre o meu ombro e pisca.

Olho para trás e vejo um homem jovem e bronzeado dando a Nathan um sorriso de flerte por trás do balcão do bar.

— Entendi — digo com um sorriso antes de me inclinar e beijar sua bochecha.

— Você pega um táxi?

— Claro. Segurança em primeiro lugar.

Deixo Nate lá com seu *bartender* e, por sorte, encontro um táxi esperando do lado de fora do bar. No caminho de casa, tudo o que Nate disse me acerta como um trem desgovernado. É minha culpa eu estar solteira? Sou tão fechada, muito cautelosa, ou muito chata mesmo? Por que todos os meus amigos encontraram alguém e eu não?

Talvez meu radar para homens esteja quebrado e longe de ser consertado. Talvez eu esteja destinada a viver uma vida cheia de orgasmos produzidos por mim mesma e apaixonada pelo bebê da minha melhor amiga.

Isso me faria feliz? Isso me faria plena?

Deus! Eu bebi vinho demais para ficar pensando nas grandes questões da vida.

Com o coração pesado e minhas emoções ameaçando transbordar, entro em meu apartamento e encontro Zander assistindo a um jogo de basebol. Suas pernas compridas e bronzeadas esticadas no sofá, os braços dobrados atrás da cabeça.

— Oi — digo, colocando a bolsa no balcão da cozinha. Dando uma olhada na sala, me surpreendo em quão brilhante ela está. — Nossa, você deveria estar entediado hoje para limpar aqui. Obrigada. Eu gostei.

Ele se levanta e me olha com um olhar penetrante.

— Bem-vinda, meu anjo. Você já comeu?

— Não, mas eu pego alguma coisa mais tarde. Só vou trocar de roupa. — Minha voz vacila e sei que ele percebeu. Suas sobrancelhas se erguem e ele me estuda, seu rosto se enchendo de preocupação.

— Kate, o que ho...

— Está tudo bem, Zan. Eu já volto — digo antes de sair correndo para o corredor em direção ao meu quarto.

Deixando meus saltos de lado e tirando a roupa de trabalho, coloco uma blusa e uma calça de yoga, depois tenho um colapso na cama. Chorando no travesseiro, deixo sair tudo o que estava segurando pelos últimos meses; sentir falta da minha melhor amiga, meus sentimentos inadequados, estar sozinha. Tudo.

Uma hora depois, escuto uma leve batida na porta, e, com olhos embaçados, vejo Zander caminhando em minha direção. A cama se mexe à medida que ele se senta perto do meu quadril. Eu o vejo se inclinar e tirar meus cabelos do rosto, colocando-os atrás da minha orelha.

— O que houve? — ele pergunta, a voz suave e confortadora. Tudo, eu penso.

— Eu... eu estou bem, de verdade.

— Você pode conversar comigo, sabia? Quero te ajudar.

— Estou bem, ou vou ficar. Acho que só preciso ficar sozinha. — Minha voz ainda está trêmula, e posso dizer pelo seu olhar que ele não acredita em mim.

— Eu sei o que você precisa, ruiv... meu anjo. Você vai me deixar tomar conta de você?

Eu concordo, não tendo certeza do que ele está falando, mas, estando muito emocional, aceito qualquer coisa que ele queira fazer por mim.

— Panquecas.

Balanço a cabeça. Não devo ter escutado direito o que ele disse. — O quê?

— Panquecas para o jantar. Eu venho de uma família de mulheres. Quando uma delas está magoada, triste ou até mesmo um pouco deprê, nós comemos panquecas no jantar. É uma tradição estranha dos Roberts. Não zombe até que você tenha tentado.

Ele me dá um sorriso de apertar o coração, e sei que estou com problemas. Ele está me ajudando, cuidando de mim e eu não posso resistir.

— Tá bom.

## Capítulo 14
### Droga, eu queria ser seu amante

*Zander*

Sei que alguma coisa estava acontecendo quando ela chegou em casa. O olhar em seu rosto dizia tudo. A maioria das mulheres pode esconder suas emoções, mas não a minha ruivinha. Ela não consegue esconder as emoções, e vou te falar, ver aquele olhar em seu rosto me deixou triste. Seu olhar quase me matou. Ela estava se segurando enquanto falava comigo, me agradecendo por limpar a casa como se fosse algo totalmente inesperado. Eu queria que ela ficasse surpresa, mas não esperava que ela descartasse o jantar e depois desaparecesse no quarto por uma hora.

Mas cedo naquele dia, entrei no *Chicago Singles* e respondi a mensagem de Kate.

**Dançarinonoturno23:** Ei. Me desculpe se eu disse alguma coisa que a ofendeu ou se cruzei a linha. Eu só queria conhecer você melhor. Sei que nossa conversa saiu um pouco da linha na semana passada, mas eu gostei, e gosto de conversar com você. E quero te mostrar quem eu realmente sou. Espero que esteja tudo bem.

Percebi que falar tudo — bem, menos quem eu realmente sou — me faria conseguir uma resposta dela ou pelo menos um reconhecimento de que ela ainda está conversando comigo. Agora, com a Kate em casa e triste, pego meu telefone, me sentindo um completo perdedor por *não saber o que fazer*.

**Zander:** Kate chegou em casa triste e está no quarto há mais de uma hora. O que eu faço?

**Mac:** *ELA ESTÁ BEM?*

**Zander:** Eu não sei. Ela chegou em casa tarde do serviço, me agradeceu por ter limpado a casa, depois disse que ia trocar de roupa. Estava mal, contendo as lágrimas, meu anjo. Ela precisa de você.

**Mac:** *Não, ela precisa de você. Vá até ela. Você tem irmãs, saberá o que fazer. Apenas faça algo; senão serei forçada a ir aí e chutar a sua bunda. E, nesse momento, a minha bunda está confortável no colo do Daniel. Consegue imaginar a cena?*

**Zander:** Muita informação, Mac. Ok, vou lá.

**Mac:** *E, a propósito, de nada.*

Sigo pelo corredor e bato na porta dela, abrindo-a devagar. Meus olhos se arregalam quando a vejo enrolada na cama, encarando a parede. De imediato, já penso que alguém a machucou e fecho os punhos, querendo imediatamente infligir dor em quem quer que esteja fazendo isso a ela.

Então me vem à cabeça: panquecas.

Panquecas no jantar. Era a principal refeição que minha mãe fazia quando um de nós estava pra baixo. Nunca falhou em nos fazer conversar e sorrir de novo. E eu quero fazer isso para a ruivinha. Quase fodi com tudo a chamando assim. Droga, isso não teria terminado bem.

Sinto-me mal pela sua decepção, mas, vendo-a triste essa noite, eu quero... não, eu preciso que ela me queira por mim mesmo, antes de falar tudo para ela. Só espero que esses olhares furtivos, o incidente do banheiro — Deus, aquilo foi um tesão e tem estado na minha cabeça todas as noites desde então — e até o olhar que ela me deu hoje à noite quando pareceu chocada e agradecida signifiquem muito para ela quanto para mim.

— Panquecas.

Ela balança um pouco a cabeça e franze seu lindo rosto para mim.

— O quê? — ela pergunta, sua voz rouca.

— Panquecas para o jantar. Eu venho de uma família de mulheres. Quando uma delas está magoada, triste ou até mesmo um pouco pra baixo, nós comemos panquecas no jantar. É uma tradição estranha dos Roberts. Não zombe até que você tenha tentado. — Sorrio para ela, esperando sua resposta. Ela parece tão vulnerável agora, os olhos azuis molhados de lágrimas que seguem até as bochechas. Odeio vê-la assim, tão triste, machucada. Nesse exato momento, tudo que eu queria fazer era pegá-la no colo e tomar conta de tudo que a perturba. É minha natureza; tudo o que eu sempre fiz. E pela Kate eu mataria dragões para colocar um sorriso em seu rosto.

Porra, isso é brega.

— Ok — ela diz sem fôlego.

Toma toda a minha força de vontade não a deitar e beijá-la aqui e agora. Com ela deitada, me olhando com expectativa, percebo sua respiração acelerar e seus olhos dilatarem. Puta merda, ela está com os mesmos pensamentos que eu. Tenho que ser forte por nós dois, porque agora não é a hora de me perder nela.

Solto uma longa respiração e me levanto.

— Te encontro na cozinha, meu anjo, em dez minutos. Prepare-se para ser... surpreendida.

Tropeço nas palavras enquanto tento me recompor. Se alguma vez eu já precisei de um sinal de Kate, a hora era agora. Qualquer sinal.

— Obrigada, Zan, por estar aqui — ela responde docemente, seu sorriso me atinge como um tiro no coração, e na virilha. Tento não mostrar para ela quão duro estou, e estar parado no seu quarto com ela vestida com uma blusa justa e calças de yoga não está ajudando muito na situação.

Eu me viro e vou em direção à cozinha. Está na hora. Essa é minha chance. O que foi que mamãe disse? Você escuta, você pergunta, e você corteja. Bem, eu estou prestes a adicionar o fator cortejar na equação.

### Kate

Tem alguma coisa diferente no Zander esta noite. E não consigo dizer o que é, mas ele está sendo atencioso, engajado e, tenho que admitir, ver sua bunda na minha cozinha é pra lá de sexy. Não sei sem como descrever as imagens que passam pela minha cabeça, mas as possibilidades são infinitas. Ainda permaneci sentada por algum tempo. Depois que os dez minutos se passaram, joguei um pouco de água no rosto para parecer seminormal, então saí em direção à cozinha e me sentei em um dos banquinhos, assistindo-o preparar panquecas e fritar bacon.

— Você gosta de ovos?

Pisco para me livrar dos meus pensamentos.

— Ah, sim. Adoro.

— Frito ou mexido?

— Frito, por favor.

— Eu amo isso.

— O quê?

Ele se vira e sorri para mim, um enorme sorriso que ilumina todo o ambiente.

— Você adora comida, e eu amo isso. Você sabe como é irritante quando uma mulher só quer salada e essas coisas de dieta?

Rio porque concordo totalmente com o seu comentário. E, vamos ser honestos, eu realmente adoro comer.

— O que posso dizer? — Dou de ombros e rio de volta para ele.

— Bonitinha — ele murmura baixinho e se vira para virar a panqueca.

— Você também não é nada mal — digo quase sem ar.

As coisas estão sendo bem diferentes do que eu imaginava. Estava me preparando para chorar até dormir, ou roubar o sorvete de banana com flocos sabor chocolate e nozes, da *Ben & Jerry*, do freezer e comer para encontrar meu perdão.

— Bom saber, meu anjo — ele diz com uma risada, tirando a panqueca e adicionando-a a uma pilha crescente do seu lado e derramando mais um pouco de massa na frigideira.

— Onde você aprendeu a cozinhar? — pergunto, roubando um pedaço de bacon que ele estupidamente deixou no balcão à minha frente. Mac obviamente nunca contou a ele sobre nosso caso de amor por todas as coisas com bacon.

— Minha mãe. Tenho três irmãs e, sendo o único garoto, ela queria ter certeza de que eu poderia me cuidar caso eu nunca encontrasse uma mulher que cuidasse de mim. Ela está sempre perguntando quando vou encontrar uma boa garota para tomar conta de mim.

— Soa estranhamente familiar com a minha mãe. Ela acha que eu preciso ser cuidada também — acrescento melancolicamente.

— Ela está certa — ele fala, me surpreendendo.

— Talvez. Mas a pressão de ser perfeita como os meus irmãos mais velhos é um pouco chata, sabe?

— Sim, tente ser o mais velho com três irmãs mais novas e se tornar o homem da casa com treze anos de idade. Eu estava começando a aprender a ser homem enquanto também tomava conta das quatro mulheres mais importantes do mundo pra mim, incluindo minha mãe.

— Nossa. Isso é sério, Zan.

— Sim, tinha que ser feito. Não mudaria nada. Era por causa disso que você estava triste hoje? A pressão de ser perfeita? Meu anjo, ninguém é perfeito, mas você sempre será perfeita para alguém.

— Sim e não. Tenho guardado muitas coisas por muito tempo. E, hoje à

**Felicidade Verdadeira 129**

noite, tudo meio que explodiu.

Ele se vira para trazer os ovos até o balcão antes de se inclinar para pegar os pratos e talheres.

— Merda. Eu deveria estar te ajudando com isso.

— Não, você não deveria. A regra das panquecas para o jantar é que a pessoa que precisa não faz nada além de ficar sentada, parecendo muito bonita. E você está cumprindo muito bem seu papel.

Sinto um calor esquentar minhas bochechas e olho para o prato à minha frente. Deus, caramba. Não, Kate, você não pode se apaixonar pelo ex-colega de foda da sua melhor amiga. Ele provavelmente só quer sexo casual.

Ele ri para mim, e espero por Deus que ele não consiga ler minha mente porque aí, então, estarei em apuros. Ele me estende um prato, seus dedos encostando nos meus na hora que me entrega os talheres, mandando um arrepio pelo meu corpo — e não aquele indesejável.

— Primeiro as damas. — Ele aponta a mão em direção à comida e me olha com expectativa. — A não ser que você tenha se enchido com todo o bacon que você roubou — ele fala, arqueando uma sobrancelha em um silêncio desafiador.

— Eu não vou dizer não. Isso parece ótimo. Acho que já amo panquecas para o jantar. — Coloco um pedaço na boca e rio para ele, o que só o faz rir também. Na metade da refeição, ele me pega encarando-o. Ele está sentado do outro lado do balcão, no outro banco, colocando panquecas e bacon na boca, e, mesmo quando está fazendo isso, ele é lindo. Parece uma injustiça que o DB seja sexy enquanto come! Meu Deus! Isso só prova que o universo é retorcido. Merda, ele poderia coreografar um ato de *strip* envolvendo comida, e eu estaria molhada em meros segundos. Então você consegue me imaginar sentada ao lado dele, dando olhares furtivos para seu rosto, ombros e os braços torneados, que são como um ímã para a minha língua.

— Uma moeda por seus pensamentos — ele pergunta, levantando-se e levando o prato dele para a pia.

— Você realmente não quer saber — digo, ciente de que ele definitivamente me pegou olhando-o.

— Eu não perguntaria se não quisesse saber, meu anjo — ele diz rapidamente, sua voz subindo uma oitava. É o bastante para que eu levante a cabeça e olhe para ele, e, quando o faço, paro de respirar. Agora ele está parado do outro lado do balcão, com os braços apoiados nele, inclinado na minha direção.

— Estou curiosa para saber por que você quer saber?

— Por quê? — ele pergunta cautelosamente.

— Sim... — minha voz treme.

— Você quer saber o porquê de quê? — ele pergunta dessa vez com mais firmeza.

O tom rouco em sua voz cria um formigamento em meu corpo que a minha regra dos três encontros não permite.

— Hum... — eu paro no meio da frase. Ele está me olhando com tanta intensidade que acho difícil respirar. Meu cérebro para, meu coração acelera, e, se existisse uma Kate interior, ela estaria dizendo "uau!!".

— Você quer saber por que eu fiz panquecas para você?

— Ah, sim, isso mesmo. Por que as panquecas? — Ótima salvação, Kate.

— Porque eu gosto de ver você sorrindo e odeio te ver chorando. — Ele me olha com interesse.

Nós nos encaramos pelo que parece ser uma eternidade. E não estou ciente de mais nada, a não ser nós dois. Os sentimentos que tive naquela noite voltaram com tudo, mas dessa vez não tem álcool envolvido, não há impedimentos, não há complicações de melhores amigas, nada.

Não, isso é totalmente diferente.

— Mas, se é isso que você sente, por que me disse não quando te pedi pra ficar naquela noite? — pergunto num sussurro quase inaudível.

**Felicidade Verdadeira 131**

— Eu disse não para uma transa rápida; essa não é você, Kate. Agora eu estou falando sim para mais do que isso — ele retruca seguro de si.

— Eu tenho uma regra de três encontros.

— Eu sei. Mac me disse. E concordo com isso. Não estou à procura de outra amiga com benefícios, Kate.

Suspiro. Merda, vou apertar aquele lindo e pequeno pescoço dela, com proteção do super-herói ou não!

— Você concorda?

— Sim, e vou focar nisso. Embora ache uma tarefa difícil tentar impedir você de pular em mim — ele diz, me dando um sorriso de molhar a calcinha que eu tenho certeza de que funciona com todas as mulheres. Funcionou totalmente comigo.

— Me impedir de pular em você? — pergunto, parte chocada, parte com tesão.

Ele dá a volta no balcão e gira meu banco, colocando os braços de cada lado do meu corpo, apoiando-se na boda do balcão, me prendendo. Minha respiração acelera, e meu coração dispara. Como minhas emoções podem ir de zero a mil em tão pouco tempo? Isso está me deixando louca.

— Sim, meu anjo, como você vai ser capaz de se segurar?

Normalmente, eu não ficaria excitada com tanta petulância, mas com Zander sei que não é isso. É verdade pura. É como se ele tivesse uma ligação direta com uma linha do meu cérebro e está lendo todas as minhas transmissões.

Ele se inclina até que seus lábios estejam bem perto do meu ouvido.

— Você tem algum plano para amanhã?

Balanço a cabeça só um pouquinho e seus lábios encontram minha bochecha, mandando um tremor por todo o meu corpo.

— Então, agora você tem — ele sussurra roucamente no meu ouvido. — Eu vou levá-la para sair. Num encontro. Um primeiro encontro apropriado.

Um encontro divertido, no qual vamos nos conhecer. Comer muito. Rir muito. Você merece um primeiro encontro perfeito, e quero que seja comigo, então vou proporcionar isso a você porque agora eu estou dizendo sim. A você. A isso. A nós. A você e eu.

Eu só o encaro, não consigo evitar. Só quando ele ergue as sobrancelhas para mim, é que me lembro de respondê-lo. Eu concordo com a cabeça. É tudo o que eu consigo fazer. Ele me deixou sem fala.

— Vejo você de manhã, Kate. — Ele se afasta um pouco, de modo que está a apenas uma respiração da minha boca. — Mas, primeiro, eu preciso fazer isso.

E então seus lábios encontram os meus. E eu estou morta. M.O.R.T.A. O contrato foi assinado, o acordo foi selado.

Nossas línguas dançam juntas, e nossos lábios combinam como se tivessem sido feitos um para o outro. Fogos de artifícios de nível industrial explodem ao nosso redor e, mais uma vez, parece que a Terra saiu do eixo. No começo, o beijo foi suave, mas depois se tornou exigente. Ele pede e eu dou e, quando penso que acabou, ele trava uma nova batalha em minha boca, procurando minha língua e suavemente a acaricia enquanto coloca as mãos em volta da minha cintura, puxando nossos corpos para ficarem mais perto.

Muito cedo ele me solta, esfregando o nariz gentilmente no meu, antes de se levantar com toda a sua altura sobre mim.

— Bons sonhos, Kate. — Com uma piscada, ele caminha pelo corredor até o quarto, me deixando sentada ali com o maior tesão que já senti e um enorme sorriso no rosto.

Não estou reclamando. De jeito nenhum.

— A propósito, nem pense em lavar a louça. Vou fazer isso amanhã! — ele grita do corredor.

Um enorme sorriso e um puta tesão multiplicado por dez.

134   BJ Harvey

## Capítulo 15
### Beije-me

*Kate*

Revejo, por várias vezes, o beijo em minha mente a noite toda. Como uma música repetindo o tempo todo, o sentimento que ele provocou em mim zumbia como uma faísca contínua. Muito tempo depois que seus lábios deixaram os meus, eu ainda os sinto. Com um toque, uma carícia de sua língua na minha, meu corpo inteiro estava em chamas. Como pôde aquele único beijo transformar minha noite deprimente em uma com uma mulher devassa que não consegue ter o bastante? É muito simples, mas levo uma hora revirando na cama até que me dou conta. Foi por causa dele. Porque foi ele. Aquele beijo, ainda que breve, foi fundo em minha alma e acertou algo que nunca tinha sido tocado antes.

Em todas as histórias de beijos, você pode usar os contos de fadas mais famosos como guia. Cinderela, A Bela Adormecida e A Pequena Sereia — sim, ela é um conto de fadas, e vou continuar afirmando isso até que eu perca todo o ar! Cinderela teve sua noite dançando no baile, depois teve que ir embora, então o príncipe a caçou por todo reino até encontrá-la. O príncipe da Bela Adormecida a salvou. Com a Pequena Sereia — a versão da Disney, pelo menos —, Ariel salvou o príncipe Eric, que depois desapareceu, foi presa pela bruxa malvada e tentou fazê-lo se apaixonar sem que ela cantasse. Mas, ainda assim, quando eles se beijaram, tudo ficou claro como o dia. Pensando sobre isso, acho que sou quase como a Ariel porque Zander já me salvou e não precisa ficar procurando por todos os lugares porque já não estou me escondendo mais.

Saber que ele está dormindo no quarto ao lado não ajuda. Ele está tão perto, mas não estamos nesse ponto ainda. Hoje à noite foi apenas o nosso segundo "primeiro" beijo. Imagino o que teria acontecido se ele tivesse aprofundado o beijo. Ou, melhor ainda, e se ele tivesse ido um passo mais adiante? Isso definitivamente não teria sido digno da Disney, talvez uma daquelas paródias pornôs, se eu tivesse sorte. Algo como "Ariel e seu grande cetro" ou "A Branca de Neve e seu Sétimo Orgasmo".

Movendo seus lábios suaves pelo meu queixo... pescoço... beliscando suavemente minha pele conforme trilhava com a língua até dar um beijo suave na base da cavidade da minha garganta, depois arrastando a boca ao redor da minha clavícula...

Eu o teria deixado continuar?

Deixar suas mãos roçarem meus seios... seu outro braço agarrando minha cintura... me puxando para perto dele...

Olho para o relógio e vejo que estive perdida em minhas reflexões por horas, sabendo que vou ter um encontro com Zander amanhã.

*Um encontro* com o DB. Puta merda.

Onde está a Mac quando eu preciso dela?

Merda.

Mac.

E Zander.

Juntos.

Talvez o encontro não seja uma boa ideia. Talvez seja muito cedo para ser confortável. Eu quero o "resto" da Mac?

Depois de finalmente passar pelo meu ataque, meus olhos começam a ficar pesados, e logo caio no sono e sonho com ele e nosso encontro. Nosso encontro perfeito. O encontro que ele diz que eu mereço.

Acordo cedo no domingo e, apesar de querer desesperadamente dormir, sou incapaz de conseguir. Sem coragem o bastante para sair do quarto ainda, pego meu laptop e entro no site de encontros. Eu mal entrei essa semana. Isso começou quando resolvi evitar o *Dançarinonoturno23*. Eu estava mais envergonhada do meu comportamento bêbado do que qualquer outra coisa, mas também com os sentimentos que ele trouxe à tona que me fizeram lembrar da rejeição de Zander. Eu mandei uma mensagem para ele durante a semana praticamente o dispensando, dizendo que eu estava ocupada, mas agora vejo que tem uma mensagem dele.

**Dançarinonoturno23:** Ei. Me desculpe se eu disse alguma coisa que a ofendeu ou se cruzei a linha. Eu só queria conhecer você melhor. Sei que nossa conversa saiu um pouco da linha na semana passada, mas eu gostei, e gosto de conversar com você. E quero te mostrar quem eu realmente sou. Espero que esteja tudo bem.

*Own*, ele realmente é um dos bons, assim como Zander.

**Fogosdeartifício24:** *Ei. Desculpe por estar ausente. Estive lidando com algumas coisas da minha cabeça. Eu gosto de conversar com você também. Embora seja difícil conhecer as pessoas pela internet. Você não acha?*

Gasto cerca de meia hora lendo as fofocas das celebridades de Hollywood antes de checar novamente o *Chicago Singles*. Estou feliz de ver uma resposta do meu dançarino favorito.

**Dançarinonoturno23:** É difícil conhecer alguém pela internet, mas, quanto mais você conversa, mais você sente algo por alguém, especialmente quando ele/ela teve uma noite ruim e ficou bêbada com tequila e brincou de um jogo de pergunta e resposta ;) Mais algum encontro desastroso?

**Fogosdeartifício24:** *Nada de encontros doidos pela internet, graças a Deus. Eu estou, na verdade, tentando o tipo de encontro normal, o tipo da vida real. Hoje, de fato.*

**Dançarinonoturno23:** Ótimo! Quem é o cara sortudo?

**Fogosdeartifício24:** *Ele é um amigo da minha melhor amiga. O engraçado é que ele está ficando aqui por algumas semanas enquanto o apartamento dele está sendo consertado.*

**Dançarinonoturno23:** Isso é ótimo! Você está preocupada de as coisas ficarem estranhas se não der certo?

Eu não sinto nenhum ciúme vindo do *Dançarinonoturno23*, mas, mais uma vez, parece que ele está tentando descobrir o que eu penso sobre ele. Depois de conversar comigo por aproximadamente um mês, ele deveria sentir algum ciúme se tivesse interessado em levar as coisas adiante comigo, certo? Certo?

**Fogosdeartifício24:** *Ele é um amigo, em primeiro lugar, então eu acho que as coisas não ficariam estranhas. Ele me tratou com a tradição da família dele de comer panquecas no jantar ontem à noite e me fez sentir melhor.*

**Dançarinonoturno23:** Isso foi adorável. Tenho que ir encontrar um amigo, mas boa sorte no seu encontro. Espero que tenha um ótimo dia.

Checando o relógio, percebo que tem mais de uma hora que estou conversando e navegando na internet, e não consegui fazer nada. Não saber o que Zander está planejando para hoje também não ajuda com meus nervos, ou com o que vestir. Não o escutei levantar ainda, ou ir ao banheiro.

Sinto borboletas no estômago. Eu realmente vou sair com o DB para um encontro. E foi ele quem me chamou! Isso pede um telefonema para Mac.

— Kate, por que raios você está acordada a uma hora dessa no seu dia de folga?

— Desculpa, amiga, te acordei?

— Claro que não. Essa pequena super-heroína está me fazendo de saco de pancadas desde às sete da manhã. Daniel foi para a academia e eu estou com minha bunda preguiçosa lendo na cama. Está tudo bem?

— Não, estou meio que surtando, e não quero fazê-la surtar, mas eu preciso te contar uma coisa... — Mordo o lábio, não sabendo como vai ser essa conversa.

— Querida, pode me dizer qualquer coisa. Você sabe disso. Vamos lá, desembucha.

Dou um longo suspiro. Aqui vamos nós.

— Zander me chamou para sair. Ele me beijou e depois me chamou para sair — digo rapidamente.

Ela deixa escapar um enorme suspiro de alívio pelo telefone.

— Ah, graças a Deus. Esse garoto finalmente cresceu e tomou uma atitude. Você sabe há quanto tempo ele está querendo fazer isso?

— O quê? Você já sabia sobre isso? — pergunto chocada. Eu estava aqui, esperando por uma conversa estranha, e descubro que Mac vem encorajando-o. — Você não acha que um pequeno aviso cairia bem?

— Então, você faria o quê? Iria evitá-lo novamente e continuar não me contando o que quer que esteja acontecendo entre você dois? — ela fala.

— Não. Quer dizer... hum... você não está chateada ou algo parecido? — pergunto, ainda não acreditando nisso. É como se eu estivesse presa num episódio do Crepúsculo.

— Sério?

— Sério. Ele é seu ex-amigo com benefícios ou o que quer que seja — tento explicar, mas falho miseravelmente. Depois ela explode numa risada. Mas que porra?

— Você mesma disse. Ele era. Não agora nem nunca mais. Eu tenho um super-herói. O pênis dele e todo o resto são tudo o que eu preciso. Zander é um ótimo cara que vai tratá-la como ouro. E, só para constar, ele gosta há um tempo, eu acho, então isso não é novidade pra mim. Ele ontem me mandou mensagem pedindo conselhos.

Bem, isso dá uma nova perspectiva às coisas.

— E o que você disse a ele? — pergunto curiosa.

— Eu disse para ele passar um tempo com você. Só isso. Ele também

**Felicidade Verdadeira 139**

disse que você está evitando-o.

Ela agora sabe algo, eu sei.

— Ok, é o seguinte. Lembra aquela noite, há alguns meses, quando você bêbada ligou para o Daniel e me deixou sozinha no bar com o Zander?

— Sim... — ela diz devagar, incentivando que eu continue.

— Bem, Zander me salvou de um cara que não entendia o que era um não, e, para encurtar a história, pulei em cima dele e perguntei se ele queria passar a noite comigo, mas ele me rejeitou.

— Merda, isso explica muita coisa. — Mac fica em silêncio por um tempo. Isto é inédito.

— Sim, e, bem, foi um choque ele aparecer na nossa porta, e um choque ainda maior quando você ofereceu seu quarto a ele. Então demorou um pouco para eu me acostumar.

— Então, como você vai evitá-lo se vai concordar em ir a um encontro com ele? Querida, eu sabia que você estava com tesão no Zan naquela noite. E, para ser honesta, você não poderia achar um cara melhor e mais atencioso.

— Verdade?

— Claro, eu mentiria para você?

Eu rio.

— Não, você só falhou quando não me disse que o cara em quem me joguei em cima estava querendo algo comigo.

— Em minha defesa, não sei por que vocês dois não me disseram que quase aconteceu algo.

— Mas nós não quase fizemos algo. Eu ofereci, mas ele rejeitou. Ele disse que eu valia mais do que uma transa rápida. Oh, merda, desculpe!

— Querida, nós nunca fomos mais do que uma série de transas rápidas, sou boa nisso — ela diz rindo. — Mas agora me conta. Você vai a um encontro com Zander. Quando e onde?

— Não sei onde, mas hoje. Ele disse que vai me mostrar como é um primeiro encontro apropriado, então eu preciso da sua ajuda. O que eu devo usar?

— Bem, nisso eu posso te ajudar. Mostre suas pernas, peitos e curvas. Que tal aquele vestido de verão amarelo que você comprou na nossa última farra no shopping? É perfeito!

— Sim! Deus, sinto sua falta. Estou muito feliz que você esteja a apenas uma ligação de distância — digo com um sorriso.

— Sempre, querida. Nunca duvide disso — ela diz.

— Tá bom, bem, acaricie um pouco essa barriga por mim. Ainda está de pé na quarta-feira?

— A ultra? Claro. Eu, o pai do meu filho e minha barriga de baleia estaremos lá. Mas me mande uma mensagem mais tarde contando como foi o encontro, ok? — Mac está chamando a barriga dela de "barriga de baleia" porque, nas últimas duas semanas, ela de repente ficou muito grande.

— Claro. Amo você.

— Amo você mais. E, querida, relaxe e divirta-se — ela diz antes de desligar.

Isso eu posso fazer.

## *Zander*

*Ela olha para mim, e de repente aqueles olhos azuis escurecem, mais sedutores e cheios de desejo. Meus olhos descem até sua boca, ao vê-la morder o lábio, o meu autocontrole se vai. Pego a mão dela e a puxo até meu corpo e a beijo profundamente. Minha língua a invade como se eu fosse um viajante com sede, perdido no deserto, e ela fosse o oásis dos meus sonhos. Tudo o que consigo pensar é em me perder em seu corpo e pegar tudo o que ela tem para dar e dar tudo o que eu tenho.*

*Passo um braço em volta de sua cintura, fazendo com que ela tenha certeza de sentir tudo o que está fazendo comigo. Seus braços dão a volta em meu pescoço, suas mãos puxando meu cabelo, apertando e soltando.*

*Dando alguns passos à frente, eu a encorajo a se mexer comigo. Quando sinto o balcão da cozinha com meu braço livre, coloco as mãos em seus quadris sexy e a levanto, colocando-a em cima dele com facilidade, apoiando sua bunda bem na ponta. Agora que estamos da mesma altura, eu não perco tempo em beijá-la. Passo as mãos suavemente por todo o seu corpo, dos quadris, passando pela cintura, até pegar os seios e sentir o peso com as mãos. Passo os dedões pelos mamilos duros, que estão lutando contra o sutiã. Deus, eu quero experimentá-los, experimentá-la. Movo a boca pelo pescoço dela, lambendo e sugando até dar um beijo na garganta, fazendo-a gemer.*

*A mão dela trilha pelo meu peito, descendo pela cintura até meu pau dolorido. Ele pulsa em sua mão, enquanto ela passa os dedos ao redor e começa a acariciar de cima para baixo. Gemendo alto, continuo beijando seu pescoço, voltando para os lábios, emaranhando minha língua com a dela, enquanto uma das minhas mãos agarra seu cabelo vermelho-fogo, segurando-a ainda mais perto de mim, enquanto devoro sua boca. A mão dela segura mais firme o meu pau, com mais determinação. Ela está me dizendo o que quer com seu toque e aperto forte, aumentando a velocidade, dizendo que quer tudo de mim, e logo.*

*Coloco uma mão entre suas pernas e acaricio a boceta dela através da calcinha de algodão úmida. Posso afirmar que ela me quer tanto quanto eu a quero, de tão molhada que está. Ela quer isso e me quer. Esfrego mais rápido e ela aperta mais. Sinto meu orgasmo crescendo bem nas bolas enquanto rosno em sua boca. Ela se afasta e geme em meu ouvido, me masturbando com vontade, e eu gozo com mais força do que jamais gozei em toda a minha vida. Suas coxas se apertam prendendo minha mão em sua boceta, que pulsa enquanto ela goza e grita na casa vazia.*

Acordo tremendo e com o estômago molhado. Puta merda. Acabei de ter meu primeiro sonho molhado, tipo em oito anos. Que porra é essa? Deito de volta, passando os dedos pelo cabelo enquanto o ritmo do meu coração desacelera. Apesar do susto, o sonho foi incrível. E melhor ainda, Kate era a atração principal.

E que venha o primeiro encontro, segundo e terceiro porque, se a Kate real for tão safada quanto a do meu sonho, vamos nos divertir bastante.

## Capítulo 16
### Pequenas coisas

*Kate*

Espero na cama até escutar Zander entrar no banheiro e ligar o chuveiro — isso definitivamente faz minha mente se distrair — e, depois de pouco tempo, escuto-o caminhando pelo corredor. Quando sei que é seguro, me enfio no banheiro, escovo os dentes e tento deixar meu cabelo um pouco mais apresentável — se você não tem um cabelo naturalmente ondulado, saiba que, de manhã, as coisas são meio loucas! Uma última olhada no espelho para ter certeza de que estou apresentável e beijável, e outra, uma última vez, também pelo espelho, para ver se minha cama está arrumada, e estou pronta para sair para a sala de estar.

— Bom dia, meu anjo.

Formigamento. Lá embaixo. Não pense que vou me acostumar com isso.

— Oi — digo, incapaz de olhar para ele. Paro perto da cafeteira e me estico na ponta dos pés para pegar uma caneca no armário que fica acima da minha cabeça.

— Droga. — Escuto um rugido atrás de mim e volto à minha posição normal. Quando me viro, pego os olhos de Zander no meu estômago.

— O quê? — pergunto confusa.

— Me avise quando fizer isso de novo.

— Fazer o quê? — Ainda estou meio perdida.

— Levantar e me mostrar um pouco do que está escondido debaixo do top. Um cara tem seu limite, anjo.

Olho para meu estômago, que, apesar das minhas curvas, ainda é

Felicidade Verdadeira  143

surpreendentemente plano, e percebo que meu top deve ter levantado.

— Ah, merda. Desculpe — digo, minhas bochechas ficando vermelhas.

Sirvo-me rapidamente de café para esconder meu embaraço, quando o ouço levantar e andar, parando atrás de mim. Ele coloca as mãos no meu quadril, seus dedos fazendo uma leve pressão. Seus lábios estão em meu ouvido novamente.

Estou ferrada. Ele realmente tem alguma coisa com sussurrar no meu ouvido.

— Espero que você esteja corando porque está lisonjeada, Kate. Eu realmente estou tentando ser o cavalheiro que minha mãe me ensinou, o que significa não beijar você toda aqui na cozinha quando você acabou de acordar e ainda nem tomou seu café da manhã. O qual — uma mão deixa meu quadril e alcança minha caneca de café, tirando-a da minha mão e colocando no balcão à minha frente — você já encontrará pronto e esperando por você. — Ele beija minha bochecha enquanto permaneço parada, incapaz de respirar.

Eu só posso estar sonhando. Só pode. Nem pensar que essa seja minha cozinha de verdade, minha manhã verdadeira, minha vida verdadeira. Nem pensar que Zander, o Deus da Beleza, estaria na minha cozinha com suas mãos fortes em meu quadril, me dizendo que quer me beijar toda.

Respire, Kate. Inspire. Expire.

— Obrigada — falo quando me viro para pegar o café que ele me serviu.

— Não tem de quê. Posso te fazer algo para comer também, se quiser — ele diz com um sorriso malicioso nos lábios, tendo a certeza de que sabe o que está fazendo comigo.

— É o jantar no café da manhã? — pergunto, erguendo uma sobrancelha e dando um sorrisinho para ele, tentando conter a risada.

— Muito engraçadinha. Quero que você saiba que panquecas no jantar funcionam sempre. Funcionou na noite passada, não foi? Você concordou em ir a um encontro comigo. — Ele caminha ao redor do balcão e se senta à minha frente com uma caneca de café e uma tigela de cereal.

— Você meio que me disse que eu ia a um encontro com você. — Inclino-me para frente, apoiando os cotovelos no balcão do lado oposto em que ele está, segurando meu café.

— Você disse sim, mesmo assim — ele diz com um sorriso, bebendo o café, e minha atenção vai toda para o seu pomo de Adão e depois para o peito dele. Ele está usando uma camiseta cinza que me dá uma visão muito boa de seus braços tonificados. Na verdade, tonificado é uma palavra muito suave; musculosos, ou mesmo hercúleo, seria melhor.

— Eu admito, mas não como até um pouco depois. Então, sobre o nosso encontro hoje, aonde vamos? Uma mulher precisa ter pelo menos uma ideia do que vestir. — Vejo-o encarando meu decote com intensidade. Ah, sim, Zander. Dois podem jogar esse jogo.

— Eles, quer dizer, você fica linda em qualquer coisa. — Ele balança a cabeça e levanta os olhos para encontrar os meus. Parece até uma criança que acabou de ser pega com a boca na botija.

Ergo uma sobrancelha em sua direção e ele ri para mim.

— Ei, não consigo evitar. Sou homem e eles são lindos. — Ele dá de ombros e eu rio.

— Você é o tipo de homem que tem tara por seios?

— Sou o tipo que é tarado em qualquer coisa da Kate. — Ah, meu Deus. Desmaiei!

— Vou deixar essa passar dessa vez — digo sorrindo para ele. — Então, roupas. Eu devo me arrumar ou não, ou o quê?

Ele levanta as mãos, esfregando o queixo como se estivesse contemplando um movimento a ser feito no xadrez ou algo parecido.

— Ok, se vista casual, confortável e de um jeito que você possa caminhar um pouco. Isso te dá alguma ideia?

— Está ótimo. Só preciso saber de mais uma coisa. A que horas devo estar pronta? — E é nessa hora que eu me perco em seus olhos. Vejo sua boca se movendo, mas é como se fosse um borrão para mim.

— Anjo? — ele pergunta, me tirando do meu sonho acordada.

— Ah, sim. Desculpe. Então, esta tarde?

— Por volta da uma, meu anjo. Está bom para você?

— Claro. — Bebo o restante do meu café e me afasto para colocar a caneca na pia. — Bem, preciso lavar minhas roupas e talvez ir ao mercado comprar algumas coisas, mas me certificarei de me vestir casual, confortável e de um jeito que eu possa caminhar um pouco.

— Ah! Preciso te dar dinheiro para a comida.

— Não se preocupe com isso, Zan. Está tranquilo.

— Não, não está. — Ele se levanta, pega a carteira do bolso de trás e puxa quatro notas de cinquenta dólares e as entrega a mim. Noto que havia muito mais de onde essas vieram. Um balde invisível de água fria cai sobre mim quando me lembro de como ele ganha esse dinheiro. — Pegue, Kate. Eu preciso pagar. Você está me fazendo um favor me deixando ficar aqui, então me deixe pagar pela comida — ele diz. Sua voz é determinada, então eu acabo concordando e ele coloca o dinheiro na minha mão.

— Ok, obrigada. Bem, te vejo mais tarde, então.

— Claro. Estou ansioso pelo nosso primeiro encontro apropriado — ele diz, sorrindo para mim como se eu fosse a garota mais bonita de todo o mundo. Merda, eu poderia me acostumar com essa atenção.

Começo a andar, mas depois paro, me viro e olho para o ótimo espécime de homem que quer ter um encontro comigo.

— Zan, só para você saber, eu também estou muito ansiosa pelo nosso encontro hoje. — Me viro e caminho balançando levemente o quadril, sentindo o calor de seu olhar na minha bunda quando chego ao meu quarto.

### *Zander*

Tenho que confessar uma coisa.

Ontem à noite, de certa forma, fiz uma pesquisa e peguei algumas informações de Kate com a Mac. Digo, quem conhece mais uma garota do que sua melhor amiga? Ela me disse para fazer algo simples e fácil, não forçar muito para impressioná-la e ser eu mesmo. Em suma, Mac não me ajudou muito. Mas, como eu vinha pensando sobre o que fazer e aonde ir, caso eu fosse a um encontro com ela, já sabia onde o encontro iria começar.

Ficar sentado na sala esperando Kate sair do quarto é uma tortura. Na verdade, estou nervoso com várias coisas, incluindo o encontro, claro. Será que vai ser como ela imaginou, ou será muito abaixo de sua expectativa, ou casual para ela? Você nem imagina todos os cenários que estão passando pela minha cabeça neste momento.

Essa manhã, quando eu estava conversando com ela como *Dançarinonoturno23*, me senti culpado pela coisa de encontro pela internet. Tenho que ser honesto com ela. Confessar que eu sou o *Dançarinonoturno23* e que é comigo que ela esteve conversando pelas últimas cinco semanas. Deveria ser simples, certo?

Estou preocupado com possíveis constrangimentos, se essa coisa de encontro não der certo. Surpreendentemente, algumas das minhas preocupações normais de encontro são nulas ou descartadas com a Kate. Sei que ela não me quer apenas pelo meu corpo, mas que ela gosta do que vê porque eu já a peguei me fitando várias vezes; não me incomoda que minha ruivinha fique me paquerando. E realmente me senti aliviado quando ela me disse no site de manhã que não estava preocupada com as coisas ficarem estranhas.

Ouço-a limpando a garganta e olho para cima; sou cumprimentado pelos mais sensuais pares de pernas que já vi em um longo, longo tempo.

Meus olhos viajam por um vestido amarelo de verão, por suas mãos segurando uma bolsa prateada na frente, depois para um colar prata caindo de forma exuberante entre seus seios. Vejo seu lindo rosto, seus olhos azuis brilhando para mim, e fico completamente e totalmente viciado. Puta que pariu, eu subestimei os efeitos que essa mulher causa em mim. Levanto-me e passo as mãos por seus braços nus até os ombros e de volta para os pulsos.

— Você está linda, Kate.

Vejo um tom de rosa tingir suas bochechas e ela olha para o chão. Droga, ela é linda.

Inclinando-me, dou um beijo em suas bochechas quentes, resistindo à vontade de passar as mãos por sua cintura, puxá-la contra mim e beijá-la.

— Podemos ir?

— Sim. Vamos fazer isso.

Coloco a mão em suas costas e a conduzo até a porta da frente. Sua pele está quente, e atinge meu sangue tão rápido que tenho que afastar a mão. Ela me olha rápido e encubro o gesto com um rápido sorriso e abro a porta, deixando-a sair primeiro.

Quando chegamos à calçada, ela se vira e me olha.

— Então, aonde vamos, Senhor Roberts?

— Ah, sim, a pergunta de um milhão de dólares. Bem, eu quero levá-la para um encontro divertido e descomplicado. Você sabe, aquele que você se lembrará para sempre e esquecerá todos os outros encontros porque será muito legal?

Ela ri, e é o som mais doce e satisfatório de todo o mundo.

— Parece ótimo. Então, vamos abraçar nossas crianças interiores?

— Mas claro, minha querida — eu falo numa imitação péssima de Sean Connery.

— Impressionante.

Coloco minha melhor cara de surfista "audacioso".

— Nossa, nós estamos parecendo as Tartarugas Ninja Mutantes Adolescentes. Isso não pode ser bom — ela fala com um sorriso.

Eu rio, e depois olho para ela. Ela está ali parada, olhando para mim.

— O quê?

— Você deveria rir mais. Eu gosto.

Não consigo tirar o sorriso do rosto. É apenas o começo do primeiro encontro, mas já estou pensando no segundo, terceiro e quarto. Estou feliz pela Kate ser tudo o que eu esperava e um pouco mais.

— A primeira parada é no Jardim Zoológico Lincoln.

— Está falando sério? — ela fala, batendo palmas com alegria. — Eu não vou lá há anos! Era um dos meus lugares favoritos para ir quando eu era criança.

— Bem, acho que nossa primeira parada do dia foi aprovada, então. Eu devo estar me saindo muito bem.

Pego a mão dela e entrelaço nossos dedos. Ela olha para baixo, para nossas mãos, e não perco a surpresa em seu rosto e depois o leve sorriso que ela dá quando gosta de algo.

Já que o apartamento da Kate e da Mac fica a apenas quatro quarteirões do Jardim Zoológico e está um lindo dia ensolarado, vamos caminhamos até lá de mãos dadas e conversando sobre o trabalho de Kate, e como Zach queimou nossa cozinha, e, antes de percebermos, chegamos à nossa primeira parada da tarde.

Tenho que admitir, a ideia do zoológico foi brilhante. Nós andamos de mãos dadas durante a maior parte do caminho, parando somente quando comprei sorvete pra gente. Nossa conversa nunca esvaneceu e eu estava tão relaxado com ela que nem pensei em causar boa impressão ou se ela estava se divertido. Era como se estivesse saindo com uma melhor amiga, que só aconteceu de ser alguém que eu gostaria de conhecer melhor, mais do que uma amiga. E o melhor de tudo, consegui me segurar para não chamá-la de ruivinha três vezes.

Depois de algumas horas vendo rinocerontes, macacos, flamingos e até cobras que assustaram a Kate e a fizeram soltar minha mão e se agarrar ao meu lado — nada a reclamar —, saímos do zoológico e começamos a caminhar de volta para o apartamento.

— Então, como está indo a reforma no apartamento? — Kate pergunta na hora que paramos num cruzamento.

— Boa, e nem tão boa. Infelizmente, o dano foi pior do que eles pensaram inicialmente, por isso vai demorar mais algumas semanas, pelo menos. Está tudo bem para você? — pergunto com medo de que talvez eu tenha sido interpretado errado, e esse encontro seja, na verdade, um navio afundando.

— Ei, não precisa ficar todo tenso agora. Por favor, não pense que perguntei porque quero que você se mude. Eu tive um dia ótimo hoje, Zan. Está sendo divertido. — Ela me olha, e fico impressionado por quão linda ela é. A luz do sol e o céu azul servem para fazer com que seus olhos fiquem ainda mais brilhantes, e, quando meus olhos caem para sua boca, sei que não existe nada que impeça isso.

Inclino a cabeça para ela, meu olhar voltando para o seu quando paro a alguns centímetros de sua boca.

— Posso te beijar? — Ela concorda e essa é toda a permissão que eu preciso. Gentilmente, coloco os lábios nos dela antes de me afastar.

— De novo. Por favor — ela sussurra. Sua língua passando pelos meus lábios na hora em que eu abro a boca e a deixo tomar a frente. Ela passa os braços em volta do meu pescoço, juntando as mãos conforme aprofunda o beijo. Coloco as mãos em seu quadril para puxá-la para mais perto de mim enquanto nossas línguas se movem preguiçosamente juntas. Meu pau está duro como uma pedra, e sei que ela pode sentir, mas nenhum de nós se afasta. É como se o tempo tivesse parado. Com uma última investida de sua língua, ela se move para trás, mas não antes de eu gentilmente morder seu lábio e sugá-lo antes de soltá-la.

— Nossa — ela diz, olhando em volta e se dando conta de que estamos parados no meio da calçada, e perdemos o sinal verde. — Merda! Melhor sairmos do meio do caminho.

— Me dê um minuto, meu anjo. Não estou decente para encarar o público agora. — Ela olha para baixo entre nós e ri.

— Você pode rir, mas foi você quem fez isso. Só de te olhar acontece isso comigo.

— Você não pode estar falando sério.

— Tão sério quanto um ataque cardíaco. Você acha que não venho te observando há algum tempo, meu anjo? Naquela despedida de solteira há um ano. Mesmo naquela época, percebi que você era diferente. Você estava lá, e estava se divertindo, mas não era realmente a sua praia, não é?

— Você podia ver isso enquanto estava lá dançando e girando seus quadris? Ah, e esfregando suas coisas no rosto da Sofia antes de enfiar uma banana em sua boca? — Ela está sorrindo, sei que está me provocando.

Merda, ela tem uma boa memória.

Dou um passo mais para perto dela, puxando seu corpo mais uma vez para perto de mim.

— Eu estava assim quando fiz tudo aquilo? Não. Sabe por quê? Porque ninguém me faz sentir isso do jeito que você faz, só com um olhar, um toque, uma pequena risada gostosa. Você tem algum problema com o meu strip-tease? — Meu rosto está, sem dúvida, cheio de preocupação enquanto espero por sua resposta.

— Não, mas isso não tem nada a ver comigo. É o seu trabalho. A única coisa que importa é se você tem algum problema com isso. Por que você perguntou?

— Só quero saber. Só isso. Não vou fazer isso para sempre. Assim que eu me formar e me designarem para uma delegacia, eu vou parar.

— Isso é bom — ela diz com a mão em meu peito, seus dedos se agarrando ligeiramente à minha pele.

Levanto a mão e toco seu nariz, e ela o franze adoravelmente.

— E, além do mais, ninguém mais tem ficado bêbada e tentado enfiar os peitos no meu rosto, colocando os cotovelos atrás das costas, então acho que vou mantê-la por perto — acrescento para quebrar o clima.

— Oh, meu Deus, não posso acreditar que você se lembra disso! — Ela enterra o rosto no meu peito antes de se afastar.

Dou uma olhada em seus seios, o colar prateado descendo ali me lembrando onde eu quero trilhar a língua num futuro bem próximo.

— Anjo, nenhum homem em seu juízo perfeito se esqueceria disso.

Ela sorri para mim, e, em seguida, me comprometo a fazê-la sorrir daquele jeito todos os dias, se ela me permitir.

— E mais tarde naquela noite, depois daquele beijo, você ainda disse não? — É uma pergunta que sei que ela faria, e eu queria poder dizer o porquê a ela há muito tempo.

— Eu quis dizer o que disse. Você vale a pena para ir devagar. Eu não consigo pensar em nada melhor do que esperar por sua regra dos três encontros. Inferno, você poderia me fazer esperar dez encontros, e valeria a pena só por ter a chance de ir devagar com você.

Depois de um momento em um silêncio confortável entre nós, no qual posso ver sua mente processando tudo o que acabei de dizer, ela sorri para mim e muda de assunto.

— Então, Sr. Expert em Encontros, aonde vamos agora?

Olho em volta e vejo uma loja de fliperama do outro lado da rua.

— Jogar — anuncio, pegando novamente a mão dela, fazendo-a atravessar a rua.

— O que você quer dizer com jogar? — ela pergunta caminhando apressadamente ao meu lado.

Paramos do lado de fora do fliperama, e olho para ela. Totalmente bem vestida para um lugar velho e com seus principais jogos ultrapassados, mas essa é a Kate. Toda classuda, com um impressionante interior e exterior, claro.

Depois de trocar algumas notas por moedas, terminamos jogando uma corrida de carros, na qual deixei Kate ganhar uma vez antes de detonar com ela, mas nós dois rimos muito durante esse tempo. Terminamos a tarde jogando *acerte a marmota* e melhorando nossa performance quando acabamos batendo um no outro e brincando de luta, antes que eu a agarrasse e lhe desse um beijo forte e rápido quando perdi. Satisfeito que a deixei sem fala depois desse beijo, nós voltamos para casa para a última surpresa do dia.

### Kate

Há quatro horas, eu estava uma pilha de nervos. Agora, estou deitada na minha cama, com um sorriso bobo no rosto, enquanto me lembro de todos os acontecimentos de hoje à tarde. Sinto-me como uma menina de quinze anos que acabou de dar seu primeiro beijo de verdade. Não daqueles que você treina nas costas da mão, ou com seu vizinho nerd, que seu irmão mais velho e cabeça-oca te desafia a beijar — sim, essa foi minha vida! Não, esse foi o encontro dos encontros, o encontro de todos os encontros. E não que tenha sido chique, caro, ou algo parecido com isso. Não, foi atencioso, divertido, relaxado, e, com toda honestidade, eu tive a melhor tarde da minha vida.

A melhor surpresa de todas foi quando nós chegamos em casa, depois do fliperama, para um jantar piquenique na nossa sala de estar. A mesa de centro foi removida e uma manta de lã cobria o tapete, e, em cima dela, havia uma cesta de piquenique e uma garrafa de champanhe no gelo com duas taças.

Olhei para Zander, que sorria para mim.

— Surpresa.

Nos sentamos na manta, Zander com as pernas compridas esticadas para o lado, e eu com minhas pernas cruzadas. Não é uma ideia muito boa

Felicidade Verdadeira

quando se está usando um vestido de verão, mas dá-se um jeito.

Durante o jantar, que teve pedaços de frango defumado com molho *cranberry*, fatias de pão com patê, e mousse de chocolate de sobremesa, ele me contou sobre seu treinamento na academia e como logo estaria fazendo treinamento na rua, que envolve sair com um policial experiente numa patrulha por Chicago. Adorei ouvir o entusiasmo em sua voz, e como ele genuinamente está orgulhoso do treinamento para o trabalho.

Depois de jantarmos, fiquei um pouco desapontada por ele não ter pulado em cima de mim e tentado dar uns amassos ali na manta. Esse pensamento me fez pensar em todas as possibilidades sensuais, mas não, Zander estava determinado em ser um perfeito cavalheiro. Mesmo quando arqueei uma sobrancelha e me estiquei sobre a manta ao seu lado, nosso piquenique já terminado, ele apenas sorriu adoravelmente para mim e balançou sua cabeça em negativa e eu fiz biquinho. Sim, fiz biquinho. Ele riu de mim e passou o dedão em meu lábio antes de colocar a mão em meu queixo e olhar para mim.

Eu podia ver a indecisão em seus olhos, o desejo de aproveitar mais, mas surpreendentemente ele parecia mais controlado do que eu.

— Certo, senhorita McGuinness. É hora de ir para a cama — ele anunciou, se afastando e levantando. Depois de me puxar do chão, pegou minha mão e me levou pelo corredor. E, como era de se imaginar, passaram inúmeras coisas pela minha cabeça naquele momento. Como se eu estava atrasada com a minha depilação, ou se meu quarto estava arrumado ou uma bagunça depois de procurar pelos meus sapatos para cima e para baixo, hoje de manhã. E, finalmente, se eu tinha algum preservativo, se ele tinha algum no quarto dele, e exatamente para qual quarto estávamos indo.

Quando chegamos à porta fechada do meu quarto, ele parou e se virou para mim. Levantando a mão, tirou meu cabelo do rosto e sorriu.

— Eu tive um ótimo dia hoje.

— Eu também — disse, obviamente incapaz de formar uma frase completa naquele momento. E eu só tomei algumas taças de champanhe!

— Quais são as chances de um segundo encontro?

— Acho que agora as chances estão a seu favor.

— Você está citando Jogos Vorazes para mim? Justo agora, quando estou prestes a te dar um beijo de boa noite?

Como?

Ele deu um passo à frente e me pressionou contra a parede do corredor.

— Eu preciso ter mais um gostinho seu antes de ir tomar um banho gelado. Você pode lidar com isso?

— Com o beijo ou o banho gelado? Porque eu tenho certeza de que posso lidar com ambos agora — digo honestamente. Meu corpo inteiro está queimando por ele, e o homem cujo corpo está firmemente me pressionando na parede é o culpado.

— Merda, anjo, você está me matando aqui. Porra, estou com muito tesão — ele diz um momento antes de sua boca grudar na minha.

Zander é a mistura perfeita de cavalheiro com um lado brincalhão adorável e também um lado supersexy, que aparece quando nos beijamos. Nós nos beijamos três vezes durante o encontro e, nas três vezes, eu fiquei com a cabeça leve e tonta. Os beijos do primeiro encontro fazem mesmo você ficar tonta? As borboletas que você tinha no começo do encontro eram para estar lá no final da noite também? Se sim, então tudo está certo no mundo e esse foi o melhor encontro da minha vida amorosa.

Por que demorei tanto tempo para perceber o que estava bem debaixo do meu nariz no último ano? Ah, certo, minha melhor amiga estava transando com ele. Eu estava tão focada em namorar idiotas, que não respeitavam minha regra dos três encontros, que não entendi totalmente a razão pela qual ele disse "não" para dormir comigo, meses atrás.

Talvez eu devesse ter me batido na cabeça com aqueles bastões do *acerte a marmota*.

Dito tudo isso, que venha o segundo encontro.

**Felicidade Verdadeira 155**

156   BJ Harvey

## Capítulo 17
### Superman

*Kate*

Hoje é quarta-feira — dia do ultrassom! Nós vamos finalmente descobrir se vai ser um mini super-herói ou heroína juntando-se a nós em quatro meses.

Nos últimos três dias desde o meu encontro com Zander, tenho estado nas nuvens. Nós tomamos café da manhã juntos todos os dias, depois ele me dava um beijo casto na bochecha antes de sair para a academia. Por mais frustrante que seja, é também muito doce, mas parte de mim quer agarrá-lo pela camisa e colar a boca na dele. O que é um pouco difícil, já que ele tem 1,90m e eu 1,54m, mas uma garota pode sonhar.

À tarde, ele vai para a academia e chega em casa por volta das dezoito horas, bem quando estou fazendo o jantar. Novamente, um bom beijo na bochecha e uma ótima conversa; no jantar, ele lava a louça e arruma a cozinha para mim, porque insiste na regra de que quem cozinha não limpa — a propósito, uma ótima regra —, e depois assistimos televisão, checamos nossos e-mails em lados opostos do sofá, ou alguma outra coisa; ele me dá um beijo de boa noite e vai para cama.

Essa manhã, depois que ele saiu para os seus afazeres, encontrei um envelope e um girassol sobre minha cama arrumada — ele arrumou a porra da cama. Não sei se fico grata ou horrorizada. Dentro do envelope tinha um bilhete.

*Minha linda Kate,*

*Adoraria leva-la a um encontro hoje à noite.*

*Agora que já tivemos um encontro casual, engraçado e divertido, acho que você merece vinho e jantar.*

*Talvez um pouco de dança. ;)*

*Um girassol simboliza adoração. A cor também combina com o vestido sexy que você usou no nosso primeiro encontro.*

*Esteja preparada para ser cortejada.*

*Às 19 horas.*

*Zander*

Não é necessário fazer nenhuma preparação; eu já estou muito bem preparada para ser cortejada.

Entro no consultório da ginecologista e vejo Mac e Daniel sentados na sala de espera. Posso dizer que Mac está nervosa, pois está mexendo na bolsa e batendo o pé no chão.

— Ei, vocês estão animados?

— Lógico, mas essa aqui — Daniel fala, pegando a mão de Mac e colocando-a em seu colo — está mais nervosa do que tudo. Ela diz que está com um mau pressentimento.

— Estou mesmo! Eu tive um sonho ontem à noite e tinha um demônio querendo sair da minha barriga, e estava tentando sair pela minha perseguida — ela diz muito rápido.

Mordo o lábio para me impedir de rir, porque acredite ou não, Mac está muito séria.

— Querida, não tem um demônio crescendo aí dentro, e você realmente sabe que o bebê tem que sair pela sua perseguida, de qualquer jeito, certo?

— Não posso tomar anestesia? Sabe, me colocar para dormir, me abrir e, quando eu acordar, já sou uma mamãe com um bebê?

— Linda, nós conversamos sobre isso, e a obstetra já te falou dos riscos.

— Eu sei. Só estou imaginando jeitos mais fáceis de conhecer a superheroína.

— Herói. Super-herói. Nós vamos ter um menino, eu sei disso — Daniel fala, passando o braço pelos ombros da Mac, puxando-a para o seu lado. Ela relaxa e descansa a cabeça em seu ombro.

— Não me importa qual seja o sexo, desde que venha saudável. E não seja um filhote de demônio — ela acrescenta.

— Makenna Lewis — a enfermeira chama e nós nos levantamos.

— Isso vai ser tão legal! Eu vou poder ver meu afilhado antes de conhecêlo — digo toda empolgada antes de Mac me dar um olhar de morte. — Ou super-heroína. Que seja!

Nós somos encaminhados a um curto corredor e entramos na sala de ultrassom. Tem duas cadeiras, uma do lado da cama e outra do lado do equipamento de ultrassom.

— Você gostaria de colocar uma camisola, Makenna, ou tudo bem só levantar a blusa?

— Eu levanto a blusa, mas obrigada, de qualquer forma.

— De nada. Então se deite na cama quando estiver pronta, que o técnico logo vai começar.

— Ótimo — Mac diz esfregando a barriga e beijando suavemente Daniel nos lábios antes de ele pegar a mão dela e ajudá-la a subir na mesa de exames.

— Eu te amo, linda — ele murmura antes de beijar a testa dela e se sentar ao lado da cama, de mãos dadas.

Fico quieta enquanto os assisto. Será que Zander e eu chegaremos a esse ponto? Será que ele quer chegar a esse ponto? Decidi hoje de manhã que nós passaremos por um encontro de cada vez.

Vou seguir o fluxo. Se alguma coisa acontecer, aconteceu. A expectativa que a minha mãe colocou sobre mim para encontrar um bom homem que cuide de mim, me dê crianças perfeitas e uma casa com cerca de madeira branca é apenas isso, expectativa dela. Não minha. Zander me fez perceber que, algumas vezes, o que você quer e o que você precisa podem ser coisas diferentes.

A porta se abre e o técnico do ultrassom entra, se apresentando, e, depois de dar um aperto de mão em Daniel, ele se senta no banco de rodinhas perto de Mac.

— Ok, vamos fazer a ultra de vinte semanas, certo?

— Sim, mas estou um pouco atrasada para ela — Mac diz, sua voz trêmula.

Daniel aperta sua mão e visivelmente ela relaxa.

— Está tudo bem. Vamos começar, então. Mas antes, vocês querem saber o sexo do bebê? — o técnico pergunta.

— Sim — todos nós dizemos ao mesmo tempo, eu e Mac caindo na gargalhada.

— Droga, aqui vamos nós — Daniel fala sob sua respiração enquanto lutamos para não parar de respirar.

— Preciso que você prenda sua blusa debaixo do sutiã e abaixe o cós da calça — ele explica enquanto Mac o faz, ainda rindo nervosamente. — Vou aplicar um pouco desse gel, para que a câmera da sonda possa mostrar aquilo que queremos ver. Então, vendo seu prontuário, você está com vinte e duas semanas hoje, certo?

— Sim — Mac responde obedientemente.

— Ok. Acho que conseguiremos ver tudo o que precisamos. Você está medindo mais do que é adequado para o seu tempo?

— Sim, um pouco, mas o médico disse que está dentro da normalidade.

— Ótimo, só queria verificar.

O técnico move a sonda pelo estômago de Mac e as quatro cabeças na sala de repente se viram para a tela à nossa frente. Deixo escapar um pequeno grito quando a cabeça do neném aparece na tela.

— Bem, aqui está. Deixe-me aumentar o volume para que nós possamos ouvir o coração do bebê. — Com uma virada de botão, o som de uma batida de coração rápida preenche a sala.

Vejo a cabeça de Mac virando em direção a Daniel, os olhos dela brilhando com lágrimas.

— Nada de filhote de demônio — ela sussurra e ele ri para ela.

— Eu te amo — ele sussurra de volta.

— E de quem é essa outra batida de coração? — eu pergunto, inclinando-me um pouco para frente para dar uma olhada mais de perto na tela.

— Deve ser minha, querida — Mac diz.

— Ah... — O técnico para e olha para o prontuário de Mac novamente.

— O quê? O que está errado? — Mac pergunta preocupada.

— Essa é sua primeira ultra?

— É. Estamos fazendo apenas check-ups mensais com o obstetra — Mac responde, parecendo confusa. — Mas eles têm sido muito regulares, e sinto o bebê mexendo constantemente. Por favor, me diga que meu bebê está bem?

— Certo. Está tudo bem. Eu só preciso trazer o médico aqui por um minuto. Me desculpe, só levará um segundo.

— Espere, tem algo errado? — O rosto de Daniel está cheio de preocupação enquanto ele aperta a mão de Mac ainda mais e se move para junto dela.

**Felicidade Verdadeira 161**

— Não. Não. Nada errado. Só preciso que o médico dê uma outra opinião em uma coisa.

— Certo. Tá bom — Daniel diz. Ele passa a mão pelo cabelo, e sei que isso é um sinal de que está no limite. Mac está deitada na mesa de exame, a barriga exposta e coberta de gel, mas ela está ninando-a e esfregando-a gentilmente.

— Você está bem, Mac? — pergunto esfregando sua perna.

— Sim, só um pouco confusa. Por que ele precisa checar algo com o médico?

— Talvez o bebê só seja maior ou algo assim.

— Ou talvez ele precise só checar se não existe uma terceira perna, que, na verdade, é um pênis enorme — Daniel fala forçando um sorriso.

— Daniel! — Mac dá um leve tapa em seu braço e ele apenas ri para ela. — É uma menina, eu sei disso.

Cinco minutos depois, o técnico e o médico entram na sala. Depois de apertar a mão de Mac e Daniel, eles vão logo fazer seu trabalho. O técnico coloca a sonda na barriga de Mac, e o bebê está na tela novamente com o coração acelerado em nossos ouvidos. Viro minha cabeça tentando me concentrar apenas na batida do coração. Posso ouvir uma segunda batida, mas é muito mais rápida do que a minha.

Depois de alguns minutos de acenos e apontar para a tela, o médico pede ao técnico para mover a sonda e, na tela, eu vejo duas cabeças. Como?

Olho para Mac que agora está com as sobrancelhas erguidas até o couro cabeludo, seus olhos muito abertos na hora em que ela vira a cabeça vagorosamente para Daniel, que levantou a mão para o queixo, preocupado com a visão à sua frente. Ele se levanta, não soltando a mão de Mac.

— Como vocês podem ver, nós todos tivemos uma pequena surpresa hoje. Parabéns, vocês vão ter gêmeos!

Eu tenho um sobressalto.

Mac geme e deita a cabeça de volta na cama novamente enquanto Daniel permanece parado ali com cara de bobo e sem fala.

Gêmeos. Quem imaginaria que isso fosse acontecer?

Mac já teve um momento difícil o bastante preparando sua cabeça para apenas um bebê. Agora serão dois? Prevejo um surto da Mac nível 10 vindo a qualquer momento no futuro.

— Puta merda, Daniel. Você é um super-herói mesmo, né? E, pelo que parece, com superesperma — digo tentando afastar o inevitável.

Mac me encara.

— Não está ajudando, Kate.

— Desculpe, mas não é ótimo? Gêmeos! Ter seus dois filhos juntos e crescidos de uma vez só — explico, tentando fazê-la se sentir melhor, mas sem saber se está funcionando. Seu rosto está sem expressão nenhuma. Acho que o choque está se instalando.

Daniel se inclina sobre a cama, ainda segurando a mão de Mac enquanto sussurra em seu ouvido. Ela vira a cabeça na direção dele, e eles se beijam antes de ele encostar a testa na dela, descansando-a ali.

— Ambos os bebês estão bem, certo? — eu pergunto, não querendo quebrar o momento que Daniel e Mac estão tendo.

— Sim, mas o obstetra vai conversar com vocês sobre tudo, já que ela vai ter que fazer um acompanhamento mais de perto agora, e também terá que fazer ultrassons mais frequentes, pois o gêmeo A é o maior dos dois, mas ambos estão fortes e saudáveis.

— E como eles não sabiam que havia dois bebês aí? — Sim, essa sou eu, a vaca intrometida que quer saber de tudo.

— Sem um scanner, a obstetra estava usando um Doppler para escutar a batida do coração dos bebês, mas não era possível dizer que existiam dois bebês, daí o bebê número dois passou despercebido. Olha, sei que é muito para assimilar, e, como eu disse, o médico vai conversar com vocês sobre a ultra depois que terminarmos aqui. Vocês gostariam de saber o sexo agora? — Ele vira e olha para Mac e Daniel, esperando pela resposta deles.

— Quero — Mac sussurra, ainda olhando para Daniel que continua inclinado sobre ela. Esse momento é tão especial que eu meio que me sinto uma intrusa. Levanto-me para sair.

— Não, Kate, por favor, fique. Eu quero você aqui.

— Ok, amiga, vou ficar.

Eu vejo tanto Mac quanto Daniel virarem as cabeças, suas mãos se entrelaçando conforme observam a tela e esperam pela resposta.

— O gêmeo A está um pouco exibido hoje, definitivamente é um menino. Você pode ver isso... — o técnico explica, apontando entre as pernas do bebê onde tem um pequeno, mas óbvio, pênis na tela.

— Aí está o meu garoto — Daniel diz baixinho.

— E agora o gêmeo B... esse está um pouco mais difícil. Mac, você pode se virar um pouco para a esquerda pra mim... Ótimo, agora só um momento. Nós precisamos esperar que os bebês se mexam.

— Puta merda, isso não foi um chute, foi um movimento inteiro do corpo — Mac comenta.

— Aqui está. O gêmeo B é uma menina saudável. Então, vocês terão um casal, parabéns. — O técnico levanta e começa a limpar a barriga de Mac com uma toalha antes que ela a pegue e comece a fazer o serviço sozinha.

Daniel se levanta e aperta a mão do técnico, o sorriso em seu rosto é inesquecível.

— Obrigado.

— Não tem de quê — ele diz. — Vocês podem voltar para a sala de espera; a enfermeira vai chamá-los quando o médico estiver livre.

— Puta merda — ela sussurra enquanto Daniel se levanta para ficar ao lado dela. — Puta merda. Puta merda. Puta merda.

— Linda, nós vamos conseguir passar por isso. Você disse que eu sou seu super-herói, mas para mim você é a mulher mais forte, mais determinada e capaz que eu já conheci na vida. Nós podemos fazer isso. Somos dois e eles serão dois. — Ele se inclina e beija a barriga dela.

Deus, esse cara sabe o que dizer e quando dizer. Mac está certa, ele precisa dar aulas dessas merdas.

— Tá bom — ela diz, seus olhos marejados com lágrimas de novo. — Droga, não é de se admirar que eu tenha a síndrome do olho que vaza. São dois trabalhando contra mim. Ai, meu Deus. Minha vagina vai ficar tão grande quanto o Grand Canyon depois que eles saírem.

Rindo, dou um passo à frente e envolvo os braços em volta dela, apertando-a enquanto ela me agarra e chora de felicidade em meu ombro.

— Você vai ser uma mãe incrível — eu digo em seu ouvido.

Eu os deixo na sala de espera, voltando para o trabalho com um enorme sorriso no rosto e borboletas no estômago quando me lembro do meu encontro com Zander, hoje à noite. Estou ansiosa para ver o que ele vai fazer dessa vez.

166   BJ Harvey

## Capítulo 18
### Do jeito que você é

*Kate*

— Você está brincando, né? — Zander pergunta, balançando a cabeça com a notícia de que Mac está grávida de gêmeos. — Isso é inacreditável. Ela deve estar surtando, com certeza.

— Na verdade não — digo, levando minha taça de vinho tinto até a boca.

Estamos num restaurante francês incrível que Zander me disse que encontrou na internet e escolheu por causa do menu e das críticas. Ele realmente fez todo o dever de casa para esse encontro.

Chegando em casa depois do trabalho, fui recebida com uma taça de vinho *Pinot Grigio* resfriada — meu favorito — e um beijo que não me deixou dúvidas de que a noite ia testar todas as minhas regras e ideais. Tomei um banho, me vesti e fui para sala de estar onde fiquei impressionada com a visão de Zander usando uma calça preta e uma camisa risca de giz de manga curta sob medida, que lhe caiu como uma luva. Ele também arrumou o cabelo num estilo moicano, o que me fez babar. Literalmente.

O que nos leva de volta ao agora, depois de terminar uma incrível refeição no restaurante. Zander realmente fez uma excelente pesquisa para encontrar o restaurante. Ele quase eliminou minha última e horrível experiência de encontros em restaurantes do meu subconsciente. Eu disse quase.

Durante a refeição, ele foi muito atencioso e gentil. De mãos dadas por cima da mesa, um toque aqui, um pé esfregando no meu ali. E agora meu corpo está zumbindo com tanto calor que estou com medo de entrar em combustão se esse homem olhar para mim da forma certa. Nunca me senti assim antes. Nunca foi tão excitante, emocionante e assustador ao mesmo tempo. O que quer que ele tenha planejado para depois, manda ver. O que quer que aconteça até o final da noite, e alguma coisa vai acontecer, a regra dos três encontros que se dane.

## Zander

A noite foi mais do que perfeita. Todos os meus planos funcionaram, e Kate parece relaxada, feliz e confortável comigo. Foi um dos melhores encontros da minha vida. De verdade.

Verifico meu celular e vejo que são apenas nove da noite, então penso rapidamente num outro lugar para irmos.

Quando saímos do restaurante, pego a mão dela e entrelaço nossos dedos. Ela para, olhando para baixo entre nós, e volta a me olhar com um enorme sorriso no rosto. Mas não é só um sorriso. Tem algo mais ali. Espero que eu não esteja vendo coisas.

— Estava pensando em darmos uma volta no parque. Não sei quanto a você, mas eu não queria que esse encontro terminasse ainda — digo.

Kate sorri para mim, seus olhos brilhando com as luzes da rua.

— Eu também. Adoraria isso, Zan.

Começamos a caminhar, e ela me choca e surpreende quando passa o braço ao redor da minha cintura, encostando a cabeça em mim e se aconchegando do meu lado, enquanto vamos na direção do parque. Caramba, ela encaixa perfeitamente em meus braços. Eu sabia que seria perfeito, mas o calor vindo de seu corpo está fazendo minha cabeça ir a outros lugares. Ouço-a suspirar quando coloco a mão na curva de seu quadril.

— Você está com frio, anjo?

— Não mais — ela murmura, se aninhando ainda mais.

Porra, isso é difícil. Puta merda, estou duro. Com o corpo macio e quente dela descansando contra o meu — ela é gostosa pra caralho —, é claro que meu pau pensou que ia entrar em ação. Tudo o que quero fazer agora é me ajoelhar e adorar essa mulher. Ou melhor ainda, me ajoelhar, deixá-la nua e adorá-la de inúmeras formas, algumas das quais eu provavelmente ainda não pensei.

Incapaz de me controlar, inclino-me e beijo o topo de sua cabeça, depois sorrio quando sinto-a suspirar de satisfação.

Quando chegamos ao centro do parque, vejo uma pequena clareira ladeada por árvores altas. Com a possibilidade de termos alguma privacidade, não consigo deixar de ir nessa direção. Para minha surpresa, Kate não hesita; ela simplesmente segura firme em mim e continua a caminhar. Já perto da clareira, paro em frente a um tronco de árvore largo. Colocando as mãos em seus quadris, eu a puxo um pouco para que ela fique de frente para mim.

Aqueles lindos olhos azuis me fitam, e fico surpreso quando vejo que eles estão brilhando com pensamentos maliciosos. Na verdade, eles estão espelhando a coisa exata que está se passando pela minha cabeça agora, tenho certeza. Quando a vejo morder o lábio e olhar para o chão timidamente, perco a habilidade de pensar com qualquer parte acima da minha cintura.

Movo o corpo para mais perto do dela, lentamente quebrando nosso contato, até que nos tocamos novamente, e estou amando o fato de ela não ser tímida em relação a mim, quando dou um passo à frente.

Levantando a mão até o seu rosto, tiro uma mecha de cabelo que teima em cair na bochecha dela, e passo os dedos por sua pele ao colocar a mecha atrás da orelha.

— Você tem ideia do quanto é linda?

Ela balança a cabeça, e vejo um tom corado tingir suas bochechas. Deus, eu amo esse tom. Faz com que eu queira passar a língua em sua clavícula, subindo pela pele macia do pescoço até que ela comece a gemer por mais. O que eu não daria para vê-la tendo um orgasmo pelas minhas mãos várias vezes. Merda. Contenha-se, Zander! Você vai acabar antes mesmo de ter começado.

— Linda não é a melhor palavra para te descrever. Você é iluminada, é viva e vibrante e, quando me olha desse jeito, me faz sentir invencível. Fiquei te olhando a noite inteira, imaginando como tive tanta sorte de te encontrar,

**Felicidade Verdadeira 169**

de passar um tempo com você, de te conhecer.

Passo a mão pela bochecha dela e volto a descer os dedos pelo seu pescoço, segurando o sorriso quando sinto seu batimento cardíaco aumentar com meu toque.

— Eu me sinto sortuda também. Pensei que você não me queria — ela diz suavemente.

Cerro os dentes e posso sentir meu queixo estalando. Ela realmente não se vê como o mundo a vê, e isso me irrita, pois, no meu único momento de cavalheirismo — isso tira todo o meu autocontrole —, eu a fiz se sentir indesejável.

Dando um passo à frente, empurro-a de encontro ao tronco da árvore. Sei que estamos sozinhos na clareira no momento e que o que estou prestes a fazer vai levá-la ao limite mais do que eu estava pretendendo essa noite, mas está na hora de a minha pequena ruivinha entender exatamente o que faz comigo e o tanto que eu realmente a quero.

O seu pequeno suspiro quando ela percebe o que está prestes a acontecer me incentiva quando levanto a mão até seu queixo e aproximo a boca da dela, apenas alguns centímetros de distância, esperando e olhando-a bem dentro dos olhos, um respirando o ar do outro.

— Eu sou o sortudo — digo, salpicando beijos ao longo de seu queixo e maxilar antes de circular a língua em sua orelha. A cabeça dela se inclina, me oferecendo mais acesso. Leva tudo de mim para me segurar. — Deus, você é sexy — murmuro contra a pele macia de seu pescoço enquanto trilho a língua até a clavícula exposta dela. Sinto seu corpo tremer contra o meu.

— Zander — ela sussurra. — Alguém pode nos ver. — Levanto a cabeça, enrolando uma das mãos em seus cabelos, minha outra mão possessivamente agarrando seu quadril enquanto me inclino, deixando-a sentir cada pedaço de mim.

— Deixe-os ver, anjo. Você é linda, estonteante e eu adoraria que alguém visse que tenho uma mulher como você esfregando o corpo no meu. — Deslizo as mãos pelo pescoço dela e ao redor do lindo seio intumescido, então as fecho em concha ao redor deles, adorando como preenchem minhas mãos perfeitamente. O que eu disse a vocês? O sonho molhado de todo homem e eu sou o sortudo com ela agora.

— Diga-me pra parar, Kate. Não quero forçá-la a ir muito longe.

— Não consigo parar. — Sua voz é baixa, cheia de desejo e necessidade. É o som mais sensual que eu já ouvi. — Não pare.

— Você precisa saber o efeito que tem sobre mim. Precisa sentir o que quer que seja essa coisa que existe entre nós.

— Eu sinto. Tenho sentido a noite toda — ela responde sem fôlego. Sua língua passa pelos lábios, molhando-os, e meus olhos assistem ao inocente movimento como se fosse a coisa mais intrigante que eu já vi na vida. Com toda honestidade, é excitante pra caramba. Só quero esticar a mão e passar meu polegar em seus lábios, sentindo-os se separarem ao meu toque. Meu pau se contrai com o mero pensamento. Merda, o que essa mulher está fazendo comigo?

Inclinando-me de forma que meu corpo agora se encontra nivelado com o dela, me curvo, certificando-me de que meu pau duro está firmemente aninhado contra sua pélvis. Ela geme quando deixo todo o meu peso sobre ela.

— Você está bem? — pergunto, movendo a boca para a dobra de seu pescoço, mordiscando suavemente a pele e depois a acalmando com a língua. Quando ouço um gemido ofegante sair de seus lábios, perco o pouco controle que tenho. Ergo a cabeça e a beijo. Minha mão direita sai do emaranhado de seus cabelos ondulados e macios e agarra sua bunda, puxando nossos corpos para mais perto.

Mas é tudo sobre o beijo. E não sobre o meu corpo duro empurrando o corpo deliciosamente macio dela. É sobre nossas línguas entrelaçadas, como se estivéssemos morrendo de fome. E eu estou. Estou faminto por ela.

Ela passa as mãos em volta do meu pescoço e aprofunda ainda mais o beijo, e, quando começa a gemer suavemente na minha boca, eu me perco completamente. Conforme nossos lábios continuam num frenesi apaixonado, a respiração dela começa a falhar, seus gemidos aumentam, e me ocorre que a

**Felicidade Verdadeira  171**

minha pequena garota vivaz está me dando mais do que nós dois esperávamos essa noite. Nesse momento, não há nada que eu queira dar mais a ela. Aqui, no meio do Parque Lincoln, quero dar tudo o que tenho a ela.

Aperto ainda mais sua bunda, meus dedos se embolando em seu cabelo, e minha língua parece ter vida própria enquanto a acaricio, gentilmente sugando a língua dela. Na hora em que sua respiração se torna mais arfante, e sinto seu corpo tenso como se estivesse pronto para explodir, gentilmente passo os dentes por seu lábio inferior, e, com uma investida longa e contínua, coloco meu pau contra seu clitóris, fazendo-a gemer alto na minha boca no momento em que ela goza em meus braços.

Afasto-me e olho para ela, a bochecha corada, a respiração ofegante e os olhos arregalados me encaram.

— Você acabou de...

Ela concorda com a cabeça, tão levemente que eu teria perdido se não estivesse estudando seu lindo rosto. A cabeça cai à medida que ela desce as mãos das minhas costas e as torce no colo.

— Isso já aconteceu com você antes? Porque, puta merda, anjo, essa é a primeira vez que eu quase gozo dando uns amassos.

Ela nega com a cabeça e ri.

Levanto a mão e coloco o polegar em seu queixo, levantando-o para que ela possa me olhar novamente.

— Essa foi a coisa mais excitante que já vi. Se isso aconteceu com a gente apenas se beijando e tocando, imagine como vai ser quando chegarmos à parte boa.

Um sorriso malicioso aparece em seu rosto, os lábios vermelhos e inchados curvando-se para cima enquanto ela segura meu rosto com as mãos e fica na ponta do pé para me beijar, traçando sua língua pelo meu lábio inferior.

— Vamos ver se você consegue fazer isso de novo? — ela sussurra para mim.

Merda! Não precisa me perguntar duas vezes.

Minha pequena ruivinha é uma garota com uma energia sexual enorme. Ainda estou me recuperando depois de fazê-la gozar apenas com beijos e amassos completamente vestidos. Isso foi alucinante, e os sons que ela fez quando gozou quase foram o bastante para que eu fizesse uma bagunça nas calças.

Depois de encontrar forças para dar um beijo de boa noite e ir para cama sozinho, meu cérebro, e claro, meu pau não se acalmaram.

Enquanto não caía no sono, ficava imaginando vários cenários sensuais na minha cabeça nos quais eu a beijava toda ou a fazia gozar enquanto a tomava com força contra uma parede de elevador. A melhor de todas era a fantasia do meu colo coberto por um mar de cabelos vermelho enquanto ela me faz um boquete no topo da roda gigante no Parque Navy Pier.

Adormeço com um sorriso no rosto, imaginando como a minha pequena ruivinha está se sentindo.

Só mais um encontro.

174   BJ Harvey

## Capítulo 19
### Visão do amor

**Kate**

Meu segundo encontro com Zander foi épico. Literalmente épico. Ele me deu dois orgasmos, estando totalmente vestidos, só me beijando e com algumas estocadas sincronizadas, numa árvore no Parque Municipal de Chicago. Na primeira vez, eu fiquei chocada por ter acontecido e também um pouco envergonhada. Quem goza só com beijos e carícias? Obviamente eu, já que aconteceu duas vezes. Mas, apesar de minha mente e corpo terem outras ideias quando chegamos em casa, Zander foi novamente um perfeito cavalheiro, apenas me beijando na porta do meu quarto antes de me empurrar para dentro e dizer boa noite.

Regra estúpida de três encontros. Quem foi o idiota que quis impor isso?

É sexta-feira, e Zander está trabalhando numa noite cheia de shows, então saí para comer algo rápido com Nathan e agora estou aconchegada no sofá assistindo *Como Perder um Homem em 10 dias*, tentando aprender algumas coisas. Ah, sei lá, apenas no caso de eu decidir tentar arruinar o que quer que esteja acontecendo entre nós. Podem ter sido apenas dois encontros, mas estamos morando juntos há quase três semanas e nos conhecemos, apesar de um pouco distantes, há mais de um ano.

Ainda não tivemos "a conversa"... mas decido entrar no *Chicago Singles* e enviar uma última mensagem para o *Dançarinonoturno23* antes de cancelar meu perfil.

Depois de reler a mensagem três vezes e editá-la duas, aperto enviar. Sei que parece distante e formal, mas, por mais que tivéssemos uma ligação intelectual, sem conhecer a pessoa e ver se a conexão física existe, não seria nada mais do que uma amizade virtual.

**Fogosdeartifício24:** *Oi. Desculpa por não vir aqui antes, mas tenho estado um pouco distraída com algumas coisas. Aquele amigo sobre o qual falei com você, que estava morando comigo e me levando para um encontro? Bem, as coisas estão indo muito bem com ele e espero que continuem. Parte disso significa cancelar minha conta neste site. Sinto que é desrespeitoso ficar aqui quando deveria focar em construir uma relação com ele. Espero que você entenda e só quero que saiba o quanto gostei de conversar com você. Foi ótimo fazer um amigo aqui. Quem imaginava que eu conheceria um cara off-line depois de tentar encontrar um online? Desejo a você o melhor de tudo em seu futuro, e tenho certeza de que um cara ótimo, engraçado e fácil de lidar como você vai ser fisgado rapidamente.*

Agora, estou esperando Zander chegar em casa. Não quero parecer uma mulher melosa por ficar esperando-o... entende? Ansiosa? Bem, para ser sincera, não está muito longe de ser verdade. Estou tão reprimida. Tenho tentado tirar o rótulo da minha garrafa de vinho a noite toda — sim, já tomei uma garrafa de vinho — e minhas partes baixas estão tão prontas para a festa que elas estão arrumando as malas e deixando a cidade.

Então, o que resta a uma garota fazer? Ela espera pelo cara, com quem já teve dois encontros e talvez seja seu namorado, terminar de tirar a roupa para várias mulheres bêbadas e com tesão e vir para ela em casa, com esperança de que ele necessite de algum alívio de variedade oral. Ou vaginal. Que tal duas pelo preço de uma?

Lembrando que, quando fico bêbada, fico bem solta, então, tenha paciência comigo.

Nos últimos dias, eu só consegui pensar na boca do Zander... nos braços... e aqueles bíceps firmes que minhas mãos adoram tocar... e aquele aço entre as pernas que eu senti em mais de uma ocasião agora...

Então, o que mais ela pode fazer? Se embebedar, ficar com tesão... mais tesão, e esperar por seu homem. Eu quero que ele seja meu homem, desesperadamente. Fico excitada ao acordar toda manhã e ver seu lindo rosto esperando por mim com uma caneca de café fresco nas mãos. Fico ansiosa para terminar o trabalho e chegar em casa, na esperança de que eu chegue primeiro só para fazer o jantar para ele.

Não houve nenhuma pressão da parte dele para fazermos sexo. Nada mais do que um forte amasso no parque. E estou bem ciente da sua propensão a aventuras sexuais em lugares públicos, e, mesmo que as minhas experiências geralmente sejam dentro de quatro paredes, e provavelmente nada tão emocionantes quanto as aventuras dele, estou mais do que disposta a dar uma chance a tudo o que ele tem para oferecer. Tentar tudo uma vez, talvez duas para ter certeza.

Eu vejo as horas e já passa das onze da noite. Como ele ainda não está em casa, minha mente bêbada e errante divaga para lugares perigosos, e entorno o resto do meu vinho na taça, afogando minhas tristezas.

E essa é a última coisa da qual me lembro.

### Zander

Depois de três shows, estou física e mentalmente exausto. Posso malhar, mas dançar e fazer performance por quarenta e cinco minutos é muito mais difícil do que você imagina. E três vezes numa só noite é quase insano, mas meu chefe foi pego de calças curtas com a falta de um colega, então me ofereci para cobrir. Minha teoria é que, se eu ganhar bastante essa noite, posso tirar o dia de folga no próximo fim de semana, ou até mesmo o final de semana inteiro para descansar e passar um tempo com Kate.

Gosto muito dela e não me importo de ficar parecendo um bobo. Ela é melhor do que eu poderia ter imaginado. Nas três vezes que cheguei em casa essa semana da Academia de Polícia, ela estava lá fazendo jantar para gente e com uma cerveja gelada esperando por mim no freezer. O que torna isso ainda melhor é que não espero que ela faça nada disso, mas ela diz que quer fazer. Nós ainda não transamos nem dormimos na mesma cama. Mas, surpreendentemente, não tenho pressa alguma. Quero que a Kate se mantenha firme na sua regra dos três encontros. Não quero que ela tenha qualquer razão para questionar o que temos e o que estamos construindo.

Quando finalmente fecho a porta do apartamento, já é meia-noite, e encontro uma tela branca na TV e Kate dormindo encolhida no sofá com a taça de vinho agarrada na mão como se sua vida dependesse disso. Eu sorrio. Ela está linda e faz uns sons adoráveis de um suave ronco, mas é mais do que isso. Ela estava esperando por mim, e isso nunca tinha acontecido comigo antes. Nunca tive esse nível de intimidade com qualquer outra mulher antes, e gosto disso. Gosto muito. É isso que acontece quando se entra num relacionamento que não é só baseado em sexo casual? Se sim, acho que eu perdi muita coisa.

Coloco a mochila no chão e, depois de desligar a TV, tiro a taça de vinho da mão dela e a coloco na mesa de centro atrás de mim. Vejo uma garrafa vazia de vinho e rio sozinho enquanto a levanto nos braços, embalando-a com um braço em volta de suas costas, e o outro embaixo dos joelhos.

Ela enterra a cabeça no meu pescoço enquanto caminho até o quarto dela. O cheiro de seu cabelo — uma mistura de baunilha que eu vi no banheiro — preenche meus sentidos e meu cérebro com pensamentos que realmente não estão ajudando muito agora. O calor da respiração dela misturado com o cheiro do vinho me provoca enquanto puxo as cobertas e a deito suavemente na cama, colocando a cabeça no travesseiro. Ela abre os olhos devagar e sorri quando me vê. Kate enlaça os braços no meu pescoço impedindo que eu me afaste.

— Você voltou pra casa. — Bêbada ou não, pensar que aqui é a minha casa não está muito fora de questão.

— Claro que sim. Eu não queria estar em nenhum outro lugar — digo beijando sua testa.

— Eu quero você — ela sussurra de um jeito suave e bêbado, fechando os olhos novamente. Tenta me puxar mais para perto, mas coloco um braço na cama e me seguro, inclinando-me sobre ela e tendo uma bela visão da minha bêbada e linda ruivinha.

— Quero tanto você que chega a doer, meu anjo, mas meus planos envolvem você sóbria, coerente e muito acordada. Então, que tal esperarmos até o terceiro encontro e realmente fazer valer a pena nosso momento?

Suas mãos deslizam sobre o meu peito, segurando firme minha camiseta.

— Humm. Fica comigo, então — ela fala, abrindo os olhos novamente. Consigo perceber o quanto ela quer isso. Mais um olhar como esse, e vou lhe dar o mundo e ainda perguntar se precisa de mais alguma coisa.

— Pensei que você nunca pediria. — Ela afrouxa seu aperto, me permitindo ficar de pé. Tiro a camiseta e depois o *jeans*.

— Você precisa se trocar, anjo? — pergunto, ganhando um aceno de cabeça, seus olhos se fechando novamente e o sono vencendo-a. Ela está usando uma camiseta apertada sem sutiã, a qual eu estou implorando que meu pau ignore, e a parte de baixo de um pijama curto de seda.

— Não... estou bem. — Sim, com certeza, você está.

Dou a volta na cama de dossel. Tudo o que precisa são cortinas nas laterais e seria igual àquelas camas de princesas que você vê nos filmes. Lembro da primeira vez que vi seu quarto, meses atrás, e ainda assim era perfeito para ela. Nunca pensei que estaria dormindo com ela aqui. E só dormindo.

Na hora em que deito na cama, Kate rola e deita em meus braços. Ah, merda. Eu estou num puta problema agora. Essa garota... esse corpo... esse maldito short de seda... meu pau acorda, me amaldiçoando por provocá-lo constantemente.

Não, isso não é só sexo. Nunca foi só isso com Kate; ou eu estaria nessa cama em vários estágios de nudez, há muito tempo. Sou bem resolvido com a minha masculinidade, porque essa garota está sob a minha pele há sete semanas, desde que a vi no bar em um de seus encontros.

Meu último pensamento antes de finalmente dormir é como eu sou um filho da puta sortudo.

## Kate

Acordo colada num corpo quente. Um braço está debaixo da minha cabeça, o outro sobre o coração que bate devagar. Minhas pernas emaranhadas em pernas longas e musculosas, minha pélvis está sendo cutucada por uma vara mais do que dura ou o pênis mais duro que alguma vez já senti em mim.

Não, eu ainda devo estar sonhando. Não há a menor chance de eu ter trazido Zander para a cama, ter feito algo com ele — finalmente! — e não me lembrar. Isso seria a violação do "todo sagrado" código feminino e o fim do mundo. Não dá para só "dormir" com um homem como Zander; você o deixa possuir sua alma.

Fico deitada por mais alguns minutos, minha mente vagando por pensamentos sobre o que estava vestindo, se era bonitinho, o que aconteceu na noite passada, e, merda, meu cabelo deve estar uma bagunça, meu hálito, horrendo e — arghhh, eca! — esqueci de escovar os dentes antes de ir para cama. Depois, tenho alguns flashes de memórias. O jeito com que ele me carregou para a cama, como acariciei seu pescoço, como fiquei feliz por ele estar em casa, e ele me dizendo que não queria estar em nenhum outro lugar.

Sorrio e abro os olhos vagorosamente, encontrando uma visão deslumbrante de Zander Roberts deitado ao meu lado, na minha cama, seus olhos ainda fechados, sua respiração profunda por causa de sua longa noite de trabalho. Ele deve ter chegado tarde e eu devo ter apagado no sofá.

Deitada ao lado dele, enquanto ainda é possível, decido que, se nunca mais tiver uma oportunidade como essa, devo a mim mesma pelo menos, explorar os arredores.

Em resumo, o corpo dele.

Apoiando a cabeça no cotovelo, começo por seu peito liso. Não consigo imaginá-lo com pelos no peito, mas se os tivesse, ele obviamente os manteriam aparados por causa do trabalho como dançarino. Flexiono os dedos gentilmente em seu peitoral e vejo o mamilo enrijecer. Merda, isso é excitante. Tudo o que quero fazer agora é passar a língua por esse peito. Será que ele acordará se eu fizer isso? Será que meu toque estaria cruzando a linha invisível que nós, ou melhor, que eu estabeleci dos três encontros sem sexo? Ou poderia ser considerado um encontro não oficial?

Decidindo aproveitar essa oportunidade enquanto o caminho está livre, inclino a cabeça e suavemente lambo seu mamilo. Ele tem o gosto que imaginei; sua pele é levemente salgada, mas deliciosa. Sinto a batida de seu coração acelerar, e juro que sinto o pênis dele se contrair na minha coxa, mas isso não me detém. Deslizo os dedos pelo abdome, contando de dois em dois os gominhos, parando no oito, no exato local onde começa o v de seu quadril.

— Não comece algo que não pode terminar, meu anjo. — Ouço por trás da minha cabeça e pulo de susto.

Afasto-me e, quando olho para cima, vejo um sorriso safado em seu lindo rosto.

— Oi — digo timidamente.

— Oi. Você não consegue se conter, né? — A merda do sorriso se torna maior.

— Parece que não — respondo. — Apesar de que, com toda certeza, fiquei surpresa ao acordar grudada em você.

— Por quê? Você pediu que eu dormisse aqui, e não pude desobedecer. — O bastardo sorri para mim quando minha expressão muda para horror.

— Eu não pedi que você dormisse comigo! Ah, merda, pedi?

— Não sei se fico ofendido ou me divirto.

Sinto minhas bochechas esquentarem.

— Eu pedi... um... para dormir com você?

— Você me pediu que eu ficasse com você, depois de me dizer, no seu jeito adoravelmente bêbado e com sono, que você me queria.

Decidindo que agora não é hora de voltar às minhas inseguranças, apenas aceno.

— Bem, eu pedi, mas não era a parte bêbada ou sonolenta falando por mim.

Com um movimento rápido, me encontro deitada de costas com seu corpo duro pressionando o meu.

— Isso explicaria sua missão de descoberta agora de manhã — ele acrescenta.

Deus, amo o que estou sentindo com ele deitado em cima de mim.

— Umm humm.

— Só para constar, amei dormir ao seu lado. Você é uma dorminhoca muito fofa — ele fala, o peso do corpo apoiado em um braço e com a outra mão, tira o cabelo que estava no meu rosto, fazendo com que minha respiração falhe.

— Sempre fui. Pergunte à minha mãe. Eu costumava acordar no meio da noite e rastejar entre ela e meu pai na cama deles — digo nervosamente.

— Bem, se você alguma vez acordar no meio da noite, sempre será bem-vinda a se aconchegar na minha cama comigo — ele diz. Seus olhos parecem estudar meu rosto, mas não consigo desviar os olhos de seus lábios. Já falei o quanto gosto de beijar esse homem?

— Se você continuar me olhando desse jeito, vou ser obrigado a te beijar.

— Umm humm — digo, totalmente distraída por seus lábios de curvas perfeitas, que estão a pouco centímetros dos meus.

— Você pediu por isso.

De repente, sua língua está na minha boca e ele está me beijando como se quisesse tudo, mas longe de mim reclamar! Sou completamente a favor. Tão a favor que agarro seus cabelos e puxo a cabeça ainda para mais perto, seu pau ainda duro na minha barriga, minhas coxas apertando as dele.

Ele interrompe o beijo rápido demais.

— Anjo, tenho que parar ou vou acabar perdendo o controle e quero que nossa primeira vez juntos seja especial pra você. Não uma rapidinha de cinco minutos na qual eu me envergonharei totalmente com a minha falta de resistência.

Eu rio do absurdo dessa frase. Não tem como Zander ter qualquer problema de resistência.

— Acho que já provamos que você é mais forte do que eu quando se trata de beijos.

Ele me olha e sorri.

— Verdade, mas, no seu caso, foi um dos momentos mais excitantes da minha vida.

Santa mãe de Deus. Isso só aumentou minha libido novamente, e adoraria que ele me fizesse gozar agora.

Apertando as coxas em seus quadris, puxo sua cabeça para baixo e sussurro em seu ouvido.

— Você tem certeza de que não podemos pular o terceiro encontro e ir direto para o sexo?

Seu corpo inteiro fica rígido, ele se afasta para me olhar, finalmente quebrando o nosso contato visual quando ele balança a cabeça como se estivesse tentando se livrar de uma neblina.

— Anjo, eu disse que isso iria acontecer, mas você não acreditou em mim.

Franzo a testa, não conseguindo entendê-lo.

— Eu disse que seria uma tarefa difícil impedir você de pular em mim. Talvez a fofice bêbada de ontem à noite fosse só um pretexto para me ter na sua cama. — Então, o bastardo pisca, e sei que ele está brincando comigo.

— Nada arrogante, hein? — digo, acertando seu ombro.

Com uma longa revirada no estômago, instantaneamente me arrependo da escolha das palavras.

— Muito. Agora vou fazer panquecas para o café da manhã, e, quando você se convencer do prazer que sinto ao acordar ao lado de uma linda deusa, seu café estará esperando por você.

Com um beijo rápido e intenso, ele dolorosamente afasta o corpo do meu, e tenho uma ótima visão de sua bunda na cueca boxer, andando para o nosso banheiro em comum.

De fato, é um bom dia.

# Capítulo 20
## Está na hora

*Zander*

Essa semana está sendo infernal, cheia de testes finais na Academia de Polícia para avaliar se estamos prontos para o treinamento de campo, na próxima semana. Imagine ficar física e mentalmente acabado. E me senti mal por Kate. Na hora em que eu chegava em casa, se ela tivesse sorte, conseguia passar meia hora comigo antes de eu apagar na cama ou mesmo no sofá.

E nem me lembre do final de semana também. Acabei sendo subornado a trabalhar uma noite no bar com o Zach porque faltaram duas pessoas e ele estava desesperado, e na seguinte tive shows.

Não tive tempo para organizar, e, muito menos, pensar em nosso indescritível terceiro encontro. E, por mais que eu queira, estou perdendo a vontade de me manter firme a sua regra dos três encontros. Desde a semana passada, nós temos dormido juntos. Simplesmente aconteceu, e, apesar de não termos feito nada mais do que dormir abraçados e de manhã cedo darmos alguns amassos, não ultrapassei o sinal com ela, nem cheguei aos finalmentes.

Mas, caramba, está difícil manter minha promessa. Parte de mim, para ser sincero, a parte de baixo, está pensando em apenas ir lá e pular em cima dela e mandar se foder o terceiro encontro oficial. E não sou só eu. Kate está fazendo beicinho e dando dicas a semana inteira. Minha favorita foi quando ela argumentou comigo, muito passionalmente, que nossas panquecas para o jantar poderiam ser classificadas como nosso primeiro encontro, o que faria do zoológico o nosso segundo e o jantar nosso terceiro, então nós deveríamos partir para a ação imediatamente.

Isso já faz algum tempo, e acho que entendi o que está me estressando. Quero que seja um gesto grandioso e romântico. Quero que abale seu mundo.

E, por mais que eu queira dar a ela um orgasmo de flexionar os dedos dos pés e escutá-la gritar meu nome enquanto estou enterrado nela até as bolas, quero que seja algo mais do que isso. Quero que estejamos tão perdidos um no outro que não consigamos dizer onde um começa e o outro termina.

Merda, é isso. Estou realmente me transformando na porra de uma garota.

Agora é segunda de manhã, e eu estou esperando para conhecer meu Oficial de Treinamento de Campo — OTC. Por ser o último mês na Academia, vou trabalhar fora do departamento com o meu OTC, que vai se certificar de que estou completamente preparado e consciente da minha nova carreira. Foi tudo bem no treinamento com armas, exames físicos e com o ensinamento das leis que temos que defender, mas lá fora, no mundo real, é totalmente diferente.

É como tentar jogar beisebol com uma venda nos olhos. Você sabe como é, já ouviu falar sobre como se faz, mas, se não conseguir lidar com o jogo quando a venda é tirada, então você não tem nenhuma utilidade, certo?

De acordo com a minha papelada, que também declara com orgulho que "passei com louvor", meu OTC é Sam Richards. Então, você pode imaginar minha surpresa e confusão quando uma mulher escultural e uniformizada entra na sala, fecha a porta, senta-se à minha frente e abre uma pasta marrom. Ela estende a mão para me cumprimentar.

— Sou Samantha Richards e serei sua OTC pelas próximas semanas. Temos muito o que conversar agora, mas tenho certeza de que nos conheceremos um pouco melhor enquanto fazemos a ronda.

— Zander Roberts. Mas provavelmente você já sabe disso.

— Sim. Está escrito bem aqui — ela responde inexpressivamente.

Público difícil. Bem, parece que o treinamento de campo vai ser divertido com ela por perto.

Uma semana no turno da noite e já estou exausto. E se você achou que eu estava reprimido antes de começar a mudança de turno no treinamento de campo, multiplique isso por dez. Kate e eu mal temos nos visto, muito menos feito alguma coisa. Aquele terceiro encontro parece um sonho distante agora. Quando chego em casa, Kate já está vestida e pronta para o trabalho e, quando ela chega, só temos tempo suficiente para jantar juntos e, às vezes, sentar e conversar um pouco, antes que eu precise me vestir e ir para o meu turno. Está sendo um inferno e definitivamente uma amostra de como a minha vida como policial novato nas ruas será depois da formatura.

Não me pergunte o porquê, mas apesar de só termos tido dois encontros, tudo entre nós está cada vez mais intenso. Deve ser porque moramos juntos. Para ser sincero, acho que não teria gostado se as coisas fossem diferentes. Então, realmente devo uma bebida a Mac quando tudo isso tiver acabado — se ela estiver bebendo novamente, claro —, já que foi ela e sua loucura que planejou isso e me deu um empurrão para que eu pudesse agir.

Não é surpresa que Kate e eu temos conversado muito por mensagens, uma vez que o nosso trabalho está começando a ficar no caminho para que possamos passar algum tempo significativo juntos. Estou com saudades dela, e me faz sentir como uma garotinha, ao saber que ela sente saudades de mim do mesmo jeito.

Conforme a semana passa e o final de semana chega, as mensagens entre nós ficaram bem picantes, e hoje à tarde não foi exceção.

**Kate:** *Seria ruim se eu resolvesse nosso problema com minhas mãos, hoje à noite?*

**Zander:** Você não está ajudando, anjo. Agora, tudo que eu consigo pensar é em suas mãos tocando todos os lugares que as minhas mãos, boca e pau deviam estar tocando.

Dez minutos depois, ela responde.

**Kate:** *Deus, como eu gostaria que você estivesse comigo aqui agora.*

**Felicidade Verdadeira 187**

**Zander:** Meu anjo, você está me matando aqui.

**Kate:** *A espera está matando a nós dois.*

**Zander:** Foi por isso que você tomou banho ontem à noite?

**Kate:** *Bem, eu estava bem "tensa" depois das suas mensagens. Achei que seria justo se eu "relaxasse" quando você não estivesse em casa. Sabe, do mesmo jeito que você "relaxou" no chuveiro sem mim hoje de manhã, quando chegou em casa do seu turno. A diferença foi que eu ouvi cada gemido tortuoso.*

Já são quase seis da tarde e Kate estará em casa a qualquer minuto. Decidi que já é o bastante. Precisamos sair para o nosso encontro hoje à noite. Chega de esperar. Chega de planejar.

Escuto a maçaneta da porta da frente sendo aberta e levanto do chão, onde estava fazendo flexões, me inclinando no balcão da cozinha vestindo apenas meus shorts de malhar e nada mais.

— Zan, eu...

Ela vira e para quando me vê. Kate está usando um vestido preto sem mangas, um pouco acima do joelho, que tem um profundo decote que vai até o topo dos seios, deixando-os ainda mais redondos. Uma olhada nela e estou tão duro quanto granito em menos de um segundo.

— Vem aqui — digo com a voz rouca.

Ela deixa cair a bolsa perto da porta, chuta seus saltos e corre em minha direção, pulando na mesma hora em que abro os braços para recebê-la. Nossas bocas se esmagam e somos apenas línguas e lábios enquanto tentamos ficar mais perto um do outro, como se isso fosse possível. Minhas mãos pegam sua bunda e as dela, as minhas bochechas. Ela chupa minha língua de um jeito que sabe que me deixa louco e eu perco o controle.

Viro-me e a sento sobre o balcão da cozinha. Suas mãos agarram meu cabelo e passo as minhas por seu corpo, parando-as nos quadris. Ela morde meu lábio inferior e rosno em sua boca, saqueando-a com uma voracidade renovada.

Ela se afasta e eu trilho os lábios por sua mandíbula, beijando seu pescoço.

— Nós devíamos... Zan... — sua voz falha quando sugo com força sua orelha. — Argh, que se foda, isso é bom — ela geme.

— Nós devemos parar — murmuro contra sua pele, continuando o caminho pelo pescoço até a garganta.

— Não! Não pare.

Eu paro e me afasto, olhando-a fixamente. Estamos ambos com a respiração pesada, o ar entre nós crepita conforme os segundos passam.

Passando as mãos pelos cabelos, olho para o chão, tentando me acalmar. Eu quero tanto isso que chega a doer, mas as regras da Kate são importantes para ela; sei disso. Não quero que ela tenha nenhum arrependimento ou ache que apressamos as coisas. Não quero que ela questione nada sobre estar comigo, sobre nós.

Olho novamente para ela, encontrando seus olhos, e eles estão emotivos.

— Zan, está tudo bem. Eu quero isso. Preciso disso.

**Kate**

Com as pernas ainda ao redor de seus quadris e as mãos em seu cabelo, apenas nos encaramos. Os olhos dele, cheios de fome, refletem tudo o que vê nos meus.

— Mas você disse...

— Você queria o terceiro encontro.

— Que se foda o terceiro encontro — ele diz antes de deslizar a boca firme contra a minha novamente e passar as mãos por trás de mim, tentando encontrar o zíper do meu vestido.

— Me come, então — digo murmurando enquanto ele solta meu

Felicidade Verdadeira 189

sutiã, jogando-o por cima dos ombros, antes de enfiar um dos meus mamilos doloridos na boca, chupando-o com força e me deixando mais molhada do que pensei ser possível numa preliminar. Merda, isso é uma pré-preliminar, e já estou preparada para implorar por seu pau dentro de mim.

— Amor, eu sou seu. Já sou seu há muito tempo. — Ele coloca uma mão sobre meu ombro e me deita, minhas costas nuas encostadas no tampo frio do balcão. Ele passa as mãos pelos meus seios, acariciando e apertando meu mamilo já duro, antes de agarrar meu vestido e puxá-lo para baixo do meu corpo até que eu esteja deitada somente com um fio dental de renda vermelha.

— Deus, gostaria de passar todo o tempo do mundo com você — ele sussurra enquanto coloca seus dedos na minha calcinha e a retira, expondo minha boceta depilada para ele, pela primeira vez. — Você é perfeita — ele murmura antes de se inclinar e cobrir meu clitóris com a boca e o sugar com força, lambendo o ponto duro uma e outra vez até que estou me contorcendo toda. Minhas coxas se fecham em seus ombros, e minhas mãos vão para a parte de trás de sua cabeça, enquanto meu corpo se esforça para se segurar. Ele é ainda melhor do que em meus sonhos.

Ele coloca um dedo, seguido de outro, empurrando-os facilmente para dentro de mim, movimentando-os dentro e fora, criando um ritmo devastador com a língua. Isso é melhor do que qualquer coisa que eu poderia imaginar. Sinto meu clímax chegando de um jeito muito rápido.

Sem avisar, ele raspa os dentes levemente no meu clitóris e acrescenta um terceiro dedo, me fazendo gozar com força ao redor dele, arqueando as costas e gritando seu nome.

Ele pega minhas mãos, que talvez possam ter arrancado alguns fios de seus cabelos e me puxa, nos deixando peito contra peito mais uma vez. Alcanço entre nós o seu pau duro através do short.

— Meu anjo, se você continuar com isso, nós vamos terminar antes mesmo de termos começado.

— Eu preciso de mais. Você precisa de mais. — Enfio as mãos dentro do short e agarro seu pau, meus dedos incapazes de se fecharem em torno dele.

Meus olhos se arregalam e ele sorri para mim antes de me beijar novamente, seus lábios esmagando os meus, sua língua invadindo minha boca num assalto bem-vindo e doce.

Reclamo quando ele se afasta e se inclina ao meu lado, pegando a carteira e puxando uma camisinha, depois a entrega para mim, antes de colocar novamente as mãos nas minhas costas e me puxar com força contra seu corpo.

Segurando minha bunda, solto um gritinho quando ele me levanta do balcão e me carrega para o sofá.

Ajoelhando-se no chão, ele me coloca na beirada do sofá, enquanto tira o short, me dando pela primeira vez uma visão completa e não adulterada de cada parte de seu corpo de DB.

— Gosta do que vê, anjo?

— Sempre gostei — digo, olhando para ele. Ele geme e se ajoelha à minha frente novamente. Coloco os dedos em volta do pau dele novamente, acariciando-o pele contra pele pela primeira vez. Ele é muito gostoso na minha mão.

— Deus, você é linda. E eu sou o cara mais sortudo na porra do mundo neste momento. — Sua voz é baixa e rouca, e minha boceta se contrai instantaneamente.

— Eu preciso de você, Zan — sussurro, beijando seus lábios e acelerando meu movimento em seu pau. Sua respiração se torna arfante, e vejo suor em sua testa. Ele segura minha mão acalmando meu movimento, me dando um grande sorriso que me deixa com mais tesão. Nesse momento, pego a camisinha, rasgo a embalagem e a deslizo em sua cabeça inchada e todo o comprimento, gentilmente pegando as bolas antes de mover meu quadril na sua direção, colocando as pernas ao redor da sua cintura e posicionando seu pau dentro de mim.

Coloco a mão em sua nuca e o puxo para um beijo lento e provocativo. Movo minha boca até sua orelha.

— Me come, Zan. Eu sei que você quer.

Ele puxa o quadril para trás e empurra bem fundo dentro de mim, as mãos agarrando o meu quadril para me segurar firme enquanto ele se enterra até as bolas. Mordiscando meu pescoço, ele geme enquanto meu corpo o acomoda. Ele se inclina para cima e nos encaramos. Olho para baixo onde estamos unidos e contraio meus músculos internos, fazendo-o gemer.

— Porra!

Ele empurra fundo de novo, fazendo minha cabeça cair na hora em que o prazer de cada estocada me deixa na borda. Minhas unhas cravam em suas costas, segurando-me, enquanto ele continua me fodendo sem sentido.

Por que raios esperamos tanto tempo?

Inclinando-se, ele move o dedo no meu clitóris forte e rápido, e me esfrego desesperadamente contra ele, ficando ofegante.

— Amor, eu posso te sentir. Você está perto de novo, não tá? — ele pergunta e eu concordo freneticamente enquanto procuro por sua boca e o beijo profundamente, movendo os quadris mais rápidos de encontro ao dele. Com uma última estocada, jogo a cabeça para trás no limite, sendo capturada por um orgasmo que dilacera meu corpo todo como uma onda de prazer. O corpo de Zander fica tenso quando ele goza. Nossos corpos estão colados quando caímos no sofá e dou boas-vindas ao peso do seu corpo sobre o meu, enquanto esperamos nossos corações se acalmarem.

Ele levanta a cabeça e me dá um beijo lento e preguiçoso. Adoro que ele consiga ser gentil e suave depois de perder o controle daquele jeito.

Tanto para o terceiro encontro...

### Zander

Dessa vez não vai ser apressado. Minha língua roça devagar e preguiçosamente na dela, enquanto a carrego para o quarto nos braços. Quando entro, fecho a porta atrás de mim com o pé. Caminhando em direção à cama, apoio o joelho e gentilmente a deito, ficando por cima dela. Ela envolve meu pescoço e me encara. Seus olhos azuis brilhantes podem ver minha alma, marcando esse momento dentro de mim. Seu cabelo sexy bagunçado e as bochechas coradas mostram exatamente como nosso encontro na cozinha fez bem a ela.

Droga, eu mesmo ainda estou me recuperando.

— Oi — digo, me curvando e beijando seu nariz antes de esfregar o meu suavemente no dela, descendo os lábios até que encontrem os dela.

— Oi.

Estou saboreando seu gosto, o nosso gosto. Saboreando cada segundo desse momento. Kate, minha ruivinha, finalmente está comigo de todas as formas possíveis. Coloco os braços em cada lado dela, segurando meu peso enquanto continuo olhando-a.

Sempre me perguntei como seria estar conectado dessa forma com alguém.

Minha mãe me disse que ela sabia que meu pai era o escolhido, algumas semanas após conhecê-lo. Eu não acreditava nela, porque as minhas memórias sobre meu pai eram muito embaçadas por conta do seu comportamento nos anos que antecederam sua morte. Mas ela disse que sentiu algo profundo em sua alma quando olhou para ele, o tocou e beijou... ela disse que se sentiu reivindicada.

Kate me tem, me tem por inteiro. Eu me sinto reivindicado.

Fui totalmente fisgado. Com anzol, linha e vara.

194   BJ Harvey

# Capítulo 21
## Tortura

*Kate*

*Um mês depois*

Estou feliz. Realmente feliz. Além da lua, delirantemente eufórica, me sentindo como se estivesse no topo do mundo. Já faz um mês que estamos juntos. Juntos de verdade, sem tabus, unidos sexualmente, e toda vez que ficamos juntos melhora ainda mais.

Nunca me senti assim com ninguém. Quando estava com Liam, achei que estivesse apaixonada, mas era apenas algo ingênuo, uma coisinha qualquer. Comparado com o estou me sentindo agora, não foi nada. Não era nem uma alfinetada na minha alma.

Pode ser muito cedo e sei que posso me machucar. Mas também posso atravessar a rua amanhã e ser atropelada por um caminhão. A vida é muito curta para ficarmos nos preocupando com quanto tempo vamos ficar com alguém, ou se é muito cedo para se apaixonar. Acho que me apaixonei pelo Zan na noite em que ele me disse que eu era uma mulher para a vida toda. A maioria dos homens só me queria para uma noite de bebedeira e sexo selvagem. Mas não ele.

E como você deve ter adivinhado, Zander não voltou mais para o seu apartamento com Zach. Quando Zach finalmente ligou avisando que o apartamento estava pronto, nós conversamos e perguntei se ele gostaria que continuássemos morando juntos. Um abraço que me jogou no chão e os três orgasmos subsequentes foram aceitação suficiente.

Temos conversado sobre fantasias. Coisas que nunca tive a oportunidade de fazer com um homem porque nunca estive numa relação como essa. Na qual podemos ser nós mesmos. Não temos que nos esconder ou fingir. Não quero dar chance ao azar, mas estou considerando a possibilidade de finalmente ter encontrado quem eu estava procurando.

Chego em casa do trabalho mais cedo e encontro o apartamento preenchido com o som de *The Grind*, do Aerosmith. Intrigada, sigo o som até o nosso quarto e paro na porta, enquanto meu namorado dança com seu jeito sedutor em volta de uma cadeira da mesa de jantar que ele colocou no meio do quarto.

Fico ali olhando-o, seu peito nu e os oito gominhos deliciosos se movendo perfeitamente. É o suficiente para dar um pequeno curto circuito no meu cérebro. Estou hipnotizada. A única vez que o vi dançar assim foi na festa da Sophie, há um ano, e depois naquela noite no bar.

Seu quadril se movimenta no ritmo da música, seu rosto está concentrado enquanto ele tenta mudar o passo para outra sequência. Balançando a cabeça, ele começa de novo, repetindo várias vezes até que consegue uma suave transição para a sequência seguinte. Não consigo tirar os olhos dele e, quando vejo os músculos das costas se flexionando quando ele faz uma pausa para tomar um gole de água, decido que já apreciei bastante o show e que agora preciso tocá-lo. Na verdade, minhas pernas já começaram a se mover em sua direção, e meu corpo simplesmente é forçado a seguir.

Ele se vira na hora em que coloco a mão em seu ombro, o rosto com um sorriso largo e sexy.

— Oi, ruiv... anjo. Desde quando está em casa? — Olho para ele com uma expressão confusa. Não é a primeira vez que ele quase me chama de outra coisa.

Pisco para não pensar nisso e respondo.

— O bastante para ficar excitada e incomodada te observando.

— Bem, nesse caso, ao invés de ficar me imaginando dançando pra você, acho que está na hora de te dar sua primeira dança. — Ele arqueia as sobrancelhas para mim, e eu me derreto. Envolvendo os braços me seu pescoço, me estico e o beijo, facilmente colocando minha língua ávida em sua boca. As mãos dele vão para a minha bunda como sempre fazem e a apertam na hora que sua língua encontra a minha nas investidas. É como se ele estivesse fodendo com a minha boca e é divino. Muito cedo para o meu gosto, ele termina o beijo.

— Como foi seu dia?

— Melhor agora.

— Espero que sim. — Ele se inclina e me dá um beijo molhado e forte.
— Agora, sente-se. — Sento na cadeira e me inclino para tirar meus saltos altos. — Não, deixe-os. Vou tomar conta deles.

Olho para baixo e percebo que a saia preta que estou usando sobe e mal cobre minhas partes. Olho para Zan, cujos olhos estão grudados na renda da minha meia, recentemente exposta.

— Merda — ele rosna. —Você usou isso o dia todo?

Assinto, mordendo o lábio.

— O que você vai fazer sobre isso?

— Você está prestes a descobrir, meu anjo. Prepare-se para ter seu mundo abalado.

— Apenas meu mundo? — pergunto com um sorriso.

Ele grunhe.

— Você vai ver agora, anjo.

Ele caminha até seu iPod e muda a música; o quarto de repente é preenchido com o som de *Talk Dirty*, de Janson Derulo.

Ele vem em minha direção com um andar sensual, jogando seu quadril de um lado para o outro, um passo de cada vez, até que para à minha frente. Então, se inclina invadindo meu espaço, passando a língua levemente em volta da minha boca. Eu arquejo, e ele pega a oportunidade de enfiar a língua dentro, retirando-a na mesma hora em que tento alcançá-la.

— Não, não — ele me repreende de forma brincalhona, balançando a

**Felicidade Verdadeira 197**

cabeça. — Nada de tocar, ou a administração se reserva ao direito de te dar umas palmadas. — Uau, puta merda! Isso me dá mais tesão ainda, fazendo-me questionar se devo ou não me comportar.

Ele pega as minhas mãos e as coloca na parte de trás da cadeira até que elas estejam se encostando.

— Deixe-as aí, garota safada — ele diz mordendo o lóbulo da minha orelha antes de se levantar e colocar as mãos nos quadris. Estou quase sem ar; ele já me deixou excitada e ainda nem começou a dançar. Meu coração está quase pulando para fora do peito, e tudo o que consigo pensar é em pular o *striptease* e ir direto para a dança na horizontal que sei que vai ser boa.

— No que você está pensando, safadinha? Posso ver sua cabecinha trabalhando. — Ele levanta e começa a mexer o quadril no ritmo da música. Suas calças estão baixas no quadril, me fazendo olhar diretamente para o seu V. Estou tentada a me inclinar e traçá-lo com minha língua, mas ele está fora do meu alcance agora.

A cada giro e virada do corpo, ele move o quadril para mais perto, colocando os braços na parte de trás da cadeira, girando e esfregando o quadril em mim. Posso ver a silhueta de sua ereção e estou me coçando para agarrá-la, mas, com um leve movimento do meu braço, ele se afasta novamente.

— Nada de toques, madame, ou não me responsabilizo por minhas ações.

— Talvez seja exatamente isso que eu queira. — Olho para ele, sabendo que está tão desesperado quanto eu.

— É desse jeito que você dança para todo mundo? — pergunto com uma sobrancelha levantada. Ele vê meu peito subindo e descendo, meu colo nu e o V do meu decote zombando dele.

— Lógico que não. Isso é só para você, amor. Talvez eu deva tirar suas roupas primeiro.

— Tire-as.

Ele corre as mãos vagarosamente pelo meu corpo, no seu tempo, apertando meus seios doloridos antes de chegar à minha cintura e pegar a barra da blusa, levantando-a sobre minha cabeça e prendendo minhas mãos atrás da cadeira.

— Ei, talvez eu precise das mãos.

— Não para o que estou planejando. Talvez eu goste de você assim. Significa que posso adorar seu corpo, sem distrações.

— Eu distraio você? — Gemo quando ele se inclina para frente e suga meu mamilo através do sutiã de cetim.

— O tempo todo — ele murmura enquanto se move para o outro lado, repetindo a ação no outro seio. — Puta que pariu, seu cheiro é uma delícia. Passo o dia todo sonhando com ele.

Ele desliza uma mão até a minha saia, que agora está na altura do quadril. De repente, sua mão grande e talentosa está na frente da minha calcinha me acariciando, enquanto toca a música *Gorilla*, de Bruno Mars. Não consigo mais manter a bunda na cadeira e tento ir de encontro aos seus movimentos.

— Zan, não pare.

— Dane-se a dança — ele murmura antes de enganchar as mãos na minha nuca e me puxar para sua boca. Chupo com força sua língua, fazendo-o gemer na minha boca, o que só me estimula ainda mais. Meus quadris se levantam para encontrar seus dedos, que agora estão bem fundo dentro de mim, a ponta do dedo circulando meu clitóris. Sinto a pressão familiar se construindo dentro de mim.

— Tão perto, Zan.

— Eu sei, amor. Me deixe te ouvir. Quero te escutar gritando meu nome enquanto goza na minha mão. Depois vou fazer amor com você forte e rápido até gritar de novo. — Sua voz é rouca e profunda, e sei que ele está quase morrendo para estar dentro de mim.

— Zander. Porra. Sim! — grito na hora em que o orgasmo me atinge. Ele continua a mergulhar o dedo dentro de mim, prolongando o prazer que passa por todo o meu corpo. Quando me dou conta, ainda estou sentada na cadeira, Zander inclinado sobre mim e observando meu rosto intensamente.

— Eu te amo.

Arregalo os olhos enquanto absorvo o que ele disse. O olhar sincero em seu rosto é a minha perdição. Meus olhos se enchem de lágrimas.

— Eu também te amo. E, se eu pudesse, tocaria você em todos os lugares agora.

Ele me olha com os olhos arregalados.

— Você me ama. — ele diz sem acreditar.

— Você me ama. — Sorrio para ele e me inclino para frente beijando suavemente seus lábios como se tivéssemos todo o tempo do mundo.

Recosto-me e ficamos nos olhando e sorrindo um para o outro como dois idiotas.

— Você pode me soltar agora?

# Capítulo 22
## Amo você como uma canção de amor

*Zander*

É véspera da minha formatura na Academia de Polícia, e hoje finalmente vou ver minha mãe e irmãs de novo. Já se passaram quatro meses desde que as vi, e foi antes do começo do namoro com a Kate. Então, como se pode imaginar, Kate está uma pilha de nervos por conhecer as outras quatro mulheres importantes da minha vida.

Ela está faxinando a casa há dias. Qualquer coisa fora do lugar a estressa, e juro que ela já arrumou a casa toda, pelo menos três vezes na última semana. É legal ela querer impressionar minha família, mas gostaria que ela relaxasse e deixasse rolar. Ontem, decidi que ela precisava se acalmar, então virei um homem das cavernas e a carreguei por sobre meu ombro e a coloquei debaixo da água gelada no chuveiro. Ela me perdoou assim que entramos no chuveiro e eu aliviei suas tensões de outras formas... primeiro com a boca, depois com suas costas contra a parede do boxe e as pernas envoltas na minha cintura.

O que posso dizer? Sou um namorado carinhoso que sempre toma conta da sua garota.

Zoe me manda uma mensagem dizendo que estão a uma hora de Chicago. Minha mãe ainda acha que não faço ideia de que elas estão vindo, então decidimos não estragar a "surpresa" para não a decepcionar. Elas vão ficar na casa da minha tia Jen por alguns dias, após a cerimônia, antes de voltarem para Indiana.

Kate tirou folga essa manhã do trabalho para conhecer minha família. Ela já trocou de roupa duas vezes, me dizendo que queria parecer bonita, mas sem passar dos limites ou que se esforçou demais para isso. Além disso, ela realmente quer que minhas irmãs gostem dela. Expliquei que Danika tem catorze anos e vai gostar dela de qualquer jeito, mas especialmente porque ela é cabeleireira e poderia arrumar seu cabelo de graça. Com Mia vai ser do mesmo jeito, e Zoe é só uma versão feminina de mim. Aparentemente, não entendo o porquê. Deve ser coisa de mulher.

Ouço uma batida na porta e olho para Kate, que está com os olhos arregalados e inquieta. Caminho até ela e seguro seu rosto com as duas mãos antes de nossos lábios se encontrarem e eu lhe dar um beijo suave, mas profundo. Beijo seu nariz e me afasto.

— Vai dar tudo certo, amor. Você está linda, e elas vão te adorar.

— Diz o Deus da Beleza...

— Deus da Beleza?

— Você. — Ela cora e quero comê-la de novo.

— Desde que eu seja o seu Deus da Beleza, por mim está tudo bem.

— E você tem mais quatro mulheres que o amam incondicionalmente — ela fala.

— Só quatro? — pergunto, erguendo uma sobrancelha.

— Ah, você sabe o que quero dizer. Claro, eu amo você. Talvez eu tenha alguns privilégios que incluem o livre acesso às suas partes masculinas e uma vida inteira cheia de orgasmos.

— Fechado. Onde assino?

— Ah... para e vai abrir a porta — ela diz, rindo.

Missão cumprida; ela está sorrindo e não está mais nervosa agora. Perfeito.

Abro a porta, e mamãe me abraça imediatamente.

— Mãe, o que você está fazendo aqui? — digo, fingindo que não sabia.

— Zander Jeremy Roberts, deixe-me olhar para você. Ah, meu lindo garoto. Você está muito magro. Não tem comido? Juro que, se não estiver se alimentando, vou sequestrá-lo e leva-lo para casa até que engorde novamente.

— Mãe, deixe o Zan em paz. Oi, irmão mais velho. — Minha irmã Zoe dá um passo à frente e me abraça na hora que mamãe me solta. Zoe é alta para uma mulher, ela tem 1,82m e é uma bonita versão feminina de mim. Você não acreditaria na quantidade de vezes que nos confundiram com gêmeos quando éramos crianças. Ela tem o cabelo loiro, longo e ondulado e olhos de uma cor azul-água, que sempre chamaram a atenção dos homens. Esses mesmo homens sempre tiveram a atenção dos meus punhos se a tratassem mal.

Kate surge ao meu lado, e imediatamente coloco o braço em volta de sua cintura, puxando-a para mais perto de mim.

— Essa é a Kate, minha namorada. Por favor, sejam gentis.

— Ah, por favor, Zan, ela lida com você. Merece uma medalha. — Mia surpreende Kate abraçando-a sem aviso. — Amei esse vestido. Você precisa me dizer onde comprou.

Kate me olha surpresa, e apenas rio e dou de ombros.

— Eu te disse — sussurro, fazendo-a rir. — E, Danny, vem aqui, garotinha. Como estão as armações?

— Boas, embora mamãe tenha me proibido de atender o telefone. Nosso vizinho vegetariano não ficou feliz quando respondi "Açougue do Mike, qual seu corte?". Aparentemente não foi divertido.

Comecei a rir, ganhando um olhar confuso de Kate.

— Garota, você não muda.

— Nem planejo, Zan. Então... você está nervoso?

— Com o quê?

— Sua formatura amanhã! Você precisa ficar lá na frente de todo mundo.

— Sim, mas é legal porque vou fazer isso com todas as pessoas que trabalharam muito como eu para se tornarem oficiais de polícia. Então é melhor você se comportar ou vou te prender.

— Como se você pudesse! — Ela fica toda desafiante, com as mãos nos quadris. Uma típica mulher Roberts. Eu adoro.

Olho para cima e vejo Kate e minha mãe conversando muito perto. Coloco o braço em volta dos ombros de Danika.

— Todas as minhas garotas sob o mesmo teto. Sou um homem feliz. Agora, vamos almoçar? Este Roberts aqui está com fome.

— Vamos lá, então. Meu garoto deve se manter alimentado. Você ainda está crescendo.

— Mãe, tenho vinte e três anos. Não sou mais um adolescente.

— Quase vinte e quatro. Seu aniversário é no mês que vem.

— O quê? — Kate diz alto demais. — Você não me contou isso, Zan.

— Tudo bem, Kate. Vou te dar o número do meu telefone. Você pode me ligar a qualquer hora e perguntar tudo sobre o meu Zander.

— Excelente ideia, Helen. — Ela pisca para mim, e eu apenas sorrio. Quero beijar aqueles lábios que sorriem tolamente, mas talvez não seja uma boa ideia na frente das minhas irmãs.

Olho para as costas de Zoe à minha frente e paro de andar quando vejo pontos de tinta aparecendo no topo de sua blusa.

— Zo, o que é isso?

— O que é o quê? — ela pergunta, fingindo não saber.

— A tatuagem nas suas costas?

— Ah, cara! Claro que tenho uma tatuagem nas costas. Meu namorado é tatuador. Eu desenhei e ele a tatuou. É pequena.

— Hmmm. Daqui a pouco você estará cheia delas.

— Ah, desculpe, pai. Da próxima vez devo pedir permissão?

— Não seja engraçadinha, Zo. Foi só um choque. Nada demais.

— Lembre-se, você é meu irmão. Pare de ser tão superprotetor.

— Zoe, acho que ele apenas se preocupa com você. É uma coisa de irmão mais velho. Tenho dois assim também — Kate explica. Vejo os ombros de Zoe relaxarem, e ela vagarosamente sorri para mim.

— Desculpe, Zan. Vou te contar quando fizer a minha próxima no quadril. — Ela ri e corre na frente para alcançar minha mãe e as meninas.

— Você é ótima. Eu já te disse isso recentemente? — Usando o braço que está em sua cintura, eu a giro para ficar de frente para mim e a beijo com força e rápido. — Sou um baita sortudo por ter você.

— Não se esqueça disso, camarada — ela responde brincalhona.

— Nunca vou esquecer — murmuro e então beijo sua testa e a trago para o meu lado enquanto seguimos para o primeiro almoço da Kate com a família Roberts.

### Kate

O almoço com a família de Zander foi ótimo. Suas irmãs são amigáveis e maravilhosas, assim como ele, e a mãe é a pessoa mais doce que já conheci. Fiquei muito estressada à toa, mas não vou admitir isso a ele. Ele fará seu último show hoje à noite. De todos. A última vez que ele vai fazer strip na frente de um bando de mulheres bêbadas e com tesão. Planejo ser a única mulher bêbada e com tesão que o verá pelado de agora em diante.

Deixo Zander curtindo a família e corro para o salão para trabalhar no período da tarde e da noite, no lugar de Nathan. Ele me ligou hoje de manhã implorando para que eu o cobrisse, e Zander disse que estava tudo bem, desde que ele pudesse ir ao salão para um corte de cabelo, na hora de fechar.

Ele entra pela porta no salão no momento em que estou fechando o caixa. Despeço-me de Georgia, nossa nova aprendiz, e fecho a porta assim que ela sai. Ela faz questão de dar uma olhada em Zander enquanto passa por ele, e isso me irrita.

Eu o ouço rindo atrás de mim enquanto senta em uma das cadeiras, colocando as mãos atrás da cabeça e esticando as pernas longas à sua frente.

— Está confortável aí? — pergunto com um sorriso.

— Estou com você. Claro que estou confortável.

Sério, esse cara nunca falha em me fazer rir, molhar a calcinha e me contorcer com uma simples frase.

— Como foi o resto do seu dia? — pergunto, tentando mudar de assunto para me concentrar no meu trabalho.

— Ótimo. Terminamos indo às compras, e depois comemos algo rápido e elas foram para casa da tia Jen. Vamos nos ver amanhã, depois da cerimônia. — Ele me observa enquanto dou uma última checada nas janelas e portas, e desligo as luzes que estão acesas desnecessariamente.

— Estou feliz que tenha passado algum tempo com elas, Zan. Vi o quanto você ama sua família. — Caminho até ele e dou um gritinho quando ele me puxa para seu colo e me beija.

— Senti sua falta hoje — ele diz entre beijos. Estou corada e sem fôlego, mas de alguma forma eu respondo.

— Eu também.

— Ainda dá pra você cortar meu cabelo, anjo? — ele finalmente pergunta, me afastando um pouco.

— Claro. Venha para o lavatório que vou lavá-lo. — Pulo para fora do colo dele, pego sua mão e o levo até o lavatório. — Então, o que você quer fazer? — pergunto quando ele se inclina na cadeira. Passo os dedos pelo seu cabelo, levemente raspando as unhas em seu couro cabeludo. Ele solta um gemido que passa direto para mim.

— Um corte de cabelo, aparar... merda, isso é ótimo, anjo. — Sua cabeça fica pesada em minhas mãos, e seus olhos se fecham sob a pressão das pontas dos meus dedos deslizando por seu cabelo.

— Eu sei. Sou ótima em massagens no couro cabeludo.

— Suas mãos são como uma arma secreta — ele diz, sua voz baixa e grave. Conheço essa voz. É a que chamo de voz de sexo. É como ele fala quando está bem fundo em mim e perdendo o controle.

— Achei que você soubesse disso — falo, minha voz mudando para um tom de provocação sensual. Ele inclina a cabeça para trás e me olha com aqueles olhos azuis penetrantes.

— Ah, eu sei, e conheço essa sua boca suja. Contei às minhas irmãs que você tem uma boca suja.

— Você não fez isso! — Bato em seu braço de brincadeira, o que só o faz rir.

— Claro que sim, mas Zoe e Mia xingam que nem malucas, então você não está sozinha.

— Bem, contanto que sua mãe ainda ache que sou boa.

— Você é, amor. Você é perfeita. Mamãe e as meninas pensam isso também. Parece que nós temos a aprovação delas.

— Nós precisamos da aprovação delas? — pergunto, incerta se ele está falando sério.

— Merda, não. Se elas não gostassem de você, eu a manteria presa no apartamento pelo resto das nossas vidas como uma escrava sexual.

O resto das nossas vidas.

Santa merda, Batman. É disso que os sonhos são feitos. Ele realmente deveria parar de fazer comentários irreverentes como esse, porque só aumenta minhas esperanças de que encontrei o homem do meu "para sempre". Você sabe, aquele que faz o coração parar uma batida, o sangue ferver e abala o mundo.

Ok, talvez seja tarde demais e eu já esteja pensando isso. Talvez tenha encontrado minha alma gêmea, e ele estava debaixo do meu nariz o tempo todo.

— Kate? Você ainda está comigo? — ele pergunta.

Balanço a cabeça quando percebo que viajei.

— Sim. Estava apenas perdida em pensamentos.

— Percebi isso. Está tudo bem? — Ele se vira para me olhar.

— Tudo perfeito. — Me inclino e o beijo rapidamente antes de tirar o shampoo de seu cabelo. Pego um pouco de condicionador e repito o processo, lavando-o alguns minutos depois.

Assim que fecho a água, sinto uma mudança no ar. Caminho e pego uma toalha e a envolvo em sua cabeça, secando o cabelo enquanto esfrego o couro cabeludo com a toalha. Escuto um grunhido abafado, e, olhando para baixo, percebo que meus peitos estão bem no rosto dele.

— Me siga, bonitão — digo e caminho para longe, mexendo meus quadris deliberadamente. Olho por sobre meus ombros para encontrar exatamente o que eu queria, seus olhos grudados na minha bunda.

— Por que não vim cortar meu cabelo antes? Aposto que você tem uma tonelada de clientes homens.

— Tenho uma quantidade boa. Por quê? — Ele se senta na cadeira e eu fico em pé atrás dele, olhando-o com expectativa.

— Meu anjo, você já se olhou no espelho ultimamente? Esses peitos maravilhosos, essa bunda para observar pelo resto do tempo em que não estiverem olhando para seus peitos... Estou surpreso que eles não façam fila na porta do salão.

Aqui vai ele, me elogiando e fazendo-me corar novamente. Por mais que eu tente ignorar, o calor entre nós aumenta. Tenho uma ideia e observo todo o salão: das janelas foscas da frente, à porta trancada, até a iluminação suave de dentro que faz o rosto de Zander ficar ainda mais sensual com o calor inconfundível em seus olhos.

— Acho que estou muito vestida. — Alcanço o zíper da minha saia e o abro, balançando meus quadris devagar para que ela caia.

— Verdade? — Sua voz é tensa. Seus olhos seguem o caminho que minha saia faz até meus pés. Seu olhar volta pelas minhas pernas, como se fosse um carinho suave, o que me faz estremecer quando seus olhos encontram os meus. — Eu detestaria que você se sentisse muito vestida. Seria uma pena. — Ele lambe seus lábios e o vejo engolir em seco quando tenta controlar a si mesmo.

— Uma pena mesmo — digo, abrindo a blusa devagar, enquanto observo seu rosto, deixando exposto meu sutiã de seda roxo. Seus olhos escurecem, a linha dura em seu colo me mostra que ele gosta da minha última aquisição. Me sinto sexy, como se eu estivesse desembrulhando um presente só para ele. Já me imagino ajoelhada com o pau dele na boca.

— Ah, o corte de cabelo, amor. — Sua voz sai com dificuldade. Seus dedos estão agarrando os braços da cadeira, seus olhos grudados no meu corpo enquanto tiro a blusa e a jogo no chão.

— O corte de cabelo pode esperar. Acho que preciso te mostrar meu serviço de luxo. — Ele arregala os olhos e lambe os lábios.

— O que você mostra a todos seus clientes masculinos? — ele pergunta levantando uma sobrancelha.

— Não. — Dou um passo à frente e me ajoelho. Seu pomo de Adão sobe e desce enquanto ele engole em seco, a veia de seu pescoço salta em antecipação quando ele percebe o que eu estou prestes a fazer. Sei que ele quer a mesma coisa, porque seu "querer" está duro e orgulhoso bem na minha frente. Passo a mão por suas pernas, posicionando-a em seu comprimento através do *jeans* e apertando por alguns instantes. Vejo seu corpo estremecer e ele rosna, sentindo meu toque de imediato.

— Amor, eu... — ele murmura na hora que abro o botão e puxo o zíper, liberando seu pau duro.

— Quero seu pau em minha boca, Zan.

— É todo seu, anjo — ele diz com a voz baixa.

Eu o pego com as mãos, abaixando a boca e girando a língua em sua cabeça inchada. Suas mãos agarram minha nuca, seus dedos apertam meu cabelo na hora que trilho a língua para baixo até as bolas. Passo a língua por toda a extensão antes de mover a boca até a cabeça e o devorá-lo profundamente, até a base.

— Merda, anjo — ele geme. Seu quadril se anima quando começo a mover para cima e para baixo. Uso uma mão para pegar as bolas enquanto coloco a outra por debaixo de sua camisa, encontrando seu mamilo do jeito que ele gosta.

Suas pernas apertam meu corpo, sua respiração frenética me diz que ele está perto.

— Uh, uh, amor. Quero terminar dentro de você.

Passo a língua num ponto embaixo da cabeça de seu pau mais uma vez antes de me levantar.

— Eu quero isso também, Senhor Roberts. — Mordo o lábio, o calor em seus olhos me faz contorcer. Inclino-me e o beijo, mordendo seu lábio inferior antes de nossas línguas se encontrarem. Suas mãos agarram meu quadril, os dedos me apertam um pouco só para que eu possa sentir seu desespero. Seus lábios se movem pelo meu pescoço, deixando uma trilha molhada até meus seios doloridos. O ar frio toca onde sua boca estava, enviando um delicioso arrepio através de mim. Inclino-me sobre ele, deslizando meu seio para fora do sutiã. De repente, sua boca está em mim, me sugando com força enquanto ele agarra um mamilo duro entre os dentes e a língua, forçando meus joelhos a se dobrarem.

— Amo o sabor da sua pele, amor — ele murmura de forma apreciativa. Sua mão libera meu outro seio e sua cabeça se move para dar atenção ao outro.

— Deus, isso é bom. — Aperto as coxas, tentando aliviar a dor latejante entre elas.

— Eu sei o que vai fazer você se sentir melhor — ele diz com um largo sorriso.

Olho para ele, e o brilho em seus olhos é a minha perdição. Ele tira meu fio-dental e o chuto para longe quando saio dele.

— Esse sutiã precisa sair também. — Ele desabotoa meu sutiã com apenas uma mão. Eu o tiro e o jogo na direção das minhas outras roupas.

— Você é o próximo. — Ele arqueia uma sobrancelha e ri enquanto se levanta e tira a camiseta. Dou um passo para trás e abaixo seu jeans, parando apenas para pegar uma camisinha no bolso.

Agora estamos parados um de frente ao outro, pelados como no dia em que nascemos. Ele pega meu pescoço e me puxa com força contra seu corpo para um beijo que causa arrepios na espinha e deixa minhas pernas bambas. Então, gira o meu corpo e ri para mim no espelho do outro lado do salão enquanto beija meu pescoço e suga forte, deixando uma marca oval e vermelha.

— Minha. — Ele rosna. Tudo o que eu posso fazer é acenar com a cabeça, sem palavras e com tesão, enquanto observo nosso reflexo. — Agora, eu quero ver você enquanto goza no meu pau.

Ele se senta na beirada da cadeira e me puxa para perto. Ainda de costas para ele, ele segura meus quadris, investindo em meu clitóris num ritmo perfeito antes de colocar um dedo na minha fenda molhada.

— Você está tão molhada para mim. Sente-se no meu pau, amor — ele fala rouco antes de me guiar para seu colo, me ajudando num impulso bem direcionado.

— Ah — gemo alto quando ele me levanta pelo quadril, meu corpo deslizando para cima e para abaixo como uma boneca de pano, enquanto monto nele de costas como uma *cowgirl*. A cada investida, ele me leva à loucura.

— Olhe pra mim, anjo — ele rosna. Prendendo meu olhar no dele pelo espelho, sinto minha boceta contrair firmemente em seu pau quando vejo nossa imagem erótica diante de mim, gemendo desenfreadamente enquanto ele continua a se enterrar em mim.

Alcanço o meio das pernas, incapaz de tirar os olhos da expressão voraz do rosto dele.

— Ah, merda, sim. Brinque. Quero ver você se masturbando e gozando no meu pau, amor.

**Felicidade Verdadeira  211**

Estou ficando melhor em aceitar sua conversa safada, desde que ele me contou que fica mais duro do que uma rocha quando xingo durante o sexo. Aparentemente a palavra "merda" não é sexy o bastante. "Me fode com força!" parece ser a favorita junto com "Quero seu pau na minha boca". Essa é uma das minhas favoritas também. Ela faz seus olhos brilharem como se fosse a porra do *Quatro de Julho*. Ah, e eu me masturbando, enquanto ele está profundamente enterrado em mim, nunca falha em impressionar também.

— Me fode com força, Zan.

— Estou perto, amor, mexa os dedos mais rápido. Brinque com seu clitóris. Quero sentir sua boceta me apertar.

— Zander, vou gozar! — consigo gritar quando atinjo meu clímax ao redor dele.

Mais uma investida, e um gemido gutural escapa de sua boca quando ele goza bem fundo em mim. O olhar de puro êxtase em seu rosto na hora que ele goza me faz ter um segundo orgasmo.

— Puta merda, meu anjo. Gostosa como o pecado. Eu sabia disso.

Viro-me para olhá-lo sobre meu ombro e ele se inclina para me dar um beijo lento e arrebatador.

— Sabia o quê?

— Sabia que você era como um foguete. — Ele ri para mim como um gato que acabou de ganhar leite.

Três orgasmos depois — dois meus e um do Zander — finalmente termino de cortar o cabelo dele.

Minha vida é uma verdadeira felicidade.

Pena que não vai durar.

## Capítulo 23
**Amorzinho**

*Kate*

Já se passou um mês desde a formatura do Zander. Ele estava tão gostoso caminhando até ao palco, vestido de uniforme, e eu sabia o quão orgulhoso e feliz ele estava com a presença da sua família assistindo a formatura. A mãe e irmãs estavam tão orgulhosas, estava estampado em seus rostos. Todas choraram... bem, exceto Danika, que gritou "Uhuuuuul!" quando Zander foi chamado. Depois da cerimônia fomos todos jantar, e realmente me senti acolhida pela família Roberts.

O que me traz de volta ao agora. Hoje é o dia do chá de bebê. Nós decidimos fazer duas comemorações, já que Mac está fazendo vinte e cinco anos.

Esperei muito tempo por esse chá de bebê. Sete meses, na verdade, desde que descobri que Mac estava grávida. Claro, agora nós sabemos que serão dois bebês, o que significa o dobro de presentes, de convidados e de diversão. Decidimos fazer o chá de bebê quando Mac estivesse com sete meses de gravidez porque, se os bebês decidirem chegar mais cedo, estaria tudo pronto.

Mac não faz ideia do que planejei, mas a Sra. Lewis vem me ligando sem parar no último mês com ideias, atualizações e checando os detalhes. Também vai ser a primeira vez que a mãe de Mac e Daniel vão se encontrar. Os homens ficarão no bar local bebendo, mas voltarão quando for a hora dos presentes. Zander fez planos com Zach, antes que eu pudesse falar algo com ele. Isso só mostra o quão atencioso ele é. Ele sabe que hoje é o dia da Mac e do Daniel e não quer que ninguém se sinta desconfortável. Ainda tenho esperança de que, com o tempo, nos tornemos um grupo de amigos e que a história entre Mac e Zander seja esquecida.

Já que o chá de bebê não começa antes das duas da tarde e os pais de Mac não chegarão antes de uma hora, Zander e eu decidimos resolvemos dar uma rapidinha antes de ele sair. Foi assim que Mac nos encontrou, vinte minutos depois: Zander com as calças nos tornozelos e minhas pernas em volta de seus quadris enquanto ele me prensava na parede e fodia os meus miolos.

Nível de constrangimento dez! Eu grito, Zander começa a rir e Mac olha pra gente horrorizada. De volta aos velhos tempos!

— Oh, meu Deus! — ela grita quando abre a porta e arregala os olhos quando vê o que estamos fazendo. — Sério! Meus pais vão estar nessa sala em uma hora, e vocês estão fazendo o lugar feder a sexo.

Depois de Zander me colocar no chão e eu arrumar minhas roupas, dou um tempo a ele para pensar em cachorrinhos mortos ou vovós peladas, volto meu olhar para ela e digo a primeira coisa que me vem à cabeça.

— Sério?

— Sério o quê? — ela pergunta com um olhar enojado no rosto e indo em direção à cozinha.

— Você não se lembra de uma situação similar, há uns quatro meses, quando entrei aqui e encontrei Daniel plugado em você na mesa de centro?

— Isso é clássico, anjo. Oi, Mac — Zander diz, me dando um beijo antes de sussurrar. — Acho melhor deixar você cuidar disso.

Mac espera Zander sair antes de voltar sua atenção para mim.

— Uau, essa decoração está ótima.

— Boa mudança de assunto. O que você está fazendo? Além de empatar a minha foda.

Ela ri.

— Bem, acho que é justo, dado o número de vezes que você já me empatou nesses longos anos.

— Da última vez que cheguei aqui e encontrei você e o Superman, vocês continuaram transando. Isso. Não. Conta.

— Verdade. Embora tenha havido outras vezes que Daniel e eu estávamos ocupados, e você ia ao banheiro ou chegava em casa, e acabava totalmente com o clima. Isso seria classificado como empata-foda. Daniel está estacionando o carro, então imagine se fosse ele que chegasse e visse vocês dois como dois adolescentes com tesão, num drive thru.

— Eu o teria chamado de empata-foda do mesmo jeito. Vocês são um bando de empata-fodas, todos vocês. — Caminho pelo corredor em direção ao quarto para encontrar meu pênis, eu quero dizer, Zander.

Meia hora mais tarde, estou de banho tomado, relaxada — graças à mãozinha que Zander me deu e sua língua mágica — e na cozinha cercada pelas mães de Daniel e Mac, que estão disputando sobre tudo o tempo todo. Estou ocupada bancando a juíza, enquanto Daniel e Mac estão sentados no sofá assistindo ao show.

Zander sai do nosso quarto, chega na sala de estar e vai até o sofá, apertando a mão de Daniel e dando um beijo na bochecha de Mac, antes de vir para a cozinha me ver.

— Vou dar o fora daqui meu anjo. Me mande uma mensagem quando tudo estiver limpo, que eu volto na hora.

— Tem certeza? Você não tem que ir, Zan. Essa é a nossa casa agora.

— Eu sei, mas hoje é o dia da Mac e do Daniel. E se ele fosse um ex-amante, eu não gostaria que estivesse aqui também. Nós vamos superar essa estranheza... talvez em um ano, ou cinco, mas agora vou sair com Zach, ele está se sentindo um pouco negligenciado. Vejo você mais tarde, te amo.

— Te amo também. — Fico nas pontas dos pés e transformo seu beijo leve em um profundo e provocador, antes de voltar a ficar em pé normal.

— Por que isso? — ele pergunta, recuperando o fôlego.

— Só para te lembrar do que estará esperando por você aqui.

— Não vou esquecer nunca disso, meu anjo. Onde você estiver, é onde eu vou estar. Sempre e para sempre.

Aimeudeus! Sempre e para sempre. Essa é nova.

O chá de bebê foi ótimo. Vários colegas do trabalho de Mac apareceram, assim como os pais dos dois. Brincamos de arremessos de chupetas, cheirar fraldas "sujas", que na verdade tinha chocolate dentro, e claro, adivinhe o tamanho dos bebês dentro da imensa barriga de Mac. Quando os homens voltaram, algumas horas mais tarde, com comida e presentes, a festa ficou mais animada. Mac não conseguia tirar o sorriso do rosto, e estou nas nuvens por vê-la tão feliz.

Ela teve o seu final feliz, e estou trabalhando para ter o meu.

## Zander

Querendo ficar fora de casa à tarde, vou ao bar para ficar um pouco com Zach enquanto ele trabalha. O plano era que fôssemos jantar no seu intervalo, mais tarde.

Preciso de um tempo longe de casa para colocar a cabeça no lugar. Minha consciência culpada está ficando mais presente a cada dia. Já faz três meses que comecei a morar com Kate, e cinco meses desde que começamos a conversar, eu como *Dançarinonoturno23*.

Ela acha que sou tão nobre, honesto e franco. Como eu posso deixá-la acreditar nisso, quando assumi uma identidade *online* para conversar com ela? Isso está me matando. Amo tanto aquela garota e quero dar a ela tudo o que seu coração deseja. O que ela pede é honestidade, e minha mentira, ou o que ela acha que é mentira, pode ser nossa perdição. Tudo o que nós viemos trabalhando, construindo juntos, está em risco.

— Parece que seu cachorro acabou de morrer — Zach fala, enquanto troca meu copo vazio por um cheio.

— Eu ainda não falei com a Kate sobre a coisa do site de namoro.

Ele parece chocado.

— Você é a porra de um idiota. Quer perdê-la? Cara, essa coisa vai ficar ruim e vai destruir tudo, antes que você tenha a chance de arrumar.

— Essa porra já está fodida, Zach. Estou apaixonado por ela, e quero ficar com ela, mas como eu digo: "Ah, a propósito, sabe aquele cara que você andou conversando na internet? Sim, sou eu. Então o que temos para o jantar?"?

Ele ri para mim.

— Bem, não, mas você precisa contar a ela, e rápido. Vocês ainda estão conversando pelo site?

— Não faço a menor ideia. Não entro lá há meses. Merda, e se ela me mandou alguma mensagem? — Porra! Estive tão envolvido com a Kate que nem pensei no site. Ela era a única razão para eu ficar lá, depois de ter cumprido o desafio de Zach.

— Bem, que tal verificarmos? — Zach caminha pelo bar até a porta dos fundos, voltando alguns minutos depois com o seu laptop. — Aqui. Vai lá, mas nada de pornografia. O chefe vai me encher o saco. De novo. — Abro um sorriso, mas tenho uma sensação horrível na boca do estômago.

Entro no *Chicago Singles*, faço o *login* e me sinto enjoado quando vejo a mensagem que Kate me mandou semanas atrás.

PORRA! Dou um soco no balcão do bar, fazendo as garrafas balançarem, chamando a atenção de todos.

Zach olha ao redor.

— Desculpe, pessoal, não vai acontecer novamente. Que porra é essa cara? — ele sussurra alto.

Viro o computador e mostro a tela para ele. Um minuto depois ele olha para mim, seu rosto cheio de simpatia.

— Merda, Zan. Você tem que contar a ela o mais rápido possível.

— Eu sei — digo, resignado com o fato de que hoje à noite possa ser a última em que estaremos juntos. Mac me avisou que desonestidade era um negócio e tanto para Kate, e eu venho mentindo há meses. Ela fez amizade comigo, mas não sabia com quem estava falando. Ela ficou bêbada, riu e compartilhou seus sentimentos com essa minha versão, algumas coisas que ela não me contou nem mesmo na vida real. Pensando bem, ela nunca me contou que estava num site de relacionamentos *online*. Será que ela sente vergonha disso?

Estou perdido em pensamentos quando vejo Daniel e outros dois caras mais velhos entrando no bar e se sentando na mesa bem no meio do salão. Não existe a possibilidade de evitá-los sem parecer um filho da puta, e não tenho problemas com Daniel. Na verdade, ele é que deveria ter problemas comigo.

Olho para eles e levanto o queixo quando vejo que ele faz o mesmo. Ele sorri para mim e inclina a cabeça, me convidando a sentar com eles. Bem, pelo menos isso vai ser interessante.

— E aí, cara — ele diz se levantando e dando um tapinha amigável nas minhas costas. — Esse é meu pai, Will, e o pai da Mac, John. — Aperto a mão de ambos antes de me sentar ao lado do Daniel.

— Nós deixamos as mulheres lá e decidimos vir aqui tomar algumas bebidas e jogar sinuca. Quer se juntar a nós? — John pergunta.

— Tem certeza, cara? — pergunto para Daniel.

— Sim, claro. O passado é passado, e estou olhando para o futuro de forma ampla — Daniel diz. Ergo uma sobrancelha e olho para ele, que levanta o queixo querendo me dizer que tudo está bem. Não perco o fato de que todo o seu corpo fica tenso e ele parece muito nervoso.

— Então, com o que você trabalha, Zander? — Will pergunta enquanto levo minha cerveja até a boca.

— Sou um policial novato. Me formei há um mês.

— Parabéns. É uma carreira fantástica. Você sempre quis ser policial?

— Sim, sempre fui protetor, então só me parecia uma progressão natural das coisas.

— É a melhor forma.

— Então, Daniel, quando você vai tornar a Mac uma mulher honesta e dar àqueles gêmeos uma família de verdade? — John solta. Engasgo com a cerveja e olho para Daniel, que dá um longo suspiro, antes de se inclinar e colocar os cotovelos sobre a mesa.

— John, parte da razão de querer trazê-lo aqui é para falar sobre isso. Mac é o amor da minha vida. Acho que me apaixonei por ela na primeira vez que a vi, e me apaixono ainda mais a cada dia que passa. Eu vejo nossos filhos crescendo dentro da barriga dela e imagino nossa vida juntos daqui a cinco, dez, cinquenta anos. Trabalhei duro para chegar onde estamos hoje, e vou me matar ainda mais para ter a Mac em minha vida. Vou continuar apreciando cada dia que eu estiver com ela e, hoje à noite, a caminho de nossa casa, vou pedir a Mac em casamento, e eu realmente gostaria da sua benção.

Will e eu assistimos John franzir a testa, considerando a declaração de amor de Daniel para sua única filha. John faz com que ele pene um pouco, fazendo-o esperar enquanto fazia sons de "mmm" e "ah", como se estivesse considerando seriamente se dará sua permissão ou não. Daniel começa a se mexer nervosamente na cadeira, e juro que vejo suor escorrendo em sua testa enquanto ele aguarda a resposta.

— John, acho melhor você tirar o meu garoto dessa miséria. Olhe para ele, está uma bagunça — Will diz com um enorme sorriso no rosto.

— Ah, ok. Por favor, tire-a de nossas mãos, eu tenho esperado por isso há vinte e cinco anos. Mas vou te dizer uma coisa...

— Ah, sim. — Daniel o olha, parecendo confuso, imaginando o que ele irá dizer depois. Quer dizer, fala sério, ele é o pai de Mac. A loucura dela deve ter vindo de algum lugar.

— Não há devoluções, nenhum reembolso, sem garantias e devoluções de dinheiro. Você a quer, você a tem. Pela vida inteira. Até seu último suspiro.

— Eu não aceitaria de nenhuma outra forma, John. — Daniel se levanta e estende a mão. John faz o mesmo e eles apertam as mãos antes de ele puxar Daniel para um abraço de homens.

— Bem-vindo à família, Daniel. Ela não poderia ter escolhido um marido e um pai melhor que você para os gêmeos. — Bem, merda. Eu me sinto um intruso agora.

— Então, você vai fazer o pedido hoje? — John pergunta, sinalizando para Zach trazer mais uma rodada de uísque.

— Eu quero pedi-la em casamento antes de os bebês chegarem, e, já que é o aniversário dela, será um dia que ela nunca esquecerá. Ela sempre se lembrará de seu aniversário como o dia em que a pedi em casamento.

— Bem, isso pede uma bebida decente para celebrar — ele diz enfaticamente. — Não é todo dia que eu ganho um filho.

— Eu sempre farei as coisas certas com ela, John. Eu prometo isso a você.

— Já chega Daniel. Nossa, Mac precisa de um super-herói para mantê-la na linha — ele diz dando uma piscada.

Eu sabia que Mac tinha herdado sua loucura dele.

— Mac deveria pedir nossa permissão também? — Will pergunta com uma voz divertida.

— Não comece, coroa. Você está ganhando outra filha e dois netos. Já tem um ótimo acordo — Daniel diz com uma risada.

— Verdade — ele diz.

— Agora, já chega dessa merda de sentimentalismo. Vamos pegar nossas bebidas e ir para a mesa de sinuca. Sinto que vou chutar algumas bundas — John anuncia, na hora em que Zach volta com quatro copos de *Macallan* com uma pedra de gelo em cada. Ele ergue uma sobrancelha para mim, e eu apenas aceno, deixando-o saber que está tudo bem.

Vamos para a mesa de sinuca e passamos as próximas horas conversando bobagens e jogando com Daniel, o pai dele e seu futuro sogro. Era apenas isso o que o médico tinha receitado para uma das piores noites da minha vida.

222   BJ Harvey

# Capítulo 24
## A bagunça que eu fiz

*Zander*

Estou sentado no sofá navegando na internet quando Kate entra dançando pela porta do apartamento, literalmente exalando felicidade.

— Oi, amor — ela diz alegremente, deixando a bolsa no balcão e vindo até mim.

— Oi. Como foi o seu dia? — pergunto, colocando o computador na mesa de centro e abrindo os braços para ela. Ela pula no meu colo, me fazendo gemer de desconforto antes de me dar um beijo suave e arrebatador.

— Foi o melhor dia de todos. Daniel pediu Mac em casamento num dos vagões da l, na frente de um bando de estranhos. Foi épico.

Eu rio da sua excitação.

— Isso é ótimo. Estou realmente feliz por eles. Ele pediu a permissão do pai de Mac no bar essa tarde.

— Você tomou uma bebida com Daniel? E os pais?

— Sim.

— Ah, Zan, isso é ótimo. — Ela se remexe no meu colo, o que faz meu pau acordar como se estivesse acontecendo uma festa nas calças de Kate e ele quisesse entrar. De repente, minha mente fica livre de tudo de Mac e Daniel e cheia de imagens de Kate nua debaixo de mim.

— Anjo, se você continuar me olhando desse jeito, vou te pegar em cinco segundos.

— Não faça promessas que não pode cumprir. — Seus olhos caem para o meu pau a meio mastro, enquanto passo o braço por suas costas, coloco os dedos em seu cabelo vermelho macio e a puxo de encontro aos meus lábios. Minha língua se movimenta, procurando a dela e passeando por toda a sua boca, fazendo nós dois gemermos. Preciso dela nua; preciso de pele contra pele. De repente, estamos arrancando nossas roupas, e estou deitado em cima de uma Kate nua no sofá.

— Viu? — digo com um sorriso presunçoso no rosto.

— Agora que você me tem, o que você vai fazer comigo? — ela ergue uma sobrancelha, seus olhos brincando com divertimento, mas ainda cheios de luxúria.

Empurro os quadris contra os dela, meu objetivo bem no alvo e ela geme alto. Inclino-me e a beijo, tomando sua boca como se fosse a última vez que eu fosse beijá-la. Alcanço sua boceta molhada entre nós e enfio meus dedos nela, circulando seu clitóris até que ela goze na minha mão. Ela está muito molhada. Seus sussurros e gemidos estão me deixando louco e necessitado de estar dentro dela. Tomado pelo sentimento, movo meus joelhos devagar para que eles fiquem entre suas coxas, abrindo-a para mim.

— Merda. Preciso pegar uma camisinha.

Ela me detém e segura meu rosto com suas duas mãos pequena.

— Quero sentir você, Zan. Não quero nada entre nós. Estou segura e tomo pílula. Confio em você.

Eu a olho e procuro por qualquer sinal de incerteza. Merda, ela confia em mim. A intensidade desse momento me faz querer desistir, mas balanço a cabeça e a penetro bem devagar. Ela agarra minhas costas, suas unhas cravando, apenas o suficiente para me arranhar. Caralho, eu amo essa mulher, e, por Deus, ela é perfeita ao redor do meu pau.

— Ah, anjo, você parece o paraíso.

— Mmm — ela murmura antes de me beijar novamente. Diminuo o ritmo e faço amor com ela, com calma e saboreando o meu momento. Pode ser a última vez que eu a vejo. A última vez que a toco, que estou com ela.

O que quer que aconteça depois de nossa conversa de hoje, sei que sempre a amarei. Nada pode influenciar meus sentimentos. Ela foi feita para mim. Minha princesa. Minha vida. Na hora que chegamos ao clímax juntos, eu a beijo bem devagar. Com cada investida da minha língua na dela, cada carícia de seus lábios, memorizo cada parte dela; seu gosto, seu cheiro, os pequenos sons que ela faz quando está excitada.

— Eu te amo — ela murmura contra meus lábios. Sua voz rouca chega ao meu coração, apertando-o com força. Nunca pensei que a machucaria, mas essa é a bagunça que eu criei. Só espero que ela me escute tempo suficiente para me dar chance de me explicar.

### Kate

Após um banho e outro orgasmo pela boca talentosa do Zander, estou sentada no sofá girando os polegares. Zander disse que queria conversar comigo depois do jantar, então estou meio que ansiosa. Vejo seu laptop aberto e decido verificar meus e-mails para passar o tempo até que ele esteja vestido e pronto para ir pegar algo para comermos.

— Zan, posso usar seu computador para ver os meus e-mails? A bateria do meu acabou — grito para o corredor.

— Claro, amor. A senha é ruivinha.

Ruivinha? Onde já ouvi esse nome antes?

Digito a senha e abro o navegador, digitando meu e-mail e esperando a página carregar. Vejo seus favoritos e percebo o *"Chicago Singles"* como uma das páginas mais visitadas. Isso não parece certo. Zander nunca precisaria entrar num site de namoro. Quer dizer, ele é o Deus da Beleza. Não precisa da internet. Basta flexionar os músculos ou levantar a camisa, que ele teria várias mulheres o atacando. É ainda pior agora que ele está trabalhando o tempo todo; uniforme de policial dá muito tesão.

A minha curiosidade desperta e entro na página. Congelo quando vejo o *nickname*.

Certamente deve ser uma brincadeira. Não existe a possibilidade de Zander, meu Zander, ser o *Dançarinonoturno23*.

Não, não, não, não. Não existe a possibilidade de isso estar acontecendo.

*Ruivinha.*

*Dançarinonoturno23.*

*Dançarinonoturno23.* Ele é a porra de um stripper. Dança à noite e tem vinte e três anos. Meu namorado. O homem que há quinze minutos estava com a boca em mim, enquanto eu gritava o nome dele.

Minha respiração acelera enquanto pânico e raiva correm por meu corpo. Com mais calma do que seria possível, coloco o laptop de volta na mesa de centro e me sento novamente no sofá, pensando em todas as possibilidades do resultado dessa porra.

Devo ignorar? Esquecer? Não. O que foi visto não pode ser esquecido.

Na minha cabeça, repasso todas as conversas que já tivemos. Será que eu me aproximei dele ou ele que me procurou? Isso foi uma brincadeira que deu errado? Não, eu não acredito nisso. Zander não é cruel. Ele não faria isso, faria? Mentira é um grande ponto de discórdia para mim. Quebra minha confiança. Ele sabe disso.

Será que devo ignorar e esperar que ele me fale tudo? Que se foda, ele teve todas as oportunidades de me contar sobre isso, então será que devo confrontar ele agora e arriscar tudo pela verdade?

A cada minuto que passa, meu corpo fica mais tenso e minha raiva aumenta. Meu coração parece que está sendo firmemente pressionado dentro do peito.

Continuo analisando demais, sabendo que vai me deixar insana não saber a verdade. Sempre acreditei que, se você ama alguém, ama de verdade, não mente para essa pessoa. Não sobre algo dessa magnitude. Ele está mentindo para mim há meses, pelo que parece, e pior ainda, vem me mandando mensagens como *Dançarinonoturno23* depois de se mudar pra cá. O que ele estava fazendo?

Ele provavelmente pensou que não precisaria me contar a verdade, já que mandei uma mensagem de adeus há meses.

Por que isso aconteceu comigo novamente? A última pessoa que deixei mentir para mim foi Liam, mas isso é muito pior, porque me permiti imaginar um futuro com Zander; vivendo feliz, apaixonada e na esperança de que fosse assim para mim, para nós.

Pensei que eu tivesse finalmente encontrado o meu príncipe; a pessoa que me fez ver o mundo com mais brilho, para viver uma vida plena, e a quem eu amaria incondicionalmente.

Quando Zander aparece, vindo do corredor, sua expressão muda para a de preocupação quando me vê. Eu apenas o encaro, minha expressão é de choque.

— Amor, o que houve?

Só ouvir sua voz já me perturba. As lágrimas que venho tentando segurar caem, e de repente meus ombros estão tremendo de tanto que soluço. A grandiosidade da situação me atinge como um veículo de dezoito rodas com carga máxima. Eu o encaro, quase como se pudesse olhar através dele. Meu corpo inteiro sente o peso disso. Com a voz desprovida de emoção, abro a boca.

— Me diz você, *Dançarinonoturno23*.

Ele está de pé, na minha frente, imóvel e com a boca aberta. Ele olha para o computador e vê o site do *Chicago Singles* aberto. Alguns segundos se passam com ele incapaz de falar, incapaz de dizer qualquer coisa para mim.

— Meu anjo, eu posso ex...

— Ah, pode mesmo, pode? — digo com a voz cheia de veneno. — Você pode explicar por que tem mentido para mim? Por que decidiu continuar esse seu pequeno jogo depois de já ter se mudado para cá? Aposto que pensou que eu fosse estúpida. A pobre Kate teve que recorrer àquela coisa de namoro pela internet. Eu te dei meu coração...

Minha voz trava na garganta, os soluços desgastando o meu corpo. Toda força que eu tinha reunido desapareceu à medida que a dor tomou lugar.

Ele dá um passo em minha direção, mas levanto a mão para detê-lo.

— Acho que você deveria ir embora. Volte para a casa do Zach, ou onde quer que queira, e me deixe em paz. Acho que não te conheço mais. Você sabia que a mentira era um motivo para quebrar a minha confiança, e ainda sim, você me manteve nesse relacionamento ardiloso. O que eu fui pra você? Uma transa fácil e conveniente? Tenho que te dar algum crédito, então. Pelo menos, você teve paciência de esperar a minha regra dos três encontros... bem, quase. Você disse que me amava.

Um soluço escapa dos meus lábios, e limpo o nariz de uma forma nada bonita, com as costas da mão. Engulo com força e espero que minha voz esteja firme quando começo a falar novamente.

— Pensei que era a porra da mulher mais sortuda do mundo porque eu era amada por você. Você tinha me escolhido — solto essas últimas palavras, minha voz trêmula na melhor das hipóteses.

— Claro que eu te amo. Porra, não tenha dúvida disso. Nunca, amor. Sente-se e me deixe te explicar. Não é o que você está pensando.

— Não quero ouvir nada do que você tenha a falar porque sei que vou desmoronar. Você vai tentar fazer isso parecer melhor do que é. Vai me dizer que não era você que estava conversando comigo no site de namoro por quase dois meses sem me deixar saber que era você? Que você nunca fingiu ser outra pessoa e me mandou mensagem depois de se mudar? Depois que começamos a namorar?

— Meu anjo, eu...

— Não. Vou sair e, se você sabe o que é melhor para nós dois, já vai ter ido embora quando eu tiver voltado. — Pego a bolsa de cima do balcão e caminho até a porta, me virando uma última vez e dando um longo olhar doloroso para o homem que quebrou a minha alma. Meu coração se estilhaça quando vejo a minha dor refletida em seu rosto.

— Pensei que eu tinha encontrado "o" homem. Pensei que fosse você. Mas, mais uma vez, a Kate sonhadora apenas se deixou acreditar na porra de um conto de fadas. Essa é a última vez que cometo esse erro.

Ele tenta se aproximar.

— Amor, você tem que me deixar explicar. — Ele está implorando, mas eu não posso. Não agora.

Fecho a porta atrás de mim e corro escada abaixo para pegar um táxi na rua. Só tem um lugar para onde eu posso ir.

Só espero que ela não me mate por ser sua empata-foda.

230   BJ Harvey

# Capítulo 25
## Tentando dormir com um coração partido

*Zander*

Sou um idiota estúpido.

Eu deveria ter contado a Kate há meses sobre a coisa da internet. Deveria ter explicado minhas razões e evitado essa dor no coração. A dor no meu peito é paralisante. Nunca pensei que sentiria uma dor igual a que vi minha mãe sentir quando perdeu meu pai, mas isso é pior. Essa é a minha dor.

Mac me mandou uma mensagem uma hora depois de Kate ter saído, me avisando que ela tinha pego um táxi e ido para o apartamento de Daniel.

**Mac:** *Ela está aqui. Você é um idiota. Por que não contou a ela?*

**Zander:** Eu sei que fodi com tudo.

**Mac:** *Ela está uma bagunça. Isso é mais do que um simples "fodi com tudo". Eu te avisei.*

**Zander:** Porra! Como eu posso consertar isso?

**Mac:** *Tenho certeza de que ela vai voltar atrás. Ela só precisa de tempo.*

**Zander:** Eu vou embora amanhã de manhã.

**Mac:** *Você tem certeza de que não quer ficar e lutar por ela?*

**Zander:** Vou lutar por ela até a minha morte, mas ela me pediu para ir embora, então eu vou.

**Mac:** *Ok. Ela vai ficar aqui essa noite. Mas, por agora, não quer conversar comigo.*

**Zander:** Merda. Me desculpe, Mac. Diga a ela que eu a amo. Diga que vou consertar as coisas.

**Mac:** *Eu vou tentar.*

Por mais que eu tente acreditar que Kate vai me perdoar, tenho um pressentimento horrível de que a perdi para sempre.

Porra, eu queria ter uma máquina do tempo para que eu pudesse voltar todos aqueles meses e dizer a ela, na minha primeira mensagem, que eu era o *Dançarinonoturno23*.

Ela me disse que se sentia estúpida, e que "a pobre Kate teve que recorrer à internet para namorar". Nada poderia estar mais longe da verdade, mas ela não me deu chance de explicar. Apenas saiu porta afora, mas não antes de me dar um último golpe esmagador no coração. Ela pensou que eu fosse "o" homem.

Passo a noite toda deitado na nossa cama, imaginando como eu fodi com tudo e como, em nome de Deus, vou trazer minha garota de volta. Porque eu a quero de volta.

Eu preciso dela.

O sol nasce e eu quase não dormi e ainda tenho um turno infernal pela frente. Tenho tentado ligar para ela, mas sempre cai direto na caixa postal. Cada mensagem é ignorada. É como se ela fosse a Antártica e eu, um navio encalhado sem navegação.

Caralho!

Só preciso de uma chance para me explicar. Talvez um pouco de espaço seja necessário. E se eu me mudar para o meu antigo apartamento? Isso vai dar a Kate um espaço para pensar sobre as coisas.

Sim. Acho que é isso que vou fazer. Pego o celular e ligo para Zach.

— Zach.

— Zan. O que foi?

— Preciso do meu quarto de volta.

— Você já fodeu com as coisas, cara?

— Vai se foder.

— O que você fez? Foi pego com as calças arriadas?

— Não, seu idiota. Você procuraria em qualquer outro lugar se você tivesse uma Kate? — A linha fica muda. — Não, acho que não.

— Ela descobriu sobre o perfil no site de namoro, e que eu era o cara com quem ela estava conversando.

— Você é um idiota de merda, cara. Pensei que você tivesse contado a ela. Não foi por que você não voltou?

— Eu não me mudei de volta, porque estávamos juntos e felizes. Para ser honesto, me esqueci sobre a porra do estúpido site. Eu não faço login há um tempo. Isso até essa tarde no bar. Ela pegou meu laptop emprestado hoje à noite e deve ter visto o site nos meus favoritos.

— Você fodeu com tudo.

— É mesmo? — respondo com sarcasmo.

— Então, ela te mandou embora?

— Mais ou menos. Me disse para ir embora antes de ela voltar e então saiu. Mac me mandou uma mensagem ontem à noite. Ela foi para a casa deles. Acho que seria melhor eu me mudar e dar a ela algum espaço.

— Tem certeza de que isso não pioraria as coisas?

— Não tenho certeza de nada nesse momento, mas pelo menos ela pode voltar para casa sem que eu esteja aqui para impedi-la. É o mínimo que posso fazer.

**Felicidade Verdadeira 233**

— Você vai reconquistá-la?

— Espero que sim. Não quero mais ninguém. Só ela.

— Bem, você precisa dizer isso a ela. Sou a pessoa errada, meu raio de sol — ele fala.

— Se ela atendesse a porra do telefone ou respondesse alguma das minhas mensagens, então eu teria falado.

— Ela não vai te responder, cara. Você precisa fazer algo grande, enorme, para consertar isso. São essas coisas que fazem os relacionamentos acabarem. Você ferrou com tudo. Precisa assumir isso, depois segue em frente e tenta consertar as coisas com ela.

— Falou o sábio. Tenho que ir trabalhar. Vou empacotar minhas coisas e deixar no meu quarto a caminho de lá. Tudo bem?

— Claro, cara. Espero que você ajeite as coisas.

— Eu também. Mais do que qualquer coisa que eu já quis na vida.

### Kate

Mal consegui falar quando bati na porta de Mac e Daniel na noite passada. Estava prestes a ir embora quando Daniel atendeu a porta com uma toalha em volta da cintura, e o melhor cabelo de pós-foda que eu já vi. Comecei a chorar novamente, sabendo que interrompi o sexo de celebração de noivados deles.

— Eu... me desculpe. Eu vou... em... em... embora — gaguejei, me virando em direção aos elevadores.

— Kate! Entre aqui agora. — A voz de Daniel rugiu pelo corredor. Entrei pela porta e fixei residência no sofá deles.

— Me desculpe. Eu sabia que causaria problemas vindo aqui.

— Kate, você é bem-vinda a qualquer hora. Você precisa da Mac e de mim. Estamos aqui para você.

Comecei a chorar novamente, e os olhos de Daniel suavizaram quando ele se virou em direção ao quarto e gritou.

— Mac, vista uma roupa e venha aqui. Kate precisa da sua melhor amiga.
— Ele caminhou até mim e se sentou. — Qualquer coisa que ele tenha feito, vai ficar tudo bem.

— Como é que...? Deixa pra lá. Não acho que vai ficar tudo bem — cuspo as palavras antes de enterrar o rosto em seu peito e deixar as lágrimas correrem.

— Kate, se isso é uma vingança por mais cedo, eu... — Mac entra na sala e para quando me vê, a dor marcando seu rosto.

— Merda. Superman, ela precisa de vinho branco. Imediatamente.

— Isso eu posso providenciar. — Com um beijo na minha testa, Daniel se levanta e vai em direção ao quarto para se vestir.

Mac se senta perto de mim e passa o braço em volta dos meus ombros. Minhas lágrimas não param de cair. Não sei como pará-las. Será que eu quero pará-las? Estava muito além de me importar em como eu estava parecendo. Meu coração estava quebrado. Meu relacionamento aparentemente perfeito tinha sido uma mentira.

— Minha amiga, o que aconteceu? — ela pergunta ao mesmo tempo em que Daniel me entrega uma taça de vinho e se senta do lado oposto ao nosso. Nem tinha percebido que ele tinha voltado.

— Eu cheguei em casa com um astral muito bom. Você me conhece, sou emocional. Chorei o tempo inteiro em que Daniel estava de joelhos na sua frente. Bem, eu meio que pulei em cima do Zander quando cheguei em casa, e tudo estava certo no mundo. Você tinha seu homem dos sonhos. Eu tinha o meu. Então, quando perguntei se eu podia usar o computador dele... não pensei em nada até que vi o site do *Chicago Singles* em seus favoritos. Foi mais forte do que eu e abri, e tinha o *nickname* dele salvo, pronto para entrar.

**Felicidade Verdadeira 235**

— Não é um crime estar em um site de relacionamento, querida.

— Não, mas você se lembra do cara que eu te contei que eu estava conversando pela internet?

— Sim, mas você parou de conversar com ele já há algum tempo, certo?

— Claro que sim. Eu mandei uma mensagem para ele há meses, depois do meu segundo encontro com Zander e disse que tinha conhecido alguém, e queria ver até onde ia dar.

Olho para Mac, mas seu rosto está inexpressivo. Ela retira a mão dos meus ombros e as coloca sobre seu colo. Algo parece errado. Eu esperava que ela ficasse mais puta com ele. Minha melhor amiga ficaria como se fosse um cão *buldogue* raivoso, mas não está. Ela sabia da minha posição sobre mentiras, mas ainda assim ficou quieta, olhando para o chão como se quisesse que ele a engolisse.

Foi o que ela não disse que me chamou a atenção. Ela estava muito quieta e cautelosa, comparada com quando eu cheguei. Sua reação estava muito controlada.

— Mac, o que...

— Ele ficou com raiva de você por ter bisbilhotado ou algo assim? — ela perguntou, me interrompendo.

Ela está muito na defensiva.

— Não, nem um pouco. Mac, o que você não está me contando? — Olho diretamente em seus olhos, chocada quando percebo que ela desvia o olhar. Seu corpo se retesou enquanto olhava para Daniel, que apenas deu de ombros, obviamente desconfortável.

— Mac? — Então, me dou conta.

Levanto-me e aponto o dedo para ela.

— Você sabia, não é? Você sabia que era ele. Era por isso que você estava me encorajando a continuar conversando com o *Dançarinonoturno23*... e Zander, pensando bem. Ah, pelo amor de Deus. Mas que merda é essa? Era para você ser minha melhor amiga! — Balanço o braço entre nós com raiva. — Era para nós contarmos tudo uma para a outra. Não posso acreditar que, de todas as pessoas, você me enganaria. — Pego minha bolsa e caminho até a porta.

— Kate, espere! — Daniel me chama, sua voz baixa. Ele estava com raiva também, mas, quando o olhei, vi que não era de mim. Mac ainda estava sentada no sofá encarando a nós dois com descrença.

— Fique no quarto de hóspedes. Não quero que você fique sozinha por aí quando está tão chateada. Se você precisa de espaço, você terá, mas não vá para casa. Você sabe que ele não sairá de lá até que a veja novamente. Eu mal conheço o cara, mas, pelo que vi dele hoje à tarde, ele é muito persuasivo para deixá-la ir sem uma boa briga. Durma aqui. Ok?

Ele passa as mãos de cima para baixo nos meus braços e eu assinto, sabendo que ele está certo. Viro-me e começo a ir em direção ao quarto de hóspedes.

— Eu sinto muito, querida, mas você sabe que ele te ama. Pode não parecer agora, mas ama. Nunca o vi desse jeito. Ele é diferente com você. — Olho para Mac e vejo seus olhos cheios de lágrimas. Melhor eu não falar nada nesse momento, ou posso me arrepender mais tarde, o que não faria bem a nenhuma de nós duas. Ela está grávida de gêmeos e não precisa de estresse, e estou muito puta para me controlar.

— Sinto muito também — eu digo dando as costas para ela.

Escuto Daniel levantar a voz enquanto fecho a porta atrás de mim. Odeio ter causado problemas a eles, mas Mac estava errada. Quaisquer que fossem suas razões, ela estava errada.

Desabo na cama queen size à minha frente. Chuto os sapatos para longe e me curvo numa posição fetal, agarrando um travesseiro e colocando-o embaixo da cabeça. Deixo as lágrimas caírem. Uma para cada vez em que pensei que Zander fosse diferente; que ele não era igual aos homens do meu passado. Sinto meu telefone vibrar novamente e vejo o nome de Zander aparecendo. Ele vem ligando sem parar desde que saí de casa. Ele deve saber que é melhor do que vir

**Felicidade Verdadeira 237**

atrás de mim, mas as dez chamadas perdidas e inúmeras mensagens mostram que ele está preocupado.

Desligo o celular e o jogo no chão. Não me importo com nada agora.

Adormeço na mesma posição, agarrada ao travesseiro como se ele fosse uma tábua de salvação.

## Capítulo 26
### Dê um tempo ao seu coração

*Kate*

Quando acordo de manhã, me sinto exausta. Remexi na cama a noite toda. Pela primeira vez em três meses, dormi sozinha, e fiquei inconscientemente procurando pelo homem que eu sabia que não estava ali, desejando a sensação de seu corpo quente e duro contra o meu.

Meu coração dói como nunca tinha acontecido antes pela perda de um bom homem que eu pensei conhecer e por saber que minha melhor amiga sabia esse tempo todo e não me contou.

Pego o celular no chão. Ligo-o e encontro mais chamadas perdidas e mensagens não respondidas. Já passei do ponto da raiva nesse momento. Pulei o estágio da negação e fui direto para o da depressão. Meu corpo está pesado. Quero ficar presa nesse quarto para sempre e esquecer tudo sobre essa bagunça que está me esperando do lado de fora dessas paredes e desse apartamento.

Como uma coisa tão certa se torna horrivelmente errada em alguns minutos? Como posso ir de um extremo muito bom e alto a outro tão baixo e devastador?

Leio as mensagens Zander, atormentando a mim mesma com a esperança de que ele esteja tão mal quanto eu.

**Zan:** Meu anjo, você precisa me deixar explicar. Me perdoe. Eu te amo.

**Zan:** Eu nunca quis te magoar. Só queria te conhecer. Você tem estado comigo desde aquela noite em que te coloquei na cama.

**Zan:** Eu só vi seu adeus naquele site ontem. Eu ia conversar com você sobre tudo isso no jantar. Eu te amo.

Então, meus piores temores se concretizaram quando li a primeira mensagem que ele tinha me mandado hoje de manhã.

**Zan:** Quase não dormi. Sei que você está na casa da Mac porque ela me mandou uma mensagem ontem à noite contando. Estou com uma puta saudade. Não posso dormir aqui sem você, por isso vou voltar para o apartamento do Zach. Mas isso não significa que estou desistindo. Você só precisa me deixar explicar e me desculpar. Eu te amo mais do que tudo.

Ele terminou cada mensagem dizendo que me amava. É isso que os homens usam para dar alguma vantagem nas circunstâncias? Se eu fosse apenas um sexo casual para ele e parte de um jogo, será que ele me ligaria vinte e cinco vezes e me mandaria várias mensagens dizendo que precisava se explicar e que ia me contar tudo ontem à noite mesmo?

Essa mensagem me deixou triste de novo. Ele realmente me escutou e me deu o que eu pensei que queria na hora. Estava com muita raiva e machucada além do que se podia acreditar quando pedi que ele fosse embora.

O que foi que eu fiz, meu Deus?

Olho para o relógio. Ele deve estar no serviço agora. Está começando um turno de cinco dias normais. Eu estava ansiosa por essa semana, por acordar com ele e ir para a cama juntos à noite. Agora tudo o que me espera é um apartamento vazio.

Será que eu me excedi? Será que devo deixá-lo se explicar? Será que estraguei tudo não o deixando falar? Saio do quarto e vou para a sala de estar, onde encontro Daniel sentado à mesa de jantar com uma caneca de café nas mãos e lendo o jornal.

— Bom dia. Onde está a Mac?

Ele me olha e dá um pequeno sorriso.

— Está mergulhada na banheira. Não dormiu muito bem. Provavelmente por causa das palavras duras que eu disse a ela ontem à noite. Acho que ela está se sentindo um pouco pior pelo desgaste. Ela realmente sente muito por ter te machucado, Kate.

Suspiro e me sento de frente para ele.

— Eu sei. Só não esperava isso dela, sabe?

— Eu sei. Suas intenções foram boas. A execução nem tanto. — Ele dá de ombros e posso dizer que ele sente pena de mim.

— Espero não ter causado problemas entre vocês. Eu amo tanto vocês. Não aguentaria isso.

— Kate, nada vai me fazer amar essa mulher menos. Ela errou, e tenho certeza de que ela está ciente disso, mas logo ela vai melhorar. O que eu quero saber é o que você vai fazer agora que sabe toda a história. — Ele se recosta na cadeira e me olha. Esse é o Daniel agindo como um irmão mais velho, e, para ser honesta, é exatamente o que eu preciso.

— Eu o amo. É mais forte do que eu. Não sei se Mac falou com você sobre Liam, mas ele foi um ex-namorado que me manteve como seu casinho secreto sujo por seis meses antes de eu encontrá-lo em sua própria festa de noivado. Mentira sempre foi algo que quebra minha confiança. Eu posso lidar com todo o resto, exceto isso.

— Eu te entendo, querida, realmente entendo, mas ele não é um desses caras. Pelo que a Mac me disse, ele não é o tipo de cara que só quer transar com você. Ele é um bom cara e com uma boa família que faria qualquer coisa por você.

— Ele é todas essas coisas.

— E você está realmente pensando em desperdiçar a chance de algo bom com ele sem dar ao cara a oportunidade de explicar por que ele fez isso?

Encaro Daniel, o silêncio entre nós diz mais do que qualquer palavra que eu possa dizer.

— Eu pensei que não. Você é bonita, gentil, uma mulher incrível que qualquer cara decente daria suas bolas para ter. Veja o que Mac e eu passamos para chegar ao ponto em que estamos hoje. E se ele não pudesse se aproximar de você de outra forma a não ser pela internet? E se a tentativa da Mac de ser um cupido foi mais do que apenas um pensamento? E se sua melhor amiga, que a conhece melhor do que qualquer um, soubesse que você e Zander seriam bons um para o outro?

Meus olhos se enchem de lágrimas com suas palavras. Merda, ele está certo.

Bem na hora, Mac chega na sala e vem até mim, me puxando para um abraço.

— Sinto muito, querida. Eu realmente sinto. Pensei que vocês fossem feitos um para o outro. Ele é um grande protetor, e você, a grande sonhadora esperando ser cuidada. — Ela está chorando agora também. — Merda de síndrome do olho furado. É culpa sua, Superman. — Aposto que ela está sorrindo para ele por sobre meu ombro.

— Ei, não me coloque nisso — ele diz olhando para nós duas e rindo.

— Agora, que tal eu levar as senhoras para tomar café fora? Depois, podemos dar a Kate um tempo para pensar em tudo o que ela está passando.

— Parece um plano, Superman — eu digo antes de cair na gargalhada, percebendo o que eu acabei de dizer.

— Você é um poeta e nem você sabia — Mac retruca, rindo enquanto Daniel apenas olha para o teto e murmura algo inaudível.

Até que eu tenha, não vou ficar pensando além do meu café da manhã com meus amigos.

Vou dar ao meu coração um tempo.

*Zander*

Vinte quatro horas se passaram e não ouvi uma palavra da Kate. Nada de respostas às minhas mensagens, nem ligações. Nem tenho notícias de Mac. Se o inferno se parece com isso, então nunca mais vou pecar.

Sinto falta do seu sorriso, do jeito que ela ilumina qualquer ambiente quando estou perto dela, do calor ao meu redor quando estou com ela nos braços à noite. Porra, eu pareço uma mulherzinha, mas não me importo. Eu preciso reconquistá-la. Só preciso de uma chance para me explicar, uma oportunidade para arrumar toda essa bagunça que eu fiz.

Samantha, que agora é minha parceira, fica reclamando que eu estou distraído e passivo. Mudei depois disso e foquei no trabalho, mas, quando volto para o apartamento de Zach, é uma história totalmente diferente. Eu estava tão acostumado a voltar para casa, para Kate, que agora o apartamento parece frio, estranhamente silencioso. Minha cabeça continua imaginando o que a Kate está fazendo, se ela está bem, se ela ainda está puta comigo. A falta de comunicação vem me dizendo que sim.

Como eu posso consertar as coisas com ela?

Suas palavras me cortaram como uma faca. Eu sabia que a coisa toda do *Dançarinonoturno23* ia me ferrar. Só esperava que ela me desse a chance de me explicar, mas, olhando para trás, sei que em nada ajudaria. Nunca foi minha intenção continuar conversando com ela depois que me mudei, mas, depois do nosso primeiro beijo, no qual eu disse a ela que íamos a um encontro, minha curiosidade aumentou e imaginei onde sua cabeça estava.

Quero ligar para Zoe ou Mia para saber a opinião delas, mas sei que elas me matariam por ter magoado a Kate. Elas a amaram no fim de semana que nos visitaram, e não sei se posso lidar com outra mulher que eu amo me dando um sermão agora.

Estou mais aliviado por saber que a Kate foi para casa de Mac. Sinto-me melhor sabendo que ela está em segurança. O cara protetor que existe em mim quer ir até lá e arrastá-la de volta para casa.

Domingo à noite não consigo mais me controlar. Vou até o apartamento de Kate e bato na porta. Só quero vê-la, me certificar de que ela está bem. Até liguei para ela e implorei que atendesse a porta, mas ela não veio.

Se ela precisa de espaço, posso lhe dar, mas não espere que eu dê muito. Preciso mostrar a ela que estou sendo sincero; que a porra da coisa da internet era apenas para que eu pudesse conhecê-la, me aproximar. Eu preciso lhe dizer que eu a quero desde o dia em que a conheci, mas não me achava digno dela naquela época.

Ela me disse que tinha pensado ter encontrado "o" homem. Bem, preciso provar a ela que ela não está errada. Quero ser tudo o que ela quer e precisa que eu seja, e vou passar o resto da minha vida tentando ser mais ainda do que isso. Quero reafirmar a ela o que eu disse naquela noite quando me neguei ficar com ela.

E vou provar que sou o único que vai dar isso a ela.

Uma semana se passou e ainda nenhuma palavra de Kate. Minhas ligações diárias ainda não são atendidas, assim como as mensagens não são respondidas. Estou morrendo com o tratamento do silêncio. Eu realmente esperei que ela me ligasse e escutasse. Mas estou começando a pensar que subestimei o tanto que a magoei, então segunda de manhã, nove dias desde que me mudei, tenho um tempo e passo numa floricultura perto do lugar em que ela trabalha. Encomendo apenas uma única rosa cor-de-rosa e envio para o seu trabalho todos os dias, durante essa semana. É um pequeno gesto, mas espero que os cartões que pedi para serem enviados junto a façam entender a minha mensagem. Devagar, mas com certeza, estou determinado a lhe mostrar como me sinto.

Sam e eu tivemos que parar num clube noturno na Rua Division para uma batida de rotina. Parece que o dono do clube entrou numa briga recentemente e foi liberado sob fiança, que seu irmão pagou. Sam me diz no caminho até lá que o irmão é algum advogado, que alegou não ter nenhum conhecimento de qualquer transação duvidosa na qual o irmão estivesse metido. Detetives estavam em sua cola, mas ele estava livre.

Chegamos do lado de fora do clube — o nome me parece familiar por alguma razão, mas não consigo me lembrar. Olho para os arquivos do cara que estamos procurando, Ryan Miller. Não, eu não conheço a cara do cidadão. Ele tem trinta anos e é dono de metade desse clube junto com o irmão, Sean Miller. Cacete, esse nome é familiar. Por que eu...

Puta merda.

Não é possível que esse seja o advogado que Mac costumava transar. Ela me disse uma noite sobre Sean e o "clube" dele, que, em suas palavras, tinha salas vips "excitante pra cacete" no andar de cima para algumas formas variadas de sexo. Cacete.

Conflito de interesse, não. Fator de conforto, zero.

— Hum, Sam, eu conheço o irmão, o advogado.

— É?

— Sim. Amigo de uma amiga. Acho que, honestamente, aqui não é apenas uma casa noturna. É também um clube de fetiche. Eu não vi, mas, pelo que me consta, existem salas vips no andar de cima que ficam bem agitadas durante a noite, se é que você me entende.

Sam parece um pouco perturbada pela minha revelação.

— Bem, não importa. Estamos aqui para verificar o Senhor Miller, o mais novo Senhor Miller, e depois seguimos nosso caminho. Não há necessidade de ficar, basta fazer com que saibam que viemos, verificamos se tudo está em ordem, depois saímos. Tudo bem com isso, Roberts?

Percebo que ela está piscando mais do que o normal. Ela parece levar um minuto, fecha os olhos e respira profundamente antes de abri-los novamente.

— Pare de me encarar e saia do carro. Não estamos aqui para perder tempo, temos trabalho a fazer.

Começo a rir. Sam é muito seca na maioria das vezes, mas, de vez em quando, ela diz algumas coisas que me fazem rir.

— Sim, madame — eu digo acrescentando uma saudação simulada a ela.

Saímos do carro, e verifico meu cinto, vendo se tudo está no lugar. Sam balança os ombros e dá uma longa respiração antes de bater na porta. Quando não há resposta, ela levanta a mão e a empurra.

— Olá? Polícia de Chicago. Estamos aqui para ver o Senhor Ryan Miller.

— Por aqui — uma voz fala por trás do bar escuro. Todo o lugar é escuro, a única luz vem de trás do bar e de algumas poucas luzes espalhadas ao redor da pista de dança. Eu levo algum tempo para me acostumar com o que me cerca. Esse lugar é insano. Olho para cima e vejo que a pista de dança é cercada por um segundo andar cheio de vidros espelhados. Se você estiver lá, tem a falsa impressão de que todo mundo pode te ver.

De repente, imagens de mim e Kate invadem a minha mente, nós dois transando contra o vidro, e a fantasia de todo mundo nos assistindo me deixa duro na hora.

Cacete. Não é a hora, cara. Se acalme, porra.

Olho para Sam, que está parada na minha frente com a sobrancelha levantada.

— Você está bem, Roberts? Estava viajando.

— Claro. Só verificando o lugar.

— Certo... ok, então, vamos encontrar o cara e dar o fora daqui. Muito escuro para o meu gosto — ela murmura, sua voz perdendo o ar autoritário de sempre. Samantha Richards é osso duro de roer, uma verdadeira sargento, na maioria das vezes. Seu cabelo loiro cor de areia está sempre em um coque apertado, nunca com um fio de cabelo fora do lugar ou um vinco no uniforme. Ela segue estritamente as regras. Levou um mês para que ela desse uma pequena relaxada perto de mim. Ela me disse que pediu ao Capitão para que me designasse a ficar com ela porque ela pensou que trabalharíamos bem juntos, e nós trabalhamos, mas, por Deus, às vezes eu queria que ela relaxasse um pouco. Também gostaria de saber quem fez algo a ela para que ficasse tão insensível e rígida. Essa mulher grita que precisa de sexo, e, quanto mais cedo, melhor.

— Ele está ali no bar. Venha. — A mesma voz masculina nos chama.

Quando chegamos lá, um homem de cabelo castanho e com boa estrutura se levanta, nos assustando.

— Presumo que vocês estejam procurando por mim. Estou só estocando o bar. Isso é permitido, não é? — Esse cara é cheio de atitude. Esse tipo de gente é sempre um desafio, algo que eu aprendi trabalhando na patrulha geral desde que me formei.

— Senhor Miller, eu recomendaria ao senhor que baixasse seu tom. Nós estamos aqui apenas para uma verificação — Sam afirma com sua voz de policial.

— Certo. Não é como se eu tivesse que correr para algum lugar, né? Tenho um clube para manter aberto para não chatear ainda mais meu irmão. Então, se eu não estiver aqui, estarei na casa dele. Você sabe, o endereço para o qual eu fui.

— Não existe necessidade para essa atitude, Senhor Miller. Seu irmão está por aqui? — O corpo de Sam fica tenso enquanto ela olha em volta, à procura do outro irmão Miller.

— Não, mas ele estará mais tarde, sem dúvida. Ele tem um trabalho diurno também, você sabe. Devo dizer a ele que você esteve aqui procurando por ele? — Seu sorriso revelador está voltado diretamente para Sam, e o corpo dela fica duro como uma tábua.

Sobre o que é isso? Agora estou intrigado. Conheço Sean Miller, é um dominador e gosta de praticar um bdsm leve... bem, ele praticava com a Mac. Ela me disse que se encontrava com ele quando tinha necessidade de se submeter, mas nunca considerei o fato de que Sam gostasse disso. Se ela gosta, com certeza é uma dominadora. Ela foi tão machucada que provavelmente deve precisar de um chicote para se sentir no controle com os homens. Estremeço com o pensamento, o que me traz de volta à realidade.

Sam limpa a garganta, e vejo seus ombros estremecerem.

— Certo. Bem, Senhor Miller, contanto que você se mantenha em dia com a sua fiança, acho que não vamos ter problemas. Vamos aparecer mais para o fim da semana para vê-lo novamente.

— Estarei aqui pronto e esperando, oficial. Ah, e com certeza, vou dizer ao meu irmão que você esteve aqui, *Sammy*.

— Eu... — O rosto de Sam fica branco e ela engole em seco, dando a Ryan a reação exata que ele estava procurando. Qualquer que seja a razão, não vou deixar passar.

— Já é o bastante, Senhor Miller. Veremos você em breve. — Pego a mão de Sam e a puxo para a porta. Ela puxa a mão quando chegamos do lado de fora.

— Por que você fez isso? Eu tinha tudo sob controle! — Ela me olha enquanto ficamos parados no meio da calçada.

— Fiz o que eu tinha que fazer para te tirar dessa. O que ele disse sobre o irmão afetou você, então tive que te tirar de lá. É o que os parceiros fazem.

— Certo. Bem, obrigada, mas não, obrigada. Não preciso da sua ajuda no futuro.

Eu rio enquanto nós voltamos para o carro e seguimos direto para a estação.

Mesmo que minha vida pessoal esteja em frangalhos, pelo menos posso contar com o trabalho para mantê-la interessante.

## Quem você ama

*Kate*

Sou uma covarde. Sei que sou. Mac me disse que sou.

Daniel é um pouco mais reservado quando se trata da minha vida amorosa. Após sua conversa comigo na manhã depois do que aconteceu com Zander, ele permaneceu de boca fechada em relação a toda a situação.

No último domingo à noite, sentei no chão e chorei atrás da porta enquanto Zander batia e me chamava. Ele até implorou para que eu o deixasse explicar. Disse que sentia minha falta e que nunca quis me magoar. Isso me fez sentir ainda pior. Como eu posso sair dessa?

Mac se sentou comigo no domingo à tarde e me explicou tudo: como ele perguntou se eu estava no *Chicago Singles*; que, na noite em que nós jantamos panquecas, ele mandou uma mensagem perguntando se ela sabia por que eu estava tão triste; e, finalmente, como ele nunca disse para ela sobre a noite em que me salvou daquele babaca no bar.

Agora me sinto uma idiota completa. Eu o tinha e o mandei embora. Disse que ele deveria ter ido embora quando eu voltasse. Ignorei seus telefonemas e mensagens. E essa semana, todos os dias, uma única rosa cor-de-rosa foi entregue a mim no salão com diferentes mensagens presas nelas.

*Segunda* — "Na primeira noite que nos conhecemos, você estava vestindo um vestido roxo lindo. Seu cabelo estava puxado para trás e preso, com ondas de cachos flutuando até as costas. Soube naquela noite que queria merecer uma mulher como você."

*Terça* — "Quando eu te trouxe para casa do bar, e você me beijou, foi o melhor primeiro beijo que já tive na minha vida. Nosso segundo melhor

**Felicidade Verdadeira 249**

primeiro beijo foi na cozinha depois das panquecas. Kate e xarope de bordo são as minhas coberturas favoritas. Eu te amo."

*Quarta* — "Parar pra te beijar no meio da calçada me fez ter o melhor primeiro encontro da minha vida. Cada encontro desde esse — o restaurante, o parque, idas ao shopping, o salão, nosso quarto — tudo é melhor quando feito com você. Eu te amo."

*Quinta* — "*Dançarinonoturno23* sempre fui eu. Deveria ter sido sincero desde o começo, mas sabia que você pensava que eu a tinha rejeitado e achei que talvez você não fosse me dar uma chance. Eu queria te conhecer, queria me aproximar de você. Queria ter minha chance com você, e esse foi o único jeito de fazer. Eu te amo."

*Sexta* — "Se você está recebendo esse cartão significa que eu preciso melhorar meu jogo. Eu amo você o suficiente para ficar longe. Te amo o bastante para lutar até que você me diga que não existe mais esperança, depois vou lutar com mais força ainda. Você é a única mulher com quem eu quero ficar, rir, viver e fazer amor. Estou vivendo uma vida de escuridão sem você. Preciso de você na minha vida. Preciso da minha ruivinha."

Agora é sexta à noite. Duas semanas desde que vi Zander. Duas semanas sobrevivendo sem dormir, a base de barras de chocolate, delivery e filmes água com açúcar que me fazem chorar. Sinto falta dele ainda mais.

Nathan e eu permanecemos trabalhando até tarde, e estamos na parte de trás do salão limpando quando escuto a porta da frente abrir. Juro que estive tão preocupada hoje que me esqueci de trancá-la quando fechamos.

— Desculpe, já estamos fechados. Se você ligar amanhã, podemos agendar um horário. — Eu não recebo uma resposta, mas escuto passos no chão gelado de vinil. Caminho até a frente do salão e vejo uma figura toda de preto usando uma máscara de esqui e apontando uma arma para mim.

— Abra a caixa registradora.

— Ah... eu... um... por favor, não me machuque. — Congelo, meu corpo incapaz de se mover.

— Vadia, é melhor você se mexer. Eu não tenho medo de usar isso. — Ele balança a arma para frente e para trás na minha frente. Percebo de imediato que o cara está agitado e fazendo movimentos muito bruscos. Devo fazer tudo o que ele disser, dar o que ele quiser e o deixar ir embora. Dinheiro você pode repor, mas não dá pra repor a vida, certo?

— Tá... Tá bom. Só preciso das minhas chaves que estão lá trás para pegar o dinheiro.

— Que se foda, você vai é ligar para os policiais. Abra agora sua vadia! Eu quero a porra do dinheiro, e vou deixar seu lindo rosto intocado. Me dê a porra do dinheiro!

Levanto as mãos em sinal de rendição.

— Eu... desculpe, preciso das minhas chaves para pegar o dinheiro — falo devagar, tentando muito esconder o medo paralisante que corre por todo o meu corpo. Estou apavorada. Não quero morrer. Especialmente num chão sujo de salão.

— Bem, então vamos lá. — Ele agarra meu braço e começa a caminhar até a parte de trás.

Surto, sabendo que Nathan ainda está lá.

— Ah, é um quarto pequeno. Vou sozinha e volto logo, ok?

— Então ande logo, porra! Vá pegar as chaves e volte logo para cá. Pegue sua bolsa também. Nunca se sabe que merdas você pode ter lá.

Ainda não consigo me mover. Meu queixo treme enquanto tento segurar as lágrimas. Mordo o lábio e engulo em seco, tentando encontrar coragem para fazer o que ele diz, sem surtar. Então me lembro de Nathan e como eu não aguentaria se ele se machucasse.

— Anda logo. Não tenho a noite toda. — Ele começa a andar para frente e para trás como se não conseguisse ficar parado.

— Tá bom — digo com a voz trêmula. Minhas pernas finalmente se firmam e eu ando para trás porque eu não quero dar as costas para a arma.

**Felicidade Verdadeira 251**

Entro no quarto dos fundos e vejo o rosto pálido de Nathan.

— O que devo fazer? — ele pergunta, seu rosto me dizendo que está apavorado.

— Ligue para a polícia — falo baixinho para ele, pegando minhas chaves e bolsa. — Amo você. E, se acontecer alguma coisa, você corre. E diga ao Zander que eu o amo.

Volto para a frente do salão, e o cara armado imediatamente agarra meu braço. Ele arranca a bolsa de mim e me arrasta na direção da recepção.

— Ande logo com essa porra ou vou te machucar! Aposto que a sua linda bunda não quer isso agora, quer? — Ele passa a mão pelos meus cabelos e todo o meu corpo estremece com nojo. Minhas mãos tremem enquanto tento colocar a chave na caixa registradora para abri-la.

— Me dá isso aqui. Mulher estúpida. Talvez eu deva atirar em você pra que aprenda a lição. — Ele puxa as chaves da minha mão e as coloca na caixa registradora, fazendo com que a gaveta abra e mostre os ganhos do dia. Ele coloca as notas dentro dos bolsos até que não caiba mais nada.

Virando-se, ele vem até mim, me prensando contra a parede. Eu perco o fôlego, meu corpo inteiro tremendo de medo. Minha única esperança é que Nathan tenha conseguido ligar para a polícia e eles cheguem logo.

Ele se inclina e me cheira. Vejo seus olhos arregalados e vidrados. Passa o cano da arma pelo meu pescoço. Começo a soluçar quando percebo que estou impotente. Não posso fazer nada além de fechar os olhos com força e esperar que a ajuda chegue logo.

Escuto sirenes ao longe e solto um suspiro de alívio. Infelizmente, abro os olhos na mesma hora em que vejo seus punhos vindo no ar, batendo na lateral da minha cabeça, me acertando com tudo. Bato em algo no caminho até o chão, então, quando chego nele, apago imediatamente e a escuridão me engole.

Meu último pensamento é em Zander.

### Zander

Estou na metade do meu turno. Estamos parados perto do lago esperando pela próxima chamada. Perto das nove da noite, o operador de rádio chama o código 3 — luzes e sirenes para qualquer unidade perto do Salão Glamzon para atender um roubo à mão armada em progresso.

O tempo para quando me dou conta de que Kate ainda deve estar no trabalho.

— Sam, a Kate está lá. Se você não for, eu vou correndo. Decida-se logo, porra.

— Nós vamos. Fique calmo, Roberts.

— Ficar calmo? É a porra de um roubo à mão armada e ainda está em andamento.

— Se você não se acalmar, vou mandá-lo para a estação. Sou sua superior, lembra? Você faz o que eu mando.

— Sim, eu sei.

— Respire fundo algumas vezes. Você não vai ser de muito ajuda para ela se estiver distraído. Você precisa fazer seu trabalho, Zander. — Eu olho para ela. É a primeira vez que ela se refere a mim como Zander, e, fazendo isso, ela teve sucesso em me tirar da minha loucura.

Nós paramos na rua em frente ao salão. Na hora que eu salto, Sam coloca a mão em meu antebraço para me impedir.

— Calmo e devagar, Roberts.

Nós vamos até lá, ambos tirando as armas dos coldres enquanto tentamos afastar os pedestres da área. Apontamos as armas para a porta do salão, o que parece ter um grande efeito, mas ainda existem alguns curiosos que mal podem esperar para ver o que vai acontecer, mesmo que corram o risco de levar um tiro. Idiotas do caralho!

— POLÍCIA! Saia com as mãos para cima! — Sam fala com a voz alta de policial.

Quando não obtemos nenhuma resposta, sabemos que não podemos esperar por reforços. Empurro Sam e arrebento a porta do salão, encontrando um homem pálido e magro inclinado sobre o corpo sem vida de Kate, e uma 9mm prateada ao lado deles. Meu treinamento entra em ação: corro para tirar a arma do seu alcance, chutando-a para longe e agarrando o assaltante, prendendo suas mãos nas costas. Sam chega e assume, passando as algemas nos punhos dele enquanto eu o revisto. Sam fala para ele seus direitos e acena para mim. Mordo a língua, tentando acalmar a raiva que passa por meu corpo.

Caio de joelhos ao lado de Kate, passando meus braços ao redor de seus ombros e a puxando para o meu colo.

— Roberts, não mexa nela. Você não sabe que tipo de machucados ela tem — Sam grita atrás de mim, mas eu mal consigo ouvi-la. Meu único foco é em Kate inconsciente em meus braços.

— Eu não tive a intenção de machucá-la — O assaltante diz, várias e várias vezes enquanto é levado para fora.

— Sam, tire-o daqui antes que eu mesmo o faça ficar quieto.

Pego uma toalha do carrinho atrás de nós e seguro contra sua cabeça, virando-me para falar com a minha parceira enquanto ela sai com o cara para fora do salão.

— Precisamos de uma ambulância, uma possível lesão na cabeça. Ela está sangrando por causa de um corte enorme na lateral da cabeça — eu digo, apertando a mão de Kate e tentando obter alguma reação, sinal ou qualquer outra coisa que me deixe saber que ela está bem.

— Vamos lá, minha garota, eu estou aqui agora. Você não vai se safar de mim assim tão fácil. Volte para mim, meu anjo — murmuro em seu ouvido enquanto a aninho em meus braços, levantando-a e a carregando para o sofá que fica na área de espera.

Vejo outro homem em pé perto da área dos fundos com as mãos no ar enquanto olha fixamente para Kate. Seu corpo todo treme e parece que ele esteve chorando.

— Quem é você? — pergunto, por incrível que pareça com a voz baixa e firme.

— Meu nome é Nathan. Eu trabalho aqui.

— Nathan, eu sou Zander. Você pode abaixar os braços, minha parceira está com o safado algemado lá fora. Contudo, preciso da sua ajuda. Tem algum cobertor, jaqueta ou alguma coisa quente por aqui? Ela está ficando fria.

Nathan passa correndo por nós para os fundos do salão e volta com um cobertor de lã, colocando-o sobre o corpo de Kate. Ele ainda está tremendo quando esfrega os braços dela, murmurando algumas preces baixinho.

— Ela foi tão corajosa. Ela estava sozinha aqui fora. Aquele filho da puta a ameaçou, mas ela ficou quieta. Eu escutei a coisa toda. Quando ela voltou para os fundos para pegar a chave, me fez ficar lá e ligar para a polícia. — Ele está falando muito rápido; não é o que eu preciso agora.

— Nathan, preciso que você dê um longo suspiro e se acalme. Nós vamos pegar o seu depoimento depois que tivermos cuidado da Kate, mas eu preciso saber por quanto tempo ela está desmaiada. Você sabe?

— Escutei um baque e não consegui mais ouvir a voz de Kate. O operador do 911 me disse para ficar onde eu estava, e depois vocês chegaram em cinco minutos. — Ele começa a soluçar incontrolavelmente e se senta ao nosso lado enquanto tenta se recompor.

O filho da puta a ameaçou. Cerro os punhos, tentando sufocar a raiva crescente dentro de mim. Qual o objetivo de ser um policial se não posso nem impedir que a mulher que eu amo seja atacada e machucada por algum lunático? Se aquele fodido tiver tocado nela, vou matá-lo.

A carreira que se dane.

Sam entra.

**Felicidade Verdadeira 255**

— A ambulância está a dois minutos, de acordo com o rádio. — Ela olha para o meu rosto e suas sobrancelhas formam um vinco. — Roberts, você tem que se acalmar agora. Nós o pegamos, e ele vai ficar preso por um longo tempo depois disso. Kate precisa de você agora. Não o policial, mas o homem.

— Certo — eu digo com a voz rouca.

Sinto Kate se mexer no meu colo. Olhando para baixo, solto um grande suspiro de alívio quando vejo aquele par de lindos olhos azuis semicerrados me encarando.

— Zander — ela diz com sorriso, rapidamente seguido de um: — Aiiiiiii, essa porra dói. — Na mesma hora, ela coloca a mão sobre a toalha que estou firmemente segurando em sua cabeça machucada. — Você está aqui. Você veio.

— Eu sempre estarei aqui para você, anjo. A ambulância está quase chegando. Vamos levá-la para ser examinada. Você tem um corte horrível na cabeça e desmaiou.

— Eu... eu... eu te amo. — Sua voz desaparece quando ela fecha os olhos novamente, mas, porra, é ótimo ouvir essas palavras vindo dela de novo.

### Kate

Eu tenho a maior dor de cabeça de toda a história das dores de cabeça. Essa supera a pior ressaca. Mesmo aquela de quando eu tinha quinze anos, e Mac e eu roubamos um pouco de *moonshine* da prateleira do Senhor Johnson, depois fomos para o parque e bebemos metade da garrafa cada uma.

Acordo numa camisola horrível de hospital. Só imagino a visão que os médicos e enfermeiras tiveram quando cheguei ao pronto-socorro. Eu estava tão fora de mim que mal me lembro da ambulância chegando ao hospital. Lembro-me de ter feito uma tomografia para eliminar a possibilidade de qualquer traumatismo craniano, hematoma ou outras coisas.

Também me lembro de ter sido perguntada se queria que meus pais fossem avisados, e balancei tanto a cabeça que intensificou a dor aguda e me fez desmaiar novamente.

Quando acordei pela última vez, Zander estava segurando minha mão, seu lindo rosto desfigurado com uma enorme tristeza. Lembro-me dele puxando o cabelo enquanto corria os dedos por ele, seus olhos cercados por círculos escuros, por ele se recusar a sair do lado da minha cama. Lembro-me de fechar os olhos quando uma enfermeira chegou e pediu que ele saísse, dizendo que só era permitida a família.

Abro os olhos devagar e viro a cabeça para encará-lo.

— Você disse que era meu noivo.

Seus olhos brilham enquanto um lento sorriso se espalha por seu rosto.

— Anjo, eles disseram que eu não podia ficar aqui. Eu teria chamado o Papa para nos casar agora, se fosse necessário.

— Oh — sussurro com a garganta seca.

Zander se levanta e pega um copo de isopor e um canudinho, colocando-o entre meus lábios e eu bebo o líquido bem devagar.

— Obrigada.

— Tudo por você, anjo.

— Que tal eu ter só você. Será que eu posso?

— Você nunca me perdeu.

— Pensei que ia morrer. Quando aquele homem me prendeu contra a parede... quando ele apontou a arma para mim... pensei que nunca mais veria você. — Meus olhos se enchem de lágrimas quando a grandiosidade da coisa me atinge.

Zander se inclina sobre mim e passa os braços por meus ombros, com cuidado para não empurrar minha cabeça. Enterro o rosto em seu peito e me agarro a ele, deixando as lágrimas fluírem.

— Nunca mais ninguém vai te machucar, incluindo eu — ele murmura no meu ouvido. — Eu te amo também, amo muito para arriscar te perder de novo.

Afasto-me e olho para ele, impressionada com a sinceridade em seus olhos. Naquele momento, não me importo com o que aconteceu no passado; só quero saber o que vai acontecer daqui para a frente. Muita coisa pode acontecer num instante. Você pode exagerar sem esperar por uma explicação, pode ser nocauteado por um viciado doido e desesperado pela próxima droga.

Eu não quero perder mais nenhuma oportunidade de ficar com esse homem.

— Eu quero ir pra casa.

— Eu quero construir um lar com você.

— Podemos fazer os dois? — digo com um sorriso irônico.

— Com toda a certeza do mundo.

## Capítulo 28
### Seu toque

*Zander*

Com a minha garota de volta em meus braços, está tudo certo no meu mundo de novo. Ela ficou internada para observação, por uma noite apenas, então eu a trouxe para casa ontem, acomodei-a no sofá com travesseiro e edredom, e assistimos uma maratona de comédias românticas.

Mac e Daniel apareceram para vê-la essa tarde, então fui até a casa de Zach e peguei a maioria das minhas coisas. Kate queria que eu me mudasse o mais rápido possível. Ela vive dizendo que a vida é muito curta e que devemos viver o agora.

Não me levem a mal, sou totalmente a favor de suas crenças e definitivamente a favor de voltar a morar com ela, especialmente porque só me mudei para dar o espaço que ela me pediu, mas estou só esperando que o que aconteceu com ela a atinja. Fomos ensinados na Academia sobre apoio à vítima e o que acontece com as vítimas de crimes. Kate não está mostrando nenhum sinal de trauma emocional ou estresse pós-traumático, ainda, mas vou manter o olho nela do mesmo jeito.

Agora que eu a tenho de volta, não a perco mais. Quando tive a certeza de que ela estava bem, liguei para os pais dela e falei com sua mãe. Ela pareceu mais animada com o fato de Kate ter um namorado do que com o fato de ela ter sofrido um assalto à mão armada e desmaiado. Definitivamente, fiquei balançado depois daquele telefonema. Depois disso, liguei para a minha mãe, e ela ofereceu vir para cá para tomar conta da gente — na verdade, ela quis dizer da Kate —, mas eu a assegurei de que estávamos bem. As diferenças em nossas famílias são meio chocantes, para ser honesto.

Kate sempre disse que a mãe dela queria que ela encontrasse um homem que cuidasse dela, e eu sempre pensei que ela queria dizer emocional e fisicamente, mas, dada a forma como sua mãe estava falando ao telefone comigo, percebi que era financeiramente. E é por isso que eu tive o grande prazer de dizer a ela que eu era um policial em início de carreira. O suspiro de horror que ela deu pelo telefone foi digno de pena e eu vou arrancar tudo sobre isso de Kate.

Mais tarde naquele dia, Kate estava se sentindo um pouco melhor, devido a alguns analgésicos bem fortes, e me explicou sobre o que sua mãe acreditava, que todo homem deveria cuidar de suas mulheres de todos os jeitos possíveis. Como ela foi criada como a única "princesinha" do papai, isso a fez acreditar que ela precisava encontrar um príncipe encantado para ter uma vida completa e feliz. Ao invés disso, Kate se apaixonou por um ex-stripper, um policial em início de carreira, que a trata melhor do que qualquer outro homem com quem ela já esteve.

Engraçado como as coisas funcionam, não?

### Kate

Nós deitamos na cama um de frente para o outro, recuperando o fôlego, já que acabamos de fazer amor pela primeira vez em duas semanas. Duas semanas de inferno que eu espero nunca mais viver.

Senti falta disso, dele. Eu amo ser segurada firme em seus braços, e nunca me senti mais segura do que me sinto agora. Todas as minhas dúvidas, minhas preocupações e inseguranças somem quando ele está abraçado comigo. Mesmo dormindo, não nos desgrudamos; é como se fôssemos para ficarmos grudados, destinados a ficar juntos.

— Eu senti sua falta — digo com um suspiro, aconchegando a cabeça em seu peito enquanto ele vira de costas e me puxa para cima dele.

— Não mais do que eu, ruivinha.

Olho-o, esperando que ele possa ver o arrependimento em meus olhos. Descanso a cabeça num dos cotovelos e coloco a palma da outra mão sobre seu peito liso.

— Me desculpe.

— Não há nada para se desculpar. Estamos juntos agora, bem onde é para estarmos. Hoje é para nós. Só quero ficar deitado aqui por enquanto e aproveitar que tenho minha garota nos braços.

— Sua garota?

— Claro que sim, minha garota. Minha mulher! — ele diz com um largo sorriso, batendo no peito como um homem das cavernas, o que me faz cair na gargalhada. Inclino-me e dou um beijo casto em seus lábios, me afastando quando ele tenta aprofundar o beijo.

— Eu gostei dos seus bilhetes.

— Eu quis dizer cada palavra.

— Quais eram as três últimas palavras que você usava para terminá-los?

Ele franze a testa e me olha, tentando ler meu rosto. Rio, e ele me puxa para mais perto do seu corpo. Vejo quando ele entende do que estou falando.

— Eu te amo — ele murmura nos meus lábios.

— Eu também te amo. Agora me beije para provar isso.

— Você não precisa pedir duas vezes. — Sua boca bate firme na minha; é bruto e cru quando ele derrama tudo no beijo, me deixando sem dúvidas de que ele realmente quis dizer tudo o que disse. Logo nós estamos um sobre o outro de novo. Zander ainda está sendo gentil. Uma cabeça machucada impede o sexo com força e rápido, ao que parece.

Qualquer que fosse sua razão para ser o *Dançarinonoturno23*, meu coração sempre soube que Zander era o cara que eu queria. Eles dizem que às vezes o amor da sua vida pode estar bem à sua frente, e você nem mesmo sabe. Oito meses atrás, eu diria que qualquer um que acreditasse nisso precisaria se tratar.

Mas, agora, eu acredito.

### Um mês depois, duas da manhã

— Zander, o telefone está tocando — reclamo, mal-humorada pra cacete por ter sido acordada por alguém, provavelmente bêbado, ligando para o número errado.

Escuto enquanto ele tateia na mesinha de cabeceira tentando encontrar o telefone no escuro.

— Alô? — ele murmura contra o travesseiro enquanto responde.

— Daniel... o quê?... Ótimo... Nós estaremos logo aí... Não, não existe a menor chance de a ruivinha perder isso... Ruivinha? Sim, o apelido pegou... Certo, daqui a pouco estamos aí. E diga a Mac para parar de xingar. Ela vai assustar as enfermeiras. Até já.

Sento na cama toda animada, pulando feito criança.

— Os bebês estão chegando! — Continuo a pular e ele assente, rindo de mim.

— Anjo, só você para ficar pulando na cama às duas da manhã depois de ter sido acordada.

— Mas os bebês vão nascer! Ah, meu Deus, nós temos que nos apressar e ir para o hospital.

Saio correndo da cama e coloco algumas roupas, qualquer coisa que acho no armário no escuro.

Zander arrasta as pernas lentamente pela cama e para, flexionando seus deliciosos músculos, o que me faz momentaneamente perder o fio da meada conforme meus olhos passeiam pelo seu corpo desde seus pés descalços... coxas firmes... sua bunda e as covinhas mais bonitas nas costas... e eu quero lambê-las! Ele vira a cabeça na minha direção e na hora seus lábios se curvam num sorriso sexy pra cacete.

— Apreciando a vista, srta. McGuinness? — ele diz, andando até o banheiro.

— Sempre apreciei essa vista, sr. Roberts. Agora chega de me distrair com seu corpo nu e se vista para que possamos ir ver os bebês!

264   BJ Harvey

# Capítulo 29
## Eu quero loucura

*Zander*

*Seis meses depois*

Nunca imaginei que encontraria a mulher que me completaria. Não me leve a mal, eu sabia que iria me apaixonar e sossegar, mas não previa que minha ruivinha fosse invadir minha mente e coração. Porra, ela está tão entranhada na minha alma que não consigo mais imaginar minha vida sem ela e, por mais que só estejamos juntos há onze meses, parece que nos conhecemos há anos.

Somos muito próximos de Mac e Daniel. Na verdade, Daniel e eu nos tornamos ótimos amigos. Junto com Zach, nós três nos encontramos uma vez por mês para jogar pôquer e beber, longe das namoradas, noivas, trabalho e bebês. Embora eu seja bastante parcial quanto àqueles dois bebês; eles são a mistura perfeita de Mac e Daniel. Têm a natureza tranquila de Daniel com um pouco da loucura de Mac. Mas, juro, eles farão seus pais ficarem de cabelos brancos antes da hora, mas é muito divertido assistir.

Sam e eu permanecemos parceiros depois do meu período de experiência de três meses. Trabalhamos bem juntos. De forma lenta, mas segura, ela está se soltando. Ainda acho que ela esconde um grande segredo, mas é assunto dela. Se e quando sentir necessidade, o dividirá comigo; ela sabe que pode.

Kate e eu ainda moramos no nosso apartamento. Mac finalmente tirou suas coisas de lá quando eles se mudaram para um apartamento de quatro quartos e três banheiros no subúrbio, fora da cidade. Mac ainda não voltou a trabalhar. Ela diz que os gêmeos ocupam seu tempo — um trabalho em tempo "integral" — e fala para quem quiser ouvir que fechou a fábrica de bebês, mas sei que ela quer passar o maior tempo possível com eles antes de voltar a trabalhar.

Por mais que nós queiramos ter a casa só para a gente, Mia quis se mudar de volta para Chicago. Mamãe e eu nos achamos melhor que ela morasse comigo até que se ajeite. Ela acabou de ser aceita num curso de moda, o que a tem deixado muito animada, e nós três vamos para casa no Natal, já que no Dia de Ação de Graças fomos para a casa dos pais de Kate.

Mas essa é outra história.

— Anjo, nós precisamos ir se quisermos ver aquele filme — grito da sala.

— Estou indo.

— Foi o que você disse meia hora atrás.

— Isso porque você me curvou sobre o banco da cozinha.

— Você não estava reclamando.

— Eu nunca reclamo — ela diz, caminhando pelo corredor, linda como sempre.

Diferente das curtas relações anteriores que eu tive na faculdade, nunca me tornei complacente com Kate. Nunca me senti cansado, preso ou algo parecido. Também ajuda que ela seja totalmente a favor de sexo em lugares públicos. Juro ela fica mais excitada do que eu pensando que alguém pode nos pegar. É por isso que sei que meus planos para essa noite vão deixá-la louca.

Caminho até ela e coloco as mãos em seus quadris, olhando para baixo dentro de seus olhos azuis que estão brilhando de divertimento. Ela segura meu rosto com as duas mãos, e eu inclino a cabeça nelas.

— Porra, eu te amo.

— Eu te amo mais, Zan.

— Impossível.

— Duvida?

— Vou duvidar mais tarde, por enquanto... — Inclino-me e beijo sua testa, sabendo muito bem que, se beijar os lábios, vou pegá-la nos braços e ir direto para o nosso quarto. — Precisamos ir. O filme começa às oito. Não queremos perder.

— Tem certeza? — ela diz com um sorriso sexy que sempre é minha perdição, exceto por hoje à noite.

Hoje à noite, eu não posso desistir porque tem muita coisa em jogo.

— Tenho. Mas você pode apostar que vou reconsiderar essa proposta.

A beleza desse meu plano é que deixei a Kate organizar nossas atividades do "encontro". A noite toda foi ideia dela. Até onde ela sabe, nós vamos sair para comer uma sobremesa depois do filme — que ela escolheu, claro. Ela queria a sobremesa de um restaurante conhecido por ter o melhor Tiramisù de Chicago.

No meio do filme, um velho faroeste que Kate achou que eu gostaria, me entedio e me viro para ela me entreter. Começo soltando sua mão que estava na saia e finjo que vou amarrar o sapato.

Passo os dedos gentilmente por seus tornozelos, subindo bem devagar até sua panturrilha nua, acariciando atrás de seu joelho e movendo a mão habilmente para debaixo de sua saia jeans, até que estou brincando com a seda de sua calcinha. Ela abre as pernas e eu consigo escutar sua respiração aumentar.

— Zan — ela diz rouca, colocando a mão sobre a minha quando acha que vou tirá-la. Minha pequena ruivinha é uma mulher formidável em público, e ela só está ficando melhor.

Virando o corpo em sua direção, coloco a boca em sua orelha.

— Me diga o que você quer, pequena. — Ela fica louca se eu a chamo assim quando estamos brincando.

— Quero seus dedos dentro de mim. — Ela também é muito direta no que quer e isso me deixa louco.

— Com prazer. Seu, espero — eu murmuro enquanto traço sua orelha

**Felicidade Verdadeira 267**

com a língua. Deslizo sua calcinha para o lado para que possa fazer meu trabalho e corro o dedão por seu clitóris inchado, fazendo seu quadril vir de encontro à minha mão.

— Calma, anjo, você sabe que vou fazer o melhor para você.

Aconchego sua boceta vagarosamente, enfiando um dedo dentro dela enquanto o dedão continua a circular seu clitóris. Ela vira a cabeça, e nossas bocas se encontram. Ela enfia a língua na minha boca, saboreando-a, e, com a minha outra mão livre, seguro sua cabeça mais perto da minha para abafar os gemidos dela que aumentam.

— Shh. — Ouço vir da fileira da frente, mas, nesse momento, não ligo a mínima. Enfio um segundo dedo nela, que geme ainda mais e empurra o quadril contra minha mão, sua boceta apertada segurando meus dedos com força. Meu pau está lutando contra o zíper para conseguir sair do *jeans*, mas, nesse momento, quero sentir minha ruivinha gozar nos meus dedos. Forço um pouco mais o dedão no clitóris e aumento a velocidade dos dedos, enfiando mais fundo nela.

— Mmm, ah, Deus — ela sussurra na hora que desço a boca para o seu pescoço, deixando uma trilha de beijos no caminho. Sinto seus músculos apertarem e volto a boca para a sua, abafando os gemidos quando ela chega ao clímax.

Dou mais algumas investidas preguiçosas antes de tirar a mão e voltar a calcinha para o lugar. Levo a mão até a minha boca e lambo os dedos, o que faz seus olhos escurecerem novamente.

— Cacete, isso me excitou de novo — ela sussurra, se inclinando e descansando a cabeça no meu ombro enquanto tenta controlar a respiração.

— Você é mais excitante, anjo. Agora, vamos assistir ao resto do filme. — Passo o braço pelos ombros dela e faço de tudo para me acalmar, pelo menos até mais tarde.

Quando os créditos começam a passar, levanto-me e estendo a mão para ela. Há mais uma surpresa essa noite, e eu realmente espero que ela goste.

Andamos alguns quarteirões até nossa casa, em direção à Rua N. State. Quando estamos a alguns passos do nosso destino, paro e me viro para encará-la.

— Você confia em mim, certo?

Ela me olha e franze a testa.

— Claro que sim. O que foi, Zan?

— Eu preciso te vendar.

— Por quê? Sério, nós não podemos brincar no meio da rua.

Tento não rir. Seus olhos estão arregalados de choque; posso ver sua mente pensando demais.

— Anjo, eu tenho uma surpresa para você, mas preciso que cubra os olhos. Prometo que não te vou guiar na direção errada.

— Tá bom — ela responde de imediato. Cacete, eu amo essa mulher, e pensar que cheguei bem perto de foder com tudo. Nunca mais vou cometer esse erro novamente.

Pego no bolso uma venda preta e cubro seus olhos, amarrando-a atrás da cabeça. Faço uma cara estúpida na sua frente, e, quando ela não ri, sei que está completamente no escuro. Em mais de um jeito, pelo que parece.

— Pegue meu braço — eu digo. Ela se atrapalha quando tenta pegar e depois o agarra firme quando acha.

— Vamos começar a andar agora.

— É melhor você não estar me zoando, senhor — ela diz, com um sorriso enorme em seu rosto.

Quanto mais perto chegamos, mais rápido meu coração bate. Será que estou fazendo a coisa certa? Muito tarde agora, Roberts.

Paramos na rua em frente ao teatro histórico de Chicago. Olho para cima, para o letreiro no prédio à nossa frente, e sorrio. Está perfeito. Tive que cobrar vários favores, mas valeu a pena.

Respiro fundo e viro Kate de frente para o letreiro. Em pé atrás dela, inclino-me e coloco a boca perto da sua orelha.

— Eu quero que você tire a venda agora e olhe diretamente para frente. E lembre-se de respirar.

Dou um passo atrás e vejo suas mãos subirem para a cabeça, tirando a venda. Ela fica ali imóvel, pelo que parece ser uma eternidade, suas mãos indo para a boca em choque. Ela se vira para mim e me vê ajoelhado na calçada com um anel de noivado solitário de diamante na mão.

Seus olhos estão cheios de lágrimas quando ela concorda, balançando a cabeça toda entusiasmada, e meu coração para quando percebo que a minha ruivinha acabou de concordar em ser minha esposa. Ela será minha para sempre.

Levanto e deslizo o anel em seu dedo antes de ela pular em meus braços, colocando as pernas em volta dos meus quadris, nossas bocas se esmagando. Palmas e gritos nos cercam enquanto continuamos a nos beijar, nenhum de nós querendo parar.

Eventualmente, temos que parar ou as coisas vão ficar explícitas, e seremos presos por atentado ao pudor. Sem colocá-la no chão, viro-me para olhar o letreiro novamente. Sorrio para os dizeres que acabaram de fazer a minha vida completa.

## "Katelyn Marie McGuiness, seja minha princesa.
## Minha vida. Minha esposa.
## Quer se casar comigo?"

## Epílogo
### No topo do mundo

*Kate*

Hoje nós invertemos os papéis. Tiramos o mesmo dia de folga pela primeira vez no que parecem meses, então espero aproveitar da melhor forma.

Agora que estamos no nosso destino, Zan me olha com uma expressão confusa no rosto.

— Você queria vir ao Navy Pier Park? Por que você não me disse?

— E estragar a diversão? — Pisco para ele, o que me faz ganhar um grunhido enquanto ele estende as mãos e começa a fazer cosquinha em mim. — Zan, pare. Não. Em. Público. Você vai me fazer passar vergonha novamente.
— Não consigo parar de rir.

Ele me puxa para perto e ri para mim.

— Talvez seja o que eu queira. Foi divertido. Tá bom, talvez não a parte de eu ter que explicar para aquela mulher que eu não estava te atacando no parque em plena luz do dia e que você estava, de fato, rindo, e não chorando.

Dou um tapa nele com as costas da mão.

— Pare. Foi humilhante.

— Ah, bem, vamos ver em qual outro problema vamos nos meter hoje então.

Ah, Zander, você não faz ideia do que eu planejei para você.

Estou tão excitada, quase tonta. Caminhamos por todo o Pier Park, de mãos dadas, mas ele ainda me olhava com o rosto confuso. Juro, o número de vezes que ele balançou a cabeça para mim hoje seria um novo recorde. O que eu posso dizer? Pequenas coisas divertem pequenas mentes, mas essa surpresa vai deixá-lo louco.

Paramos na fila para a roda gigante de cento e cinquenta metros de altura. Decido começar a fase um do meu plano.

— Meu anjo, adoro que estamos finalmente passando um dia juntos. Nada de trabalhos, amigos com bebês e irmãs. Eu os amo até a morte, mas sinto falta do nosso tempo a sós.

Seus olhos se suavizam e ele se inclina, passando os lábios gentilmente nos meus.

— Adoro o nosso tempo a sós também. — Ele mexe as sobrancelhas sugestivamente, me fazendo corar.

Droga, como ele sempre consegue voltar as coisas para mim? Ah, isso mesmo. Porque ele é Zander Roberts, o fodão, o homem que pode tirar minha calcinha apenas com o olhar. Meu futuro marido. Ainda não consigo parar de pensar nisso. Já faz semanas, e ainda me pego olhando para o meu lindo anel, colocando a mão no sol para fazê-lo brilhar e a expondo de propósito para chamar a atenção das pessoas.

Como eu disse, pequenas coisas.

— Não ando de roda gigante há anos — ele comenta, olhando para a estrutura gigante enquanto eu pago nossos bilhetes sem ele ver. Ele nunca me deixa pagar nada e secretamente eu adoro, mas também adoro provocá-lo. O resultado sempre é um castigo do mais delicioso possível.

— Zan, você está pronto?

— Anjo, nós precisamos dos bilhe... tes. — Ele me olha, e vejo o brilho em seus olhos dizendo que eu vou pagar por isso mais tarde, de outras maneiras. Mal sabe ele que, em poucos minutos, ele não vai ficar pensando sobre quem pagou o quê.

Nos sentamos em uma das gôndolas e fecho a porta para que ninguém mais entre. Para o que eu planejei, não vamos querer uma plateia.

Mais alguns minutos e começamos a rodar. Sabendo que uma volta inteira leva aproximadamente sete minutos, terei que acelerar o meu trabalho, então fico de joelhos imediatamente, me colocando entre suas pernas esticadas.

— Anjo... — ele diz numa voz baixa e profunda que acerta em cheio minhas partes femininas. — Não comece algo a não ser que você esteja planejando terminar.

Começo soltando seu cinto antes de abrir o zíper e empurrar suas calças ligeiramente para baixo, liberando seu pênis, já duro.

Inclino-me e lambo a cabeça, segurando as bolas e gentilmente acariciando-as do jeito que ele gosta, enquanto lambo e enfio a cabeça na boca. Sinto sua mão no meu cabelo, mostrando como ele está gostando de me ter entre suas pernas.

Conforme continuo a colocá-lo ainda mais fundo em minha boca, começo a gemer, o que faz todo o corpo dele tremer de prazer.

— Nós estamos na metade do caminho, anjo — ele murmura, e eu sei que ele não está falando do sexo oral. Ele está me falando que só tenho mais alguns minutos até que estejamos de volta no chão.

Eu o trato com o que chamo de meu "estilo pornô". Faço rápido e com força, lambendo, sugando e usando a mão para agarrá-lo enquanto o masturbo para gozar em minha boca.

— Cacete, anjo. Ah, sim. Deus, isso é melhor do que qualquer fantasia que eu poderia ter. Chupe-me, anjo. Eu vou gozar. Sim, anjo, tome tudo — ele fala quando chega ao clímax dentro da minha boca e eu engulo tudo.

Sento-me nos calcanhares e começo o processo de colocar seu pau amolecido dentro da calça, antes de subir o zíper e fechar o botão de novo, me sentando ao seu lado e agindo como se nada tivesse acontecido. Sinto seu olhar em mim e devagar viro a cabeça para olhá-lo.

Eu vejo amor. Amor puro e verdadeiro brilhando bem na minha direção.

Eu finalmente encontrei. Aquele amor verdadeiro que estive procurando.

Aquele que passei a minha vida adulta inteira procurando. Eu passei com sucesso por todos os sapos, rãs, anões e dragões. Não tenho mais que ficar com inveja da minha melhor amiga delirantemente feliz e seu homem dos sonhos perfeito porque agora eu tenho o meu. Ele pode não ser um super-herói, mas ele é meu protetor, meu amor, meu amigo, e, melhor ainda, meu futuro marido.

Veja, eu encontrei aquele amor louco do qual fui avisada.

Encontrei o amor que faz meu coração bater mais rápido.

O tipo que me faz querer dançar na chuva e assistir ao pôr do sol, enquanto grito a plenos pulmões.

O tipo sobre o qual os autores escrevem, os músicos cantam e os amantes o desejam intensamente.

Eu o tenho e não vou largá-lo.

Eu finalmente encontrei minha *felicidade verdadeira.*

# *Fim...*

### *Bem, esse é o fim da história de Kate e Zander.*

Quer saber o que aconteceu na noite em que Daniel pediu Mac em casamento, e as experiências dela com o nascimento dos gêmeos?

Continue lendo e encontre dois capítulos bônus desses eventos na vida de Mac e Daniel.

Mac, Daniel, Kate e Zander vão aparecer novamente no Livro 4 — Encontrando a Felicidade, a história de Noah.

# Bônus 1
## Por quanto tempo vou te amar

*Mac*

Desde que os homens voltaram do bar, meu pai não parou de sorrir para mim. Estou achando que ele está bêbado. Quero dizer, ele não é mais nenhuma criança, então acho que algumas horas e bebidas e ele já fica alegre.

Talvez ele esteja todo nostálgico porque sua garotinha está fazendo vinte cinco anos. Eu não sei, mas isso está começando a me assustar. Minha mãe é como todas as mães, sempre esfregando minha barriga e conversando com "seus bebês", como ela os chama. E os bebês estão me chutando como loucos e fazendo o que parecem ser saltos triplos dentro da minha barriga. Jogos e diversão.

O chá de bebê está ótimo, mas, Deus, estou cansada. Tão cansada que não vejo a hora de chegar em casa e descansar. Vou tentar me espremer na nossa banheira, mesmo que depois o Superman tenha que me içar como uma baleia encalhada. Constrangimento é o preço que vou pagar por meia hora, sem peso, no paraíso.

— Você está bem, linda? — Daniel pergunta, se sentando ao meu lado no sofá.

— Vou ficar daqui a meia hora quando estiver deitada na banheira novamente.

Ele ri e passa o braço por meus ombros. Descanso a cabeça em seu ombro, um dos meus lugares favoritos para ficar.

— Estou ansioso para mergulhar e salvar seu lindo corpo da nossa banheira, mas, infelizmente, o carro da mamãe e do papai quebrou, então preciso levá-los para casa. Conversei com a Kate e ela vai pegar o trem na 1 com você. Assim que chegar, me ligue avisando que chegou bem. Desculpe-me, linda, mas eu sou o mais próximo, e meu pai odeia a seguradora *Triple A*.

— Tudo bem. Mas não posso pegar um táxi? Não acho que tenho energia

**Felicidade Verdadeira 275**

o suficiente para andar de trem.

— A linha 1 vai direto para a nossa casa e vai ser mais rápido. Kate vai ajudar, e todas as coisas dos seus pais e os presentes dos bebês vão no meu carro... bem, o que eu puder colocar lá. O resto vai ficar aqui com Kate até que eu possa dar outra viagem.

— Acho que sim. Vai ficar me devendo por isso, ok?

— Eu vou te dar qualquer coisa, em qualquer lugar, a qualquer hora.

— Mesmo? — digo lentamente, as engrenagens em minha cabeça trabalhando em dobro. — Essa é uma promessa grande, Danny boy. Você tem certeza de que consegue cumprir algo grande assim? — pergunto, sorrindo para ele.

Ele rosna antes de se inclinar e me beijar, me provocando deliberadamente com a língua até que ele se afasta e descansa a testa na minha, olhando dentro dos meus olhos. Minha libido vai de zero a dez em menos de um segundo, e agora ele vai ficar longe de mim por uma hora ou duas. Bem, isso é um saco!

— Provocadora de pau — ele murmura contra meus lábios quando me dá um beijo casto e posso jurar que eu consigo senti-lo entre minhas pernas.

— Provocador de boceta — sussurro, lambendo meus lábios e os dele.

— Prazer em ser útil. Te amo, e vocês dois sejam bonzinhos com a mamãe. — Ele me beija e se inclina para beijar minha barriga antes de se levantar. Caminha até a cozinha onde Kate está com os meus pais arrumando o restante das louças, e vejo uma troca de olhares estranha entre Kate e Daniel. Hmmm, o que está acontecendo?

— Mac, você está pronta para ir? Acho que tem um trem em quinze minutos, se você quiser. Seus pais estão saindo, então eles disseram que poderiam nos deixar na estação.

— Eles não podem só me deixar em casa? Assim você não terá que sair. Eu tenho certeza de que Zander vai voltar logo.

— Zan está jantando com Zach, então ele não chegará tão cedo.

— Sim, e nós... ah, temos que voltar para a fazenda. Alimentar os animais e tudo mais — meu pai diz muito rápido. Juro por Deus que todo mundo ao meu redor está ficando louco. Pensei que fosse a grávida que ficava meio maluca.

— Vocês estão agindo muito estranho, mas vou seguir esse plano maluco. Mas você — digo apontando para Kate e estreitando os olhos — vai ter que ficar em pé comigo, se eu estiver muito grande para me sentar no trem, e não tem permissão de rir da mulher redondamente grávida que vai rolar pelo corredor, ok?

Ela jura e concorda.

— Fechado. Prometo não rir da sua cara.

— Tudo bem. — Sorrio para ela.

Dez minutos depois, Kate e eu estamos esperando na plataforma para pegar o trem que vai me levar os três quarteirões até o nosso apartamento. Sim, nosso apartamento. Não existe a possibilidade de eu voltar a morar com Kate. Ela está feliz brincando de casinha com Zander, e Daniel e eu estamos mais do que felizes em ficar no nosso apartamento até que os bebês cheguem. Depois vamos reavaliar.

Finalmente, nosso trem chega e eu ando como um pato grande e inchado, e, graças a Deus, encontro um assento para colocar a bunda sem precisar rolar. Kate se senta ao meu lado e de repente parece muito nervosa.

— Querida, o que está acontecendo? Você está agindo estranha desde que Daniel foi embora. Você está bem? É o Zander? — Coloco a mão em seu colo, e ela me olha parecendo uma criança que foi pega com a boca na botija. Vejo-a bater seus saltos altos nervosamente no chão, cruzando e descruzando as pernas.

— Eu estou bem, por que está perguntando?

— Por nada. — Dou de ombros. Essa noite foi uma coisa estranha atrás da outra. Deve ser a lua cheia ou algo parecido.

O trem para e um grande grupo de pessoas entra, obviamente indo para a balada.

**Felicidade Verdadeira 277**

— Algum plano para amanhã? — Kate pergunta parecendo muito distraída.

— Nesse estado, vou ficar dormindo e deitada no sofá. Esses bebês não me deixam fazer mais muitas coisas. Estou muito grande e fico exausta com facilidade. E nem me deixe começar a falar do sexo criativo que temos feito esses dias.

— La la la, eu não quero saber! — Kate diz, colocando os dedos nos ouvidos, o que só me faz cair na gargalhada. Ela olha para cima e balança a cabeça, depois se levanta de repente. — Tenho que ir rápido num lugar, é rápido. Volto logo. — Ela sai do trem. Que merda é essa?

Eu me viro e vejo Daniel na minha frente.

— Daniel, por que você está aqui? Pensei que você estivesse ajudando seus pais? — pergunto confusa.

— Eu menti. — Ele dá de ombros, me oferecendo um sorriso confuso.

— Você mentiu?

— Sim.

— Por quê? — Meu corpo fica tenso e eu o encaro.

— Tem algo que eu preciso fazer.

— Algo que você precisa... mas o que, Daniel? Todo mundo está agindo estranho, e não estou no clima para qualquer merda que esteja acontecendo. Só quero ir para casa, tomar um banho, e...

Paro de falar quando ele fica em apenas um joelho na minha frente e pega minha mão na sua.

— Mac, onze meses, três dias, vinte três horas e quarenta e um minutos. Esse é o tempo que você está na minha vida e marca o dia que você jogou seu telefone pelo trem para chamar minha atenção. — Abro minha boca para argumentar, mas ele me dá um olhar que diz "não se atreva".

— Como eu ia dizendo, naquela noite, fui cativado por sua sagacidade inteligente e sorriso sexy. Desde então, tenho agradecido a Deus todos os dias por deixar você abrir seu coração para mim, e por me fazer me apaixonar por você. — Meus olhos começam a encher de lágrimas. Ele para por um segundo e puxa um pequeno tecido do bolso. — Acho que você provavelmente precisará disso.

— Super-herói — falo baixinho para ele, ganhando aquele sorriso de molhar a calcinha toda vez que ele faz isso comigo. Nesse momento, nós temos um silêncio ensurdecedor nos rodeando, é isso que ocorre num trem lotado no sábado à noite.

— Nós somos uma família agora e estamos apenas começando nossas vidas juntos, nós quatro. — Ele coloca nossas mãos unidas sobre a minha barriga e você não acreditaria se eu te dissesse que um dos bebês ninjas chuta bem ali, fazendo nós dois rirmos baixinho.

Ele limpa a garganta, e nossos olhos se encontram. Estou paralisada pela emoção que vejo me encarando de volta. Esse homem é meu, e ele quer ter a certeza de que eu sou dele.

— Você me chama de seu super-herói. Se eu sou, só tenho poderes por causa da força e do amor que você me dá. Serei seu amante, seu melhor amigo e um superpai para os nossos terríveis monstrinhos.

Lágrimas de felicidade caem pelo meu rosto agora. Apenas me faça a pergunta, porra!

— Então, onze meses, três dias, vinte e três horas e quarenta e dois minutos depois de ter começado a me apaixonar por você e, nessa tarde, ter pedido ao seu pai permissão, e ele ter dado, agora eu posso te perguntar: você me daria a honra de se tornar minha esposa, a mãe dos meus filhos, e minha alma gêmea até que estejamos velhinhos, de cabelos grisalhos e com rugas em todos os lugares errados?

Estou paralisada pelo choque, a mão fechada em torno da dele, e, com a mão livre, ele pega no bolso da camisa uma caixa turquesa com um laço de seda branco da *Tiffany's*. Então, abre a caixa e revela o mais lindo anel que eu já vi, e eu suspiro com sua beleza. Um enorme diamante com outras duas pedras

**Felicidade Verdadeira  279**

menores, um diamante cor-de-rosa e uma safira. Depois eu percebo que é uma para cada um dos nossos filhos.

Minha mão treme na dele enquanto luto para manter a compostura. O tempo parece parar quando ele me olha com um olhar terno e cheio de amor.

Nunca imaginei que isso fosse acontecer comigo, mesmo quando me apaixonei pelo lindo homem ajoelhado à minha frente. Esse é o tipo de coisa que acontece com os outros, nunca comigo. Você lê sobre essas grandes e dramáticas propostas de casamento de tirar o fôlego, mas isso é mais do que todos esses momentos juntos porque está acontecendo comigo, e o homem que eu amo mais do que a minha vida está me olhando pacientemente, esperando a minha resposta. Vejo a preocupação em seu rosto; ele está esperando um surto nível dez da Mac. Bem, ele está prestes a receber a surpresa da sua vida.

Engulo o grande nó na minha garganta.

— Sim — eu respondo, minha voz trêmula quando outra lágrima escorre pelo meu rosto. — Sim! — eu grito, me inclinando para frente, para os braços desejosos de Daniel.

— Com toda a certeza do mundo — sussurro contra seus lábios e o beijo com força. Isso não é um beijinho público e educado. Não, esse momento merece mais do que isso. Esse é um beijo cheio de paixão, sem barreiras. Coloco tudo o que tenho nesse beijo, deixando-o sem dúvida da certeza da minha resposta.

Eu me sento de volta no lugar enquanto ele desliza o lindo anel pelo meu dedo. Ele se levanta e estende a mão para mim, me puxando e me envolvendo num abraço enorme. A multidão à nossa volta grita entusiasmada e, de repente, Kate aparece ao nosso lado.

— Parabéns, querida.

— Você... você... Deus, você estava participando disso, não estava?

Ela me dá um sorriso malicioso, e eu a puxo para o nosso abraço.

Melhor aniversário de todos!

## Com os braços bem abertos

Puta merda, isso queima.

Por alguma razão, essa era para ser uma das melhores experiências da vida, mas parece pior do que o dia depois de uma comida indiana com curry.

Quem disse que o parto era lindo estava obviamente dopado de petidina ou delirante. É suado e nojento, não tem nada de doce ou bom nisso.

Por doze horas, estou nesse hospital sendo monitorada depois que a minha bolsa estourou hoje de manhã. Oito horas de contração, ou "vingança", como eu gosto de dizer. Pensei que cólicas menstruais fossem ruins o bastante. Multiplique por cem e acrescente uma dor forte no útero, e você vai chegar perto.

Olho para Daniel e, por mais que eu ame ver o lindo rosto que me dá apoio e ama e o homem que eu escolhi para passar o resto da minha vida, tudo o que eu posso ver agora é o homem que me deu vinte minutos de prazer e inadvertidamente me causou as últimas doze horas de dor azucrinante nas minhas regiões íntimas.

Eu o amo mais do que tudo, mas só posso pensar agora no fato de que tudo o que ele teve que fazer foi enfiar o pau em mim. Sou eu quem tem que ficar empurrando duas melancias por um buraco onde passa um limão.

Depois disso, ele vai ter sorte de tocar os lados da minha vagina na próxima vez que fizermos sexo. Caralho, isso se eu deixar aquela arma letal de engravidar chegar em qualquer lugar perto de mim novamente. Super-heróis fazem bebês ninjas gêmeos que amam praticar judô, yoga, ou Deus sabe o que, todas as noites, nos últimos três meses de gravidez.

Na hora que outra contração chega, pego a mão de Kate e aperto com tudo. Ah, merda, e se eu realmente for dar à luz ao filhote de demônio como no filme *Aliens*? Santa mãe de Deus, parece que eles estão tentando sair.

Não quero mais fazer isso. Mudei de ideia; os dois podem ficar dentro de mim. Não ligo se eu terminar ficando do tamanho de uma casa; o Superman vai ter mais de mim para amar. Ele passou os últimos cinco meses dizendo que ama minha barriga. Bem, ele vai ter se que acostumar a tê-la permanentemente.

É nessa hora que eu começo a gritar.

— Mac, o que há de errado, linda? Você está indo bem, querida — Daniel diz, passando uma toalha molhada em minha testa.

— Eu vou dar à luz a um monstro! — Eu caio no choro.

Ele ri para mim. Meu noivo tem a audácia de rir para mim.

Olá, castração? Nós temos outro candidato.

Olho feio para ele.

— Eu não riria. As crias de Daniel estão comendo sua noiva de dentro para fora. Juro por Deus, eles vão me partir ao meio. Se isso for parte do plano masculino de dominar todo o mundo, faz o maior sentindo agora!

Eu olho para Kate em busca de apoio, mas ela apenas sorri para mim.

— Os bebês estão nascendo — ela sussurra animada. É basicamente o que ela diz desde que chegou com Zander há dez horas.

Eu devia colocar um aviso aqui. Talvez esteja delirando porque estou acordada há vinte e duas horas, doze delas sofrendo dores horríveis no meu útero, que vão direto para o meu ânus.

Mas, entre as contrações, estou pensando na maior preocupação das novas mães. O problema do cocô. Estou com muito medo de fazer cocô no meu bebê, ou antes de os bebês nascerem, ou mesmo na frente de Daniel — trocadilho intencional. Kate está aqui também, mas não estou preocupada com ela. Eu já fiz cocô na frente dela antes, mas essa é outra história longa de bêbada que prometi nunca contar.

O que me fez rir foi quando ela ficou toda enjoada quando o médico entrou e me examinou. Em suas palavras, ele "tirou a merda" de mim. Ela passou uma boa hora sentada num canto lendo uma revista sobre amamentação para esquecer e tirar essa imagem de sua cabeça.

Estou quase dizendo a ela para nunca mais fazer sexo com um homem novamente, e que a possibilidade de ser partida ao meio, não por um, mas dois bebês, não vale a pena nem por um pênis que te dá o melhor sexo do mundo, quando o médico volta. Por mais que eu o encare, esperando que o olhar de morte da Mac penetre seu cérebro, ele ainda sorri e acena, verificando a minha perseguida, e dizendo que estou indo bem. Bem, esse foi seu procedimento durante as últimas oito horas, de qualquer jeito. Dessa vez é diferente.

— Como você está, Mac? — ele pergunta.

Mordo a língua para me impedir de dizer a primeira coisa que me vem à mente.

— Ok. Mas está ficando pior.

— Imaginei que sim. Só vou verificar quanto de dilatação você está e ver como esses seus bebês estão indo. Você fez tudo muito bem para chegar a trinta e cinco semanas, Mac.

— Obrigada. — Choramingo quando vem outra contração. Começo a chorar de novo, não consigo evitar. Cacete de hormônios da gravidez. Eu venho chorando por tudo nos últimos nove meses. As crianças de Glee ganharam a regional, e eu caí em lágrimas. O Bachelor escolheu a mulher certa da vez, e se ajoelhou para pedi-la em casamento, e eu vazo como uma fonte de água. Um bebê tartaruga se arrastando pela praia até a segurança do mar, e eu viro uma bagunça. Daniel esfrega meus pés depois de um longo dia de trabalho, e eu viro um regador. E nem me deixe falar de quando começou a vazar leite dos meus peitos, há duas semanas.

— Tudo bem, sr. Winters — ele diz olhando para Daniel, que está agora descansando na cadeira que fica ao lado da cama, como se fosse um passeio alegre de domingo. — Se você puder segurar a mão de Mac e tentar mantê-la calma, termino num minuto.

— Você pode pelo menos me comprar uma bebida antes de enfiar a mão em mim — murmuro e os olhos de Daniel se arregalam enquanto ele tenta não rir. Kate não tem essa postura toda e está rolando de rir de mim.

Nota mental: melhor reconsiderar a escolha da madrinha.

Depois de enfiar a mão em mim e mexê-la como se eu fosse um fantoche, ele a retira e arruma o lençol que está cobrindo minha metade inferior nua.

— Você está totalmente dilatada, Mac. É hora do show. Você pode sentir a pressão aqui embaixo?

— Eu sinto tudo aí embaixo, porra. Sua mão, as luvas, os filhotes de demônios que são chamados de meus filhos e que estão tentando sair de mim como se houvesse uma escada na minha virilha.

Ele tem a audácia de rir. Quer dizer, eu sou uma profissional da saúde. Sei tudo o que existe sobre boas maneiras, e rir de uma mulher grávida e lunática não é a coisa certa a fazer. Não é legal, cara. não. é. legal.

Daniel entrelaça nossos dedos e os aperta.

— Linda, você consegue. Vou estar com você o tempo todo. Vamos conhecer nossos filhos. Eu sei que você pode fazer isso porque você consegue fazer qualquer coisa que coloca na cabeça. Eu te amo. Vamos conhecer nossos bebês. — O sorriso em seu rosto é a minha perdição. Eu não entregaria os pontos nesse momento nem por toda a loucura do mundo.

— Superman — eu murmuro, sentindo as lágrimas brotando novamente. — Eu te amo.

Ele se inclina e me beija casta e gentilmente, só com um pouquinho da língua do super-herói.

Bem jogado, sr. Winters.

Vinte minutos e muitas obscenidades depois, Jared Daniel Winters chega ao mundo.

Dez minutos depois, Riley Mackensie Winters decide nos agraciar com sua presença.

E eu nunca vi nada mais lindo na minha vida.

**Prólogo – Romeu e Julieta**
"Romeo & Juliet" - *Dire Straits*

**Capítulo 1 – Encontrando**
"Collide" - *Howie Day*

**Capítulo 2 – Amiga**
"Girlfriend" - *Avril Lavigne*

**Capítulo 3 – Tudo mudou**
"Everything Has Changed" - *Taylor Swift*

**Capítulo 4 – Olá**
"Hello" - *Beyoncé*

**Capítulo 5 – Amor no topo**
"Love On Top" - *Beyoncé*

**Capítulo 6 – Caí na real**
"Wake Up Call" - *Maroon 5*

**Capítulo 7 – Bebendo direto da fonte**
"Drinking From The Bottle" - *Calvin Harris ft. Tinie Tempah*

**Capítulo 8 – Espelhos**
"Mirrors" - *Justin Timberlake*

**Capítulo 9 – Mudanças**
"Changes" - *Black Sabbath*

**Capítulo 10 – Perto demais**
"Too Close" - *Alex Clare*

**Capítulo 11 – Casa da diversão**
"Funhouse" - *Pink*

**Capítulo 12 – Caminhada da vergonha**
"Walk of Shame" - *Pink*

**Capítulo 13 – Eu não posso ficar longe**
"I Can't Stay Away" - *The Veronicas*

**Capítulo 14 – Droga, eu queria ser seu amante**
"Damn, I Wish I Was Your Lover" - *Sophie B. Hawkins*

**Capítulo 15 – Beije-me**
"Kiss Me" - *Ed Sheeran*

**Capítulo 16 – Pequenas coisas**
"Little Things" - *One Direction*

**Capítulo 17 - Superman**
"Superman" - *Eminem*

**Capítulo 18 – Do jeito que você é**
"Just The Way You Are" - *Bruno Mars*

**Capítulo 19 – Visão do amor**
"Vision of Love" - *Mariah Carey*

**Capítulo 20 – Está na hora**
"It's Time" - *Imagine Dragons*

**Capítulo 21 – Tortura**
"The Grind" - *Aerosmith*

**Capítulo 22 – Amo você como uma canção de amor**
"Love You Like A Love Song" - *Selena Gomez*

**Capítulo 23 – Amorzinho**
"Baby Love" - *Nicole Scherzinger*

**Capítulo 24 – A bagunça que eu fiz**
"The Mess I Made" - *Parachute*

**Capítulo 25 – Tentando dormir com um coração partido**
"Try Sleeping With A Broken Heart" - *Alicia Keys*

**Capítulo 26 – Dê um tempo ao seu coração**
"Give Your Heart A Break" - *Demi Lovato*

**Capítulo 27 – Quem você ama**
"Who You Love" - *John Mayer ft. Katy Perry*

**Capítulo 28 – Seu toque**
"Your Touch" - *The Black Keys*

**Capítulo 29 – Eu quero loucura**
"I Want Crazy" - *Hunter Hayes*

**Epílogo – No topo do mundo**
"Top Of The World" - *Bridgit Mendler*

**Bônus 1 – Por quanto tempo vou te amar**
"How Long Will I Love You" - *Ellie Goulding*

**Bônus 2 – Com os braços bem abertos**
"With Arms Wide Open" - *Creed*

*Entre em nosso site e viaje no nosso mundo literário.
Lá você vai encontrar todos os nossos
títulos, autores, lançamentos e novidades.
Acesse www.editoracharme.com.br*

*Além do site, você pode nos encontrar em nossas redes sociais.*

*https://www.facebook.com/editoracharme*

*https://twitter.com/editoracharme*

*http://www.pinterest.com/editoracharme*

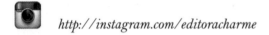

*http://instagram.com/editoracharme*